クトゥルー・ミュトス・ファイルズ
The Cthulhu Mythos Files

呪禁官
暁を照らす者たち

牧野 修

創土社

呪禁官　暁《あかつき》を照らす者たち

序章

闇《やみ》は悪徳と親しい。

太陽が行方《ゆくえ》をくらますと同時に、毒々しい看板《かんばん》と猥《わい》雑《ざつ》なネオンサインが街を発情させた。声高《こわだか》に話し、笑う酔漢《すいかん》たちが、定まらぬ脚《あし》で次の目的地へと向かう。懐《ふところ》に相応《ふさわ》しい欲望の捌《は》け口を求めてふらつく男たちを、その欲望の形に相応しい女たちが誘う。路上に出て不機嫌な顔で煙草《たばこ》を吸うバーテン。街からの脱出《エクソダス》を試みる小心な学生たち。

夜の喧騒《けんそう》に包まれた通りから、つい、と視線を逸《そ》らせば、さらに細い路地《ろじ》に闇が凝《こご》っている。濃い闇は音をも溶かすのか、一筋《ひとすじ》道を逸れるだけで痛いほどに静かだ。

そこに女がいる。

闇の濃淡《のうたん》が佇《たたず》む女の姿を見え隠れさせている。

女の腕が動いた。何かをポケットから出して咥《くわ》える。

煙草だ。

と、女の鼻先で音を立て炎が生じた。

まるで内側から照らされているかのように、女の顔が白く輝く。肉食獣じみた鋭い目が見えた。一瞬のことだ。

「ありがとう、ギア」

女が言った。

鐘《かね》のような涼《すず》しい音を立てて、ライターの蓋《ふた》が閉じた。

「奴は？」

ライターを持った男――ギアが問う。いままでこの路地には確かに女しかいなかった。彼は闇の中から今生まれたかのように、忽然《こつぜん》と現れたのだ。

「入ったところよ」

「行くか」

そう言うとギアは赤く錆《さ》びたスチールの扉を開い

て、ビルの中へと入った。女がそれに続く。雑居《ざっきょ》ビルの裏口だ。このビルに入っているほとんどの店が非合法な何かを行っている。そのため、この狭い路地にある裏口が本当の正面玄関だった。表通りにある入り口からは、一階と二階にある飲食店にしか行くことができない。当然その二つは何も知らない堅気《かたぎ》の店だ。

暗く湿《しめ》った臭いのする廊下《ろうか》を二人は歩いていた。

エレベーターに乗り込む。女が鍵《かぎ》を取り出し、パネルの鍵穴に差し入れる。捻《ひね》ると二階から上の階のボタンが光った。五階のボタンを押す。かすかに揺れながら、エレベーターは昇っていった。

扉が開く。

誰もいない廊下を、二人はまっすぐに歩いて行った。すぐに行き止まりになる。スチールの扉がそこを塞《ふさ》いでいた。扉の上で監視カメラが左右に動いている。

ギアがバッジのついた手帳を取り出し、カメラに向けた。扉が開いた。二人は中に入る。後ろで扉が施錠された。すぐ正面に〈コクトーの妻たち〉というふざけた名前のプレートが掲《かか》げられた扉がある。名前はふざけているが、していることは冗談《じょうだん》ではない。ここでは少年たちに、それも十代にも満たない子供たちに売春をさせているのだ。

扉が内側から開いた。

蒼褪《あおざ》めた顔の男が唇《くちびる》を歪《ゆが》めてそこに立っていた。

「来てるよ」

男が吐き出すように言った。

「言っとくが、面倒《めんどう》は御免《ごめん》だからな。ここで暴れられたりしたら――」

「何号室だ」

ギアはその男を見下ろして言った。物を見る目だ。

「十二号室」

それだけ言うと、男は隠れるように受付のある小さなボックスに入っていった。

廊下の片側に扉が並んでいる。扉には数字が書かれてあった。手前から奥へ行くほど数字は増えていく。

十二番目の部屋の前で二人は立ち止まった。

お先にどうぞ、とギアが手を差し出した。その瞬《しゅん》間《かん》、女は扉を蹴破《けやぶ》っていた。

女が、ギアが、部屋の中に突入した。

男が二人、テーブルを挟んで対峙《たいじ》していた。

「呪禁局取締官《じゅきんきょくとりしまりかん》だ。呪具《じゅぐ》取り扱い法違反《いはん》で逮捕《たいほ》する。両手を挙《あ》げて頭の後ろで組め」

手帳を掲げながら言ったギアの台詞《セリフ》を最後まで聞かずに、奥にいた頬《ほお》に傷のある男が銃を抜いた。同時に引き金を引く。が、何も起こらない。二度目の引き金を引く間はなかった。無防備《むぼうび》に近づいた女がその腕を摑《つか》む。と、まるで自らの意思でそうしたかのように、男はその場に跪《ひざまず》いた。

「暴れると折れる」

女は少し愉《たの》しそうにそう言った。

「テーブルの上にあるのはアルラウネだな、新堂《しんどう》」

ギアが言うと、背を向けて座っていた男が振りかえった。髭面《ひげづら》の山羊《やぎ》のような顔の男だ。こずるい目でギアを見ると、にっこりと笑った。

「さあ、何のことだか。私はただ、珍しいものを見せてやろうと言われて、ここについてきただけですから」

この野郎、と傷の男が怒鳴《どな》った。女がわずかに男の手首を固めた腕に力を込める。男は小さな悲鳴を上げて大人しくなった。

テーブルの上には金属製のトランクが載《の》せられていた。その中に入っているのは、どう見ても真空《しんくう》パックされた人参《にんじん》だ。だがそれは人参より遥《はる》かに危険な代物《しろもの》だった。

アルラウネだ。

アルラウネ、あるいはマンドラゴラという名は、単に民間医療に使われるナス科の有毒植物を意味することもある。だがそこにあるアルラウネは、そのドイツ語の語源どおり「秘密に通じている」植物なのだ。

それは死刑囚《しけいしゅう》が地に垂《た》らした精液から生まれ、採取するには一人の生け贄《いにえ》を必要とする。生け贄となった男はその根を掘り抜き、その時にアルラウネが発する恐ろしい叫び声で即死してしまう。そしてその死体は、アルラウネを掘り起こした穴に埋めなければならない。

こうして掘り起こされたアルラウネは、あらゆる質問に答え、敵から身を守り、家に富を成す。呪具取り扱い法に違反する呪具で、栽培《さいばい》も売買も禁じられている。

「なあ、新堂。おまえが呪具専門のバイヤーだということはそこらの子供でも知ってるぞ。で、そちらのスカーフェイスは広域《こういき》暴力団ハンザキ組の幹部。そして今ここで行われていたのは非合法呪具アルラウネの売買だ。これ以外に言いたいことがあるのなら、呪禁局本部で聞く」

ギアは新堂を立ち上がらせ、後ろ手にして手錠《てじょう》を掛けた。傷の男も手錠を掛けられ、中腰《ちゅうごし》で立っていた。女はまだ手首から手を離していない。

「逃げようとしても無駄だぞ。警察に協力を頼んで、このビルは包囲《ほうい》してある」

言いながらギアはトランクを閉じ、手にした。

「さあ、行くんだ」

ギアは新堂の腕を掴んで言った。二人の男は観念したのか大人しく外に出る。

ある部屋の前に来た時だった。ギアはその部屋から溢《あふ》れる、凄《すさ》まじいばかりの気配《けはい》を感じた。それは霊的な力を持つ彼にとって、噴き出す水流にも似た物理的な力を持った気配だった。さっき通った時にはこんな力を感じなかった。

「この部屋から凄まじい気が流れ出ている」

ギアは言った。

「覗《のぞ》いてみる？」

女が笑った。悪戯《いたずら》を計画する子供の笑顔だった。

ギアはトランクを床に置いた。

「新堂、ちょっと待ってろ」

片手の手錠を外し、壁から突き出ている配電のパイプに掛けた。傷の男の手錠も、同様にパイプに繋ぐ。

「お先に失礼するよ」

ギアは扉を蹴破った。

「逃げたら殺すよ」

恐ろしい台詞を吐きかけ、女はギアに続いた。

二人は部屋に入ったところで立ち尽くした。

そこで何が行われているのか、ギアには見当もつかなかった。

巨大なベッドの上に二人の人間がいた。二人とも全裸《ぜんら》だった。うつ伏せになった一人はかなりの高齢《こうれい》者だった。痩《や》せている。細かな皺《しわ》で覆《おお》われた緩《ゆる》んだ白い皮膚《ひふ》が骨格を浮き彫《ぼ》りにしている。突き出た背骨は背鰭《せびれ》のようだ。まるで蝋細工《ろうざいく》のミイラだ。その腹の下にもう一人が横たわっていた。十四、五歳の美しい少年だった。少年は老人に両肩を押さえられ、細かく痙攣《けいれん》していた。

醜悪《しゅうあく》な老人が少年を犯している、ようにも見える。だがそうでないのは明らかだった。老人は大きく口を開いていた。顎《あご》の関節が外れているように見える。まるで蛇《へび》だ。しかしその口から吐き出されるものは毒液ではない。光だ。白く輝く光そのものが、口腔《こうこう》から吐き出されている。その光は少年の唇を裂《さ》き、喉《のど》へと流れ込んでいた。次々と卵を呑《の》む蛇の腹に似て、少年の頬と喉が交互に瘤《こぶ》状に膨《ふく》れる。それは奇妙にエロティックな光景だった。

「これは……何?」

女の問いにギアは答えられない。

老人が急に振り向いた。

二人は息を呑んだ。他の人間なら失禁していたかもしれない。それぐらいその顔は恐ろしいものだった。それは裂けたかと思えるほど開かれた口のせいではない。その真っ黒な穴のような目のせいでもない。表情が、感情が失《う》せ、人を人として成り立たせているものが、その表情からは決定的に欠けていた。まるで人に対する悪意から造られた面のようだった。

だらだらと膿《うみ》のような黄色い唾液《すいえき》が大量に流れ落

ち首を流れる。

四つん這《ば》いになった老人は、ギアたちに捻《ね》じ曲げた首から、ずるりと滑《すべ》るように床に下りた。まるで一本のロープのようだった。それから両手を床に突いて上体をもたげると、何の前触《ぶ》れもなくギアに向かって飛びかかってきた。

ギアは身体をひねり、回し蹴りを老人の側頭部《そくとうぶ》に叩きつけた。容赦《ようしゃ》のない蹴りだった。

老人は床に打ちつけられた。普通の人間であれば頸骨《けいこつ》を折っているだろう。だが老人は普通の人間ではなさそうだった。

老人は頭を二、三度振った。

それから両手だけで這った。獲物《えもの》に襲いかかる鰐《わに》に似て、身体《からだ》を左右に揺すっている。凄まじい速さだ。

扉へと向かっている。

女がハイヒールを脱ぎ捨てた。

滑るように老人へと近づくと前に回り、しゃがみこむ。と、同時に風を切って長い脚《あし》が旋回《せんかい》した。

鈍《にぶ》い音がして、老人が壁まで跳ね飛ばされた。

が、その壁を蹴り、反動でまっすぐ女へとジャンプする。

ギアが蹴る。

女が突く。

脚は腹へ、拳《こぶし》は顔面へ、同時に老人を襲《おそ》った。そのどちらもよけ損《そこ》ね、老人は床に叩きつけられた。ばたばたと手足を動かし、それから四肢《しし》を奇妙な形に曲げて動かなくなった。

「何なのよ、こいつは」

息を荒《あ》らげながら女が言った。二人の人間を相手にした時には、呼吸のわずかな乱れもなかったのに。

その時、ううっ、と小さな唸《うな》り声がした。少年が目覚めたのだ。ギアは少年の横に行くと、腕で支え、上体を起こしてやった。

一瞬の出来事だった。

突然少年は大きく口を開き、ギアの喉に噛《か》みついた。血飛沫《ちしぶき》が飛び、少年の顔が赤く染まった。

「ギア！」

駆け寄ろうとした女を、少年は睨《にら》んだ。

女の足が止まった。

動けなくなったのだ。

それに近づいてはならない。

己《おの》れの細胞の一つ一つがそう告げているのだ。

「怖いだろう」

少年が立ち上がった。

「失禁しそうなほどだ。そうだな」

女へとゆっくり脚を進める。

「おまえたちは虫だ。私の掌《てのひら》の中で潰《つぶ》れる虫だ」

少年は女の真正面にいた。女のほうがずいぶん背が高い。見上げる少年の顔を、拳で砕《くだ》くのに充分な距離だ。

女の握った拳が震えていた。

「どうした。殴《なぐ》ってみるかね」

そう言うと少年は口の周りの血を、長い舌で舐《な》めた。

「ほら、殴るんだ！」

少年が怒鳴った。

はぜるように、女は腕を伸ばした。

正拳を顔面へと叩きつけるはずだった。

が、風にしなう葉のように少年は拳を避けた。避けてさらに一歩踏みこむと、女に飛びついた。

声を上げる間もなかった。

少年は女の頬に噛みついた。

女が絶叫《ぜっきょう》したのは、少年が肉片を吐き捨て、部屋を出て行った後だった。

第一章

1

どれほど飲んだか覚えていない。が、酔いつぶれたというわけではなかった。多少は自重《じちょう》してもいたが、飲んでも酔えなかった、というのが本当のところだ。頭の芯《しん》が冷たく痺《しび》れている。胡桃《くるみ》のように堅く縮《ちぢ》んだその部分がずきずき痛む。アルコールが彼に与えた影響はそれぐらいのものだ。意識は無用なほどに冴《さ》えていた。

死ぬように眠りたくて酒を飲んでいるというのに。カウンターしかない小さな居酒屋だ。脂《やに》と油で、天井は男の前に出された肉じゃがのような色に染まっていた。

その壁と同色の虫が、長い触手《しょくしゅ》を長剣のように慌《あわただ》しく振り回しながら這っている。奥で餃子《ギョウザ》を焼いていた店主が、臆病《おくびょう》な騎士を手で無造作《むぞうさ》に叩き潰した。

ガラガラと扉が開くと、叩きつけるような冷気が吹き込み、巨人の吐息《といき》にも似た湯気《ゆげ》が舞い上がった。

ひやぁ、とか、ふわぁ、とか言いながら、背広姿の若い男が二人入ってきた。店主が手元の鉄鍋《てつなべ》に向かって、「らっしゃい」と呟《つぶや》く。

「わあ、見えない見えない」

曇《くも》った眼鏡《めがね》をハンカチで拭《ぬぐ》いながら、若いサラリーマンははしゃいだ声を上げた。もう一人が脱いだコートから雪を叩いて、壁に掛ける。

「とりあえず熱燗《あつかん》つけて」

言いながら男の隣に腰を降ろした。座ったことを警告するように電子音が鳴った。日本人離れした歌《か》唱力《しょうりょく》の持ち主、と言われている女性ボーカリストの曲のイントロだ。内ポケットから携帯電話を取り出し、話し始める。

——おう、おおう。なにしてんの。そうそう、そうなのよ。今ね、錦。に・し・き。そうそう。ああ、いいねえ。来いよ。こっちにさあ。いるよいるよ。美女二百人。

けらけらと携帯に向けて大笑いした。

頭が痛かった。

マナーなどというものとは無縁に育ってきたのだろう。ならば、その罪を死をもって贖《あがな》うか。

小さく呟《つぶや》きながらジャガイモを口に運んだ。誰にも聞こえないであろう独《ひと》り言は、すっかり癖《くせ》になっていた。時折叫びたくなる。頭の中で考えていることを。この世への罵詈讒謗《ばりざんぼう》を。奴らへの恨《うら》みを。しかし叫べば終わりだ。終わるのは世界ではなく、男の自意識、なけなしの自尊心《じそんしん》。

眼鏡の男が革《かわ》のブリーフケースから本を出してきた。『I・M革命』。ビジネス書で連日ベストセラーの一位を独占《どくせん》している本だ。

「読んだぁ?」

携帯の男に本を見せる。

「勉強家だねえ」

携帯を耳に当てたまま男は言った。電話を切ろうとはしない。

「やっぱ、オカルト系の業界に入って正解だよな」

眼鏡の男が本を捲《めく》りながら言った。

「やっぱ先端って感じするもんな」

「するする。営業やっててもさ、遣《や》り甲斐《がい》ってのがあるわさ。あっ、俺も肉じゃが」

男の鉢《はち》をぶしつけに見ながら店主に言い、再び電話に戻る。

「俺、あれ」

眼鏡の男が壁の短冊《たんざく》を指差した。

「それでさあ、その本には何か良いことが書いてあるわけ?」

ようやく携帯を切って、カウンターに置いた。

「納得するね。いろいろと。ほら、未《いま》だにいるじゃん、科学馬鹿みたいの」

「誰よ」

「後藤《ごとう》」

「ああ……あれ」

「いまどき国立の理系を出てたって何の役にも立たないのにさあ、それしかないわけよ、威張《いば》れることが。で、言うわけ。論理的じゃない、とか」

眼鏡の男が口調《くちょう》を真似《まね》て言う。携帯の男がぷうっ、と酒を噴《ふ》いた。カウンターが濡《ぬ》れる。カウンターだけではない。男の皿にも噴いた酒がかかった。気づいているのかいないのか、謝りもしない。

眼鏡の男の話は続く。

「なんかさあ、科学的思考とかにしがみついてるわけよ。っていうか、そんな考え方しかできないわけ。そんな人間をさあ、この本ではそれこそ論理的に論破《ろんぱ》していくわけよ。小気味《こきみ》いいね」

眼鏡の男の前に枝豆の皿がとん、と置かれた。それを摘《つま》んでいる間に、携帯の男が言った。

「霊的技術がこれだけ、があああ、と進んでるのにさ、実証されていない技術を流通させるのはナンタラとか、言ってたよな、後藤」

「倫理《りんり》的問題が、とか偉《えら》そうにな」

「結局頭悪いんだ」

「そうそう、この本に書いてある。科学を妄信《もうしん》する馬鹿だって」

眼鏡の男が本を差し出した。携帯の男がそれを受け取ろうと手を出したとき、肘《ひじ》で日本酒の入ったコップを倒した。

あららら。

言いながらコップを起こし、オシボリでカウンターを拭《ふ》く。流れ溢《あふ》れた酒がぽたぽたと下に滴《したた》り、男の膝《ひざ》にこぼれた。たいした量ではない。もともと薄汚れたズボンに小さな染《し》みができたぐらいのことだ。怒るほどのものではない。相手が謝りさえすれば。

が、当然のように若い男たちは話を続けた。

「馬鹿だねえ、おまえ」

「うっせい。おやっさん、熱燗お代わりね」

「貧乏人には堪《こた》える出費だね」

「馬鹿野郎、オカルト系優良企業に勤める若手のホープだよ。貧乏人扱いはないだろう」

謝れよ。

そう呟いた時には、いつもと同じ誰にも聞こえない独り言のつもりだった。が、それが聞こえたのかどうか、携帯の男が舌打ちした。

それがゴングのように聞こえた。

「謝らんか！」

立ち上がって怒鳴っていた。

怪訝《けげん》な顔で、二人のサラリーマンは男を見た。

毛玉だらけのセーターを着た中年の男が睨んでいる。睨んでいるのはサラリーマンたちではなく、カウンターの上に置く握り締めた己れの拳だ。中途半端《はんぱ》に伸びた髪が、寝癖《ねぐせ》でよじれた芝生《しばふ》のように見える。八の字の眉毛《まゆげ》がいかにも気弱そうだ。怒っていることはわかるが滑稽《こっけい》にしか見えない。

「なんだよ、おっさん」

携帯の男が言った。あからさまに馬鹿にしていた。スツールから降りて立ち上がる。見上げるほどではないが、男よりはかなり身長がある。ついでに胸も広く厚い。男の貧弱《ひんじゃく》な身体《からだ》とは比べるまでもない。誰が見ても喧嘩《けんか》の勝敗はここでついていた。

「やめとけよ」

鬱陶《うっとう》しそうに眼鏡の男が言った。

「このおっさんがクソ生意気に謝れとか言うから――」

今なら、今このタイミングで謝ればこの場は収まる。男の頭をその考えがよぎった。よぎっただけだ。舌が勝手に動いていた。

「だいたいなあ、おまえらみたいな低能に科学をこき下ろす権利はない」

サラリーマンたちが鼻で笑った。

「おっさんも科学馬鹿か。どっかの理系の大学を出たのが自慢か」

俯《うつむ》いたままの男を下から覗きこんで、携帯の男が笑いを含んで言う。

男は血走った目で睨み返した。それからようやく若い男たちの方に身体を向ける。

「いいか。科学はその始まりをガリレオだとしてもだ、四百年もの歴史があるんだ。おまえらチンピラがひっくり返せるようなもんじゃないんだよ。だいたいおまえら、科学がどのようなものかも知らないじゃ――」

携帯の男が衿《えり》を摑み、捻り上げる。

厨房《ちゅうぼう》の奥で店主が怒った声で「外でやってくれ」と言った。

「あいよ」

店主に一瞬笑顔を向けて、携帯の男は衿を摑んだまま男を外へと押し出して行く。

悪いね。一言そう言って眼鏡の男がそれに続いた。

決着はあまりにも簡単についた。それからサラリーマンたちの怒りが収まるまでの時間、男は殴られ蹴られ踏みつけにされた。


雪が降り続いていた。じっとりとした冷気が男の身体を埋めていく。酒はとうに醒《さ》めていた。痛みだけが鈍く男を支配していた。店に戻ったサラリーマンの笑い声が聞こえた。

溶けた雪に寝そべっている男を、道往《ゆ》く人はないものとして通りすぎて行った。

壊れたロボットのようにぎこちなく立ち上がる。胸の痛みが特に酷《ひど》かった。肋骨《ろっこつ》が折れているのだろうなあ、と男は他人事《ひとごと》のように考えていた。

ふらふらと大通りに出てタクシーを停《と》めた。乗り込んでマンションまでの道を説明する。その時はまだ家に帰るつもりだった。

下らない世界。

男は呟いた。

まったくクソの役にも立たない世界。何かの間違《まちが》いなんだ。世界がこんなことになったのはそうだそうだそうにきまっている。

思考が下痢《げり》を起こしたように、口から言葉が流れ出てきた。
もういいもういいもう疲れた。もうやめてもいいじゃないか。どうして駄目《だめ》なんだ。駄目じゃない。かまわない。こんなクソ世界に何の未練《みれん》があるんだ。未練なんかない。何もない。このクソ世界が消えるかそれともオレが消えるかそうだそうだオレが消えればいいいんだそうしようそうしようそれしかないんだオレにはそれしか残されていないんだなんだ簡単なことだなあそうだよもっと早くやっておいたらよかった。

男は途中のガソリンスタンドで車を停めて、二十リットルのポリタンクに一杯の灯油《とうゆ》を買って戻ってくると、家の近所の公園に向かうように告げた。

金を払って車の外に出る。

公園は白一色だ。

綺麗《きれい》だなあと思った。初めて買ってもらった顕微《けんび》鏡《きょう》で雪の結晶《けっしょう》を見たときのことを思い出した。なんて綺麗なんだ。こんなものが集まって雪になっているのか。そう思い興奮《こうふん》した幼い頃を。

ジャングルジムの近くに木製のベンチがあった。雪を払ってそこに腰を降ろした。ポリタンクは足元に置く。ポケットを探って煙草を出した。ハイライトの紙箱の中から、赤いプラスティックのライターを取り出した。それから、一本口に咥《くわ》え火を点《つ》ける。深く吸い、紫煙《しえん》を吐く。胸が痛んだ。

もう駄目だな。

呟いて、煙草を捨て爪先《つまさき》で丁寧《ていねい》に丁寧に揉《も》み消す。

それからポリタンクの蓋《ふた》を開き、頭から灯油をかぶった。

ひゃあ、と小さく声をあげる。堪《たま》らなく冷たかった。しかも臭い。冷たさにはすぐに慣れたが、臭《にお》いにはいつまでたっても慣れなかった。

足元に黒く灯油が溜《た》まる。

空になったポリタンクをベンチに置いた。

手にライターを握っている。

やっぱり、駄目だ。

再び呟き、身体を屈《かが》めて足元でライターに火を点けた。

凄まじい勢いで炎が膨れ上がり、男を包んだ。

松明《たいまつ》のようになった男は立ち上がり、すぐに倒れ、そこら中を転げまわった。

苦しかった。燃えている己れを感じていた。死ぬんだと思っていた。しかしあまりにも苦しかった。熱さよりも、息ができないことが苦しかった。早く死ね。早く死ね。そればかり頭の中で繰り返していた。しかし意識が途絶えることはなかった。

何をしてる！

そんな声が聞こえた。

何かが身体に吹き付けられた。誰かが何かでばさばさと男を叩く。

乱暴だなあ、とその時男は思っていた。

駆けつけてきたのは警官と、男を公園まで乗せて来た運転手だった。腫《は》れ上がり痣《あざ》だらけの顔の男が乗ってきて、ぶつぶつ呟いていると思ったら灯油を買ってきて公園で降りた。確かにこれで不審に思わぬ者はいないだろう。運転手はすぐに近くの交番に向かい、警官を連れて戻ってきたのだ。警官は、もしものことを考え（彼が考えていたのは放火だったのだが）消火器を持ってきていた。

火はすぐに消えた。それから無線で救急車が呼ばれた。救急車は男を乗せると、近くの救急病院に連絡をとった。

寒さにがたがたと震えていた男は、すぐ横にいる救急隊員に言った。

「駄目だ」

よく聞こえず、救急隊員は男に耳を近づけた。

駄目だ。男は再びそう言った。そして胸に下げた金属製のプレートを、強張《こわば》った指先で摘んで見せた。煤けたそのプレートを指でこすると、こう書かれているのが見えた。

――私は霊的治療を拒否します。

救急隊員が舌打ちした。

「助かりたくないのか！」

救急隊員は男の手を握って怒鳴った。男はかすかに頷《うなず》いた。

「この近くに科学医療センターはない。時間が掛かる。しかも霊的治療ほどの効果が期待できない。死ぬぞ。わかってるのか。霊的治療を拒否したら死ぬぞ」

救急隊員は懸命に男を説得しようとした。が、男は弱々しくはあるがはっきりと首を横に振った。大きく息をついてから、救急隊員はゆっくりと言った。

「イヤだ。あんたを殺したくない」

ぐう、と男は呻《うめ》いた。

それからもう一度、炭化《たんか》して癒着《ゆちゃく》した指で金属プレートを摘んだ。その裏を探る。小さな突起《とっき》が見つかった。半《なか》ば意識を失いかけている男にとって、それだけでもかなりの大仕事だった。

男はそれを押した。

救急車が病院に着いたのはそれからすぐだった。

緊急用の出入り口が開かれ修道士《しゅうどうし》が現れた。ストレッチャーが運び出されると、修道士は聖油《せいゆ》で男の額に十字を描いた。それをはねのける気力は、もう男にはない。救急隊員が足早に中へと運び込んだ。紫の頸垂帯《けいすいたい》を首から下げた呪術医が、結界の張られた緊急処置室の扉を開いて待っていた。中から霊的防衛と生命力を喚起《かんき》するための唱和《しょうわ》が漏れ聞こえる。扉の中へと運び込む前に呪句を囁《ささや》き、呪術医は男の胸に護符《タリスマン》を置いた。

その時だ。非常口から二人の人間が入ってきた。関係者ででもあるかのようにまっすぐ処置室に近づいていくが、二人ともどう見ても医療関係者には見えない。一人は痩せた老人。もう一人はライダースーツの女だ。

「そこまでにしてもらえませんかねえ」

老人がそう言い、女が黒い革手袋《グローブ》で、ストレッチャーを摑んだ。好々爺《こうこうや》然とした笑みを浮かべた老人は、いかにも場違いだった。

呪術医はそれに構わずストレッチャーを中に入れようとしたが、びくりとも動かない。ライダースーツの女は片手で押さえて涼しい顔だ。彫りの深い、いわゆる日本人離れした顔は退屈《たいくつ》そうにさえ見える。今にもあくびを洩《も》らしそうだ。それも当然と言えるかもしれない。救急隊員よりも頭一つは軽く超えた長身の彼女は、逆三角形の鍛《きた》え上げた身体を持っていた。首から脚の先までを覆った黒革のスーツは、身体の線を顕《あらわ》に見せている。発達した上腕二頭筋から上腕筋が瘤のようだ。一見撫《な》で肩のように見えるが、それは首から肩にかけての僧帽《そうぼう》筋が盛り上がっているからだ。これで砲弾《ほうだん》のような胸がなければ、女とは思えないだろう。

老人が男を見下ろして言った。

「『サイエンス・ファクト』誌の元編集長、米澤浩吉《よねざわこうきち》さんですよね」

男はわずかに頷いた。

「連絡をいただいた〈ガリレオ〉の者です。わかりますか〈ガリレオ〉。稲穂《いなほ》が実って頭《こうべ》を垂れているからそろそろですな。そりゃ刈入《かりい》れだ」

老人は大口を開き、はあはあ、と声にならない笑いを上げた。どうやら洒落《しゃれ》を言ったつもりらしい。あまりにも不謹慎《ふきんしん》な態度に、救急隊員たちと呪術医が同時に老人を睨み付けた。しかし老人は知らぬ顔だ。笑みを浮かべたまままさらに続ける。

「あなたが入会を希望するなら、いますぐ科学的な医療を施《ほどこ》すことになりますが、どうです、入会しますか」

男が再び頷く。それを見届けると老人は呪術医を見て薄笑いを浮かべたまま言った。

「誠に申し訳無いのだが、彼は私たちが連れて行くよ」

「何を馬鹿なことを言ってるんだ。彼はいますぐここで処置をしなければ死んでしまうぞ」

「表に救急医療車を停めてあるんですよ。設備は完《かん》璧《ぺき》でしてね、手術室を運んでいるようなものですから」

老人がそう言うと、女が呪術医の手をはねのけた。さして力を入れたようには見えなかったが、呪術医は腕を押さえて呻いた。女がストレッチャーを非常口へ戻そうとする。と、救急隊員の一人が前に立ちはだかった。

「ガリレオだと言ったな。あの悪名高い科学教徒の集団か」

米澤浩吉にずっと付き添っていた救急隊員だった。痩せた老人が唇を歪める。弛《たる》んだ皮膚が引き攣《つ》れ、顔全体が歪んだように見えた。そうすると好々爺がたちまち非業《ひごう》の死を遂げたミイラのように凶悪になる。

裂け目に似た口を開いた。

「おまえたちオカルト信者と一緒にして欲しくないな。科学は信奉《しんぽう》するものじゃないんだ」

そこまで言うと、すぐに元の笑顔が蘇る。

「科学はまず辛抱《しんぼう》。然《しか》る後に進歩だ。信奉とは無関係だよ」

再び犬のようにはあはあと声なく笑う。また洒落を言ったつもりらしい。

「さてと、彼は緊急の場合に科学的処置を望むプレートを下げておりましてね。彼が自身でプレートのエマージェンシー・ボタンを押したからこそ、わしらはここに来たわけです。科学的な処置を受けるのは彼の権利というわけなんですが、それより、今は一刻を争う時じゃないんでしょうかね。ここで揉めている暇はないと思うんですが」

救急隊員はしばらく老人を睨んでいたが、息を一つつくと、廊下の脇によけた。

「さあ、行こう」

老人が言うと、女はストレッチャーを押して大股《おおまた》で非常口から出て行った。

「その男を死なせでもしてみろ。警察に訴《うった》えてやるからな」

女に続き出て行こうとした老人に向け、救急隊員は吼《ほ》えた。老人は振り向こうともせず、ただ肩を竦《すく》めて病院から出て行った。

2

藪《やぶ》の中に腹這いになって、少年はじっと堪《こら》えていた。霜《しも》のついた地面は、少年の体温を急速に奪っていく。

少年は震えていた。

春にはまだ遠い。しかも深夜。冬用の分厚《ぶあつ》い下着を身に着《つ》けてはいるものの、迷彩《めいさい》のジャングルスーツだけでは寒さを防げるものではない。

だが少年が震えているのは、寒さのせいだけではなかった。

恐ろしいのだ。月が雲に隠れた真の闇が。重くのしかかる暗い夜が。闇は濃く、鼻や耳や、全身の毛穴から身体の中に染み込んできそうだった。

ほんの数時間前までは仲間がいた。誰かがそばにいることで、この闇に耐えられた。しかし今は少年一人だった。

懐中電灯《かいちゅうでんとう》を持ってはいるが、点灯《てんとう》するわけにはいかない。敵《アグレッサー》に発見されるからだ。

それでも、少年の手は知らず知らず腰に吊《つ》るした懐中電灯を握っていた。

風に木々が揺れて波のような音が立つ。

それだけで悲鳴を上げて飛び上がりそうだった。

少年は懐中電灯から手を引き剥《は》がし、胸に縫《ぬ》いつけた名札《なふだ》を指でさすった。そこには葉車創作《はぐるまそうさく》と書かれてある。

僕はギアだ。

少年は自身に言い聞かせた。「葉車」の姓から、少年は仲間にギアと呼ばれていた。それは彼の父親のあだ名でもあった。

父さんと同じギアだ。

幼い頃に失った父の面影《おもかげ》を頭に浮かべる。闇の恐怖はそれでもなおギアに取りつき、離れようとはしなかった。

父さん、僕に力を与えてください。

ギアは目を閉じて、頭の中に月を思い浮かべた。でき得《う》る限り正確に、リアルに。宙空《ちゅうくう》一杯に広がる巨大な銀の円盤《えんばん》。その中央に墨痕《ぼっこん》鮮《あざ》やかな文字を思い浮かべる。「刃」という漢字を崩したようなこの文字は、サンスクリット文字でアと読む。

ギアは阿字観《あじかん》と呼ばれる密教の瞑想法《めいそうほう》を行っているのだ。熟練者であればこの瞑想法により、世界と自分が一体に感じとれるという。だがギアにそれほどの力もない。

それでもいくらかは心が休まった。

心臓を締めつけるような恐怖は少しずつ収まっていく。

ギアはゆっくりと目を開いた。

闇は闇で変わりはない。しかし先ほどまでの息苦しさはない。

「そこにいるんだね、坊や」

遠くから呼びかける、からかうような間延《まの》びした声が聞こえた。

再び心臓が縮み上がった。

敵だ。

ギアは音を立てぬように身体をずらし、声がした方を向いた。心臓が痛いほどに激しく脈打つ。だが現れた敵に対処しようと考えることで、闇への恐怖は消えていた。

あれは罠《わな》だ。まだ敵は僕を見つけていないに違いない。ああやって僕を誘い出そうとしているんだ。

ギアは声のした辺りを凝視《ぎょうし》した。闇の中、木陰《こかげ》の向こうに白くぼんやりと人影が見える。

「出ておいで。みんな捕まっちゃったよ。もう何もかも終わったんだ、坊や」

白い影は藪を鳴らしてギアの方へと向かってきた。

ギアはそれの立てる音に紛《まぎ》れることを期待して、匍《ほ》匐《ふく》で前進する。敵に発見されていないと仮定して、横から回り込もうとしているのだ。案《あん》の定《じょう》、影はギアのいた辺りに向けて動いている。

やはり僕が見えているわけではないんだ。

確信してギアは匍匐前進を続ける。

動く人影の横に来た。影はギアに気づいていないのか、まっすぐ歩き続ける。

ギアは拳を固めた。武器になるようなものは何も持っていない。

影は今、ギアに背中を向けている。ギアはぎりぎりまで匍匐して近づいた。

立ち上がり、同時に走る。

影目がけて飛びつき、拳を頭に叩きつけた、はずだった。

腕は宙をきり、ギアは前に倒れ込んだ。

「ヤッホー、坊や」

後ろから声がした。そしてギアは、三方からの懐中電灯による光の束《たば》で、闇の中に浮かび上がった。逆光で顔は見えないが、三つのシルエットがギアを見下ろしていた。

ギアは手の中に何かを摑んでいた。手を開くと、そこにあるのは紙切れだった。人型に切った小さな紙《し》片《へん》だ。

「頭悪いな、坊や。敵への攻撃は禁止だって教官に教わっただろ」

いきなり腹を蹴られた。

「捕虜《ほりょ》を縛《しば》っとけ」

一人が腹を押さえてのたうつギアの頭を、後ろから押さえつけた。湿った土に顔がこすりつけられる。土を舐めた。

もう一人が暴れるギアの腕をねじ上げ、ロープで縛った。

先頭に立った男がしゃがみ込み、ギアの顔を覗き込んだ。ギアとさして歳《とし》の変わらぬ少年だ。その細い目が嘲笑《あざわら》っていた。突き出た顎のその少年をギアは知っていた。

名前は望月貞夫《もちづきさだお》。残りの二人は大賀茂《おおがも》保《たもつ》と小鴨《こがも》徹《とおる》のはずだ。必ず望月の後ろをついて歩いているこの二人は、カルガモ兄弟と呼ばれていた。

「闇の中にはっきりと人影が見えるのをおかしいと思わなかったのか、坊や」

ギアは望月を見上げた。

「何だよ、その目は」

望月はこんと拳でギアの額《ひたい》を叩いた。

「今のは辰州法《しんしゅうほう》だ。紙人《かみびと》のことぐらい習ってるだろう？　頭悪いから覚えてないか？」

紙人は文字どおり紙を人型に切り、それを人に変じさせたものだ。獣や妖怪にすることもできるという。辰州法とは、その紙人をつくる中国の呪法の一つだ。

「こうして教えてやってるんだから、ありがとうございましたって言わなきゃな。それが礼儀だろが」

細い目をさらに細くして望月は言った。楽しんでいる、とギアは思った。ネズミをいたぶる猫の目だ。

「聞いてるのか、こら」

曲げた中指の角でギアの額を叩く。

「……ありがとうございました」

望月に対して怒りを感じていないと言えば嘘になる。しかしギアはそれ以上に己の腑甲斐《ふがい》なさが腹立たしかった。紙人に気づかなかったのも、闇を恐れていたからだ。その情けない自分にこそ、腹が立っていた。

「よし、いいだろう。立て！　本部《ヘッド・クオーター》へ戻るぞ」

麓《ふもと》のH・Q《ヘッド・クオーター》に戻るまでの間、望月、大賀茂、小鴨の三人にこづかれ、罵《ののし》られ続けた。

河原に張られた天幕《テント》の前に〈捕虜〉たちは並べられていた。〈敵〉もほぼ全員が集まっていた。

〈捕虜〉は一年生、〈敵〉は二年生。どちらも県立第三呪禁官《じゅきんかん》養成学校の生徒だ。二日間かけて行われる野外模擬《もぎ》演習の初日の晩のことだった。

竹刀《しない》を持って教官がやってきた。

龍頭《りゅうず》教官。格闘及び演習指導の教師だ。野外演習は必ず龍頭教官の指揮で行われる。

ハイカットのトレッキング・シューズに迷彩のパンツ。オリーブ色のTシャツは、砲弾のような胸で膨れ上がっている。長い黒髪はTシャツと同色のヘッド・キャップに納められていた。ダーク・チェリーの唇と濃いパープルのアイシャドウ。ギアの母親と同世代だが、まるで水商売のような厚化粧だ。代々生徒達は彼女のことを〈仮面女《かめんおんな》〉と呼んできた。ただし面と向かってそう呼ぶものはいない。フランス外人部隊仕込みの格闘術で、腕の骨の一本も折られるのがオチだからだ。

「県立第三呪禁官養成学校二年三組、望月貞夫。C班の残りを捕虜にしました！」

大声で叫ぶと、望月はギアの背を押して、地面に押しつけた。ギアは湿った土の上に正座した。

「まったく腑甲斐ない奴らだね、今年の一年生は。一日と保《も》ちゃあしないんだから。こんなことじゃあ進級できないいな」

龍頭はギアの前にしゃがみ込むと、頭頂部の髪を摑んで引き寄せた。

その派手な顔がギアの真ん前にきた。

「葉車、おまえみたいな人間には呪禁局の捜査官は勤まらないよ。早めに荷物まとめてうちに帰って、母さんを安心させてやった方がいいぞ」

早口でそう言うと龍頭は勢い良く立ち上がった。

「後ろ向いて尻を出せ」

言われるがままにギアは前屈みになって、尻を突き出した。

「行くぞ」

「はい！」

ギアは歯を食いしばった。

大きな音がした。竹刀が尻に叩きつけられる音だ。食いしばった歯の間から声が漏れる。

「もう一回」

「はい」

竹刀は再びギアの尻に叩きつけられた。

痛いなどと言うものではない。しばらくは椅子《いす》に座ることもできなくなるだろう。

「これで終わりだ」

特別に力のこもった一発が尻に叩きつけられる。

思わず上げそうになった悲鳴を飲み込んで、ギアは声を張り上げた。

「ありがとうございました」

そして龍頭に深く一礼する。後ろ手に施錠されたままだ。

「これでC班は全員捕獲《ほかく》した。残りはA班とD班だ。夜が明ける前に捕まえろ。陽《ひ》の光を見たら、奴ら元気づくからな」

良く通る声でそう言うと、彼女はH・Qに戻っていった。

ギアは望月たちに荷物のように扱われて、〈捕虜〉の席に並んで座らされた。

あと十二時間。翌日の正午まで、ギアたちはここで〈捕虜〉として過ごさなければならなかった。

3

ギアたちが学んでいる県立第三呪禁官養成学校は、文字通り呪禁官を養成するための学校だ。

内務省所属、呪禁局特別捜査官。略称「呪禁官」は、違法な呪的行為を取り締まるのが仕事だ。政治的にも経済的にもオカルトが最重要視される現代においては、花形《はながた》職業の一つと言えるだろう。

一九五六年、ギアが生まれるよりもずっと昔に起こった事件が始まりだと言われている。

ある地方裁判所で一人の若い男が裁《さば》かれようとしていた。罪状は殺人罪。殺されたのは管理職につく中年のサラリーマン。彼は賭《か》け麻雀《マージャン》で負け、その若い男に莫大《ばくだい》な借金をしていた。日曜の午後、男はそのサラリーマンのマンションを訪れ、妻子の前で金を払えと迫った。金がないと答えると、一週間以内に支払わなければ呪い殺すと男は言った。彼はできるものならやってみろと相手にしなかった。賭け麻雀での借金が、法的には無効であることを知っていたからだ。

丁度《ちょうど》一週間後の夜、彼は勤め先近くの路上で死んでいた。死体には首がなかった。首は翌日の朝、彼の勤める会社の、彼のロッカーから発見された。男は直《ただ》ちに逮捕され、この中年のサラリーマンを殺したことを認めた。ところが男には完璧なアリバイがあった。その時男は二流のクラブでバーテンからロウソクだの水だのを借り、今から誰某《だれそれ》を呪い殺すと宣言して祈《き》禱《とう》をしていたのだ。

〈呪殺〉は罪にならない。そんなことは不可能だからだ。これを不能犯と言う。従って男には無罪の判決が下った。途端に男は裁判長を無能と罵った。罵りながら嘲笑った。覚えておけ。おまえが俺の無実を認めたのだ。そう言うと男は両手で印を結び呪句を唱《とな》えた。

風の入るはずのないその部屋に旋風《せんぷう》が舞うと、聞こえるはずもない雷鳴がなった。書類が吹雪《ふぶき》のように飛び散り、そしてそこに集まった人々は見たのだ。男の肩にとまっている小鬼《こおに》を。

鬼は男の肩を蹴り、裁判長の胸に飛びつくと、無造作にその首を引き千切《ちぎ》った。

最終的に男は法廷侮辱罪《ほうていぶじょくざい》に問われ、わずかばかりの保釈金《ほしゃくきん》を支払うことで、この事件は幕となった。それをどれだけ多くの人が目撃していようと、呪殺などというものが法的に認められることはなかった。がそれ以降、次々と呪的な手段で行われたと思われる犯罪が続発した。

すぐに国は何らかの対策を講じなければならないところまで追い込まれた。そして生まれたのが〈非合法呪法の制定に関する法案〉だ。それは呪法の実効性を認めるのではなく、呪的な行為が人心《じんしん》を迷わすと規定することによって、法によって規制しようとしたものである。だがこれはどのように詭弁《きべん》を弄《ろう》しても、ある種の信仰を規制する法案だった。知識人を始めマスコミから、信仰の自由を守るための反対運動が起こった。ところがこの時期、法規制間近とみた呪術師、魔術師のやからが、一斉《いっせい》に暴れ出した。原因不明の病で多くの人が死に、鬼が銀行を襲い、蝙蝠《こうもり》のような翼をはやした悪魔が連続殺人を犯した。

信仰の自由どころではない。

それが国民の本音となった時、前記の法案は幾つかの改正を加えて国会を通過した。(ただしこの時の呪的犯罪に対する報道はかなり誇張されたものだったようで、実際の犯罪数は数えるほどしかなかったらしい)

そして呪法を専門に扱う呪禁局ができたのは、最初に公的な証拠を残した裁判所での惨劇から三年後のことだった。

そして世界が変わったかというと、さして変わってはいない。呪術なるものが、オカルトというものが、すべて有効であることが実証されはしたが、それが世界を根底から変えてしまうことはなかったのだ。炎を起こす呪法は存在したが、煙草に火を点けるのに、長々と呪句を呟く者は少ない。しかもその呪句の効果を発揮するためにはそれなりの下準備が必要であるとするならよけいだ。神秘学も魔術も技術として認められれば、市井《しせい》の人間にとってそれ以上でもそれ以下でもないのだ。真冬に部屋が暖かいのが、ガスによるものか電気によるものか魔術によるものか。それを比較する材料は、暖房効率と単位あたりの価格であったりする。

科学はオカルトによって否定されはしなかった。神秘主義は真実への探求の方法が複数存在することを否定はしないからだ。また、常に起こることで超常現象から単なる現象へと変じたそれらは、科学にとっては他の物理現象と変わらぬものであり、いずれは(たとえそれが百年二百年という単位であったとしても)解明できるものとして考えられる。今ある物理法則と矛盾《むじゅん》する現象があるのなら、既知《きち》の物理法則を包括《ほうかつ》した未知の法則が、それを起こしているはずだ。そう考えるのが健全な科学的思考なのだから。

従って当然のように科学と魔術は並行に存在した。飛行機は科学の力で空を飛び、呪術によって事故を防ぐ。利用するものにとって、それが信頼に足るものであれば何でも良いのだ。

科学というものが否定されることはなかったが、実効力のあるオカルトというものは、新しい技術《テクノロジー》として徐々に社会に浸透《しんとう》していった。

魔術が得意とするのは、主観がかかわってくることの多い分野、つまりは「人間」という要素が大きな分野だった。たとえば医学。たとえば社会学。たとえば犯罪学。ようするに自然科学以外の分野で、それは大いに利用価値があり、研究が進んだのだった。

魔術は専門家の手を必要とし、技術の優劣《ゆうれつ》がその結果をおおいに左右する。そういった非常に職人的色《しき》彩《さい》の強い技術分野では、当然の事ながら優秀な技術者が優遇される。こうしてオカルトは少数のエリート集団を頂点とする、新たなヒエラルキーを築いたのだった。だから科学そのものが否定されることがなくとも、科学者が様々な局面で否定されることはあった。

神秘学者やオカルト信者が科学者を非難するのは、あからさまに私怨《しえん》からだった。科学的に正しくない、という理由から否定され、時には嘲笑されてきた彼らは、ここぞとばかりに科学者たちを嘲笑った。罵倒した。そして魔術という最新のテクノロジーが経済的価値を生み出していくにつれ、これみよがしに科学者たちを市場から追い出しにかかった。

当時ある電子機器メーカーの研究室で勤め出したばかりの米澤浩吉は、その波を全身で受け止めることとなった。

研究室に配属されて一週間後に研究部門が大幅に縮小された。呪法研究室が新設されたからだ。オカルトの研究者たちはエリート扱いされ、米澤たち科学者は厄介《やっかい》者扱いされた。馬鹿馬鹿しくなって米澤は自分から会社を飛び出した。それから伝手《つて》をたどって母校の研究室に戻り、非常勤の講師として働き出したのだが、これまた生徒が集まらぬとの理由から教師の数が減らされ、非常勤であった彼は真っ先に辞めさせられることとなった。しばらくは科学とは何のかかわりもないアルバイトを転々としていたが、友人に誘われ出版社に勤めることになった。

出版の仕事に慣れ、幾つかの雑誌の編集長を務《つと》めた後、彼は念願の科学専門誌を企画し、発刊にまで持ちこむ。その月刊誌『サイエンス・ファクト』は、少部数でありながらも堅実に発行部数を伸ばしていった。決してアンチ・オカルトの立場をとることなく、今ある科学の現状を伝える姿勢が良かったのかもしれない。創刊一年目に、米澤は十歳年下の女性と結婚した。おそらく彼の生涯《しょうがい》において最も幸福な時間が過ぎた。

そのままいけば、編集者としてそこそこの名前を残すこともできたかもしれない。あの事件さえなければ。それはまさに悪夢のような出来事であった。今彼が見ている悪夢以上に。

そして米澤は目覚めた。

あまりにも目覚めが唐突で、冷水を脳内に注《そそ》ぎ込まれたのかと思った。目を閉じている。が、意識は鮮明だ。ガソリンを被《かぶ》って火を点けるまでの己を客観的に分析できるほどに。それはついさっきの出来事のように思えた。しかしそれにしては、身体の痛みがまったく消えている。鎮痛剤《ちんつうざい》を使っているような酩酊《めいてい》感もない。窓の明かりに目覚めた爽快《そうかい》な朝、といった気分だ。

目を開く。

瞼《まぶた》を開いていくという感覚はない。目覚めと同様これもまた唐突だった。

光だ。

部屋は白く光に満ちている。米澤がいた企業の研究室にも似ていた。わざと落ち着かぬように造られているのではないかと思えるほど真っ白な部屋。ピカピカと輝く様々な実験器具。そして彼は、スチールの棚の上に置かれた硝子《ガラス》ケースの中の自分の首を見つけた。

ケースの中は少し白濁した液体で満たされていた。彼の頭に頭髪は一本もない。そこに幾本ものプラグが串刺しの手品のように突き立っていた。プラグから黒いコードがケースの外の計器にまでつながっている。それがドレッドヘアのように見えるのが、滑稽にさえ思えた。顔の損傷は凄まじい。焦《こ》げ、剥離《はくり》した皮膚の下から肉がのぞいている。瞼《まぶた》は溶け落ち、片方には眼球さえなく、空《うつ》ろに黒く肉の洞窟《どうくつ》が見えていた。それだけ変形してもなお、それが己の頭部であることが、米澤には理解できた。悪趣味な映画を見ているような気分になった。そしてようやく気づいた。今見ている風景に色彩がないことを。

目をやられたか。あるいは脳をやられたか。

米澤は心の中で舌打ちした。

いずれにしろ死ぬことはできなかったわけだ。しかし、それならあそこの首は何だ。……まさか、俺は霊魂《れいこん》になって俺の生首《なまくび》を見ているのだろうか。死後もこの下らない世界は、俺をいたぶろうとしているのか。

考えながらゆっくりと辺りを見回した。微小なモーター音が聞こえた。どうやら、首は動くようだ。それから己が今、どのような状況に置かれているのかをもう一度考えた。自分が妙な視点から室内を見ていることに気がついたからだ。彼は部屋を、天井近くの隅《すみ》の方から見下ろしていた。

俺は部屋の隅に吊り下げられているのか。

米澤は殉教者《じゅんきょうしゃ》のように張りつけられている己の身体を見ようとした。だが、どのように首を動かしても自身の身体は見ることができなかった。見えるのは水栽培《みずさいばい》の球根のような、焼け爛《ただ》れた己の頭部だけ。

ドアが開いた。入ってきたのは痩せた老人だった。見覚えがあった。意識を失う直前に見た顔。確か〈ガリレオ〉の人間だと言っていた。

〈ガリレオ〉は反オカルトを正式に表明している科学者集団だ。現在ほとんどの科学者が科学結社と呼ばれる科学法人団体に属している。国が科学に従事する者の団体を法人化し、政府の保護下に置いたのは七年前のことだった。

科学そのものは、いくらオカルトが台頭《たいとう》しようと消えはしない。その重要性は前と変わらない。しかしオカルトの社会的地位が上昇するに連れて、科学を志《こころざ》すものの数は減り、またそれに出資しようとする企業も減った。

科学の発展がまったく停滞してしまうことを、為政《いせい》者《しゃ》は望んでいない。オカルトにしたところで万能ではないからだ。事実、今も車は内燃機関によって動いているのだし、電力に変わり得るエネルギーが魔術から得られてもいない。いや、たとえオカルトが万能であったにしても、それはかつて信仰や単なる迷信と区別のつかなかったものなのだ。それがどうして今のような力を持ち得たのかは誰にもわかっていない。ということは、ある日突然その力を失うことも考えられる。科学力や財力に劣る国々には、資源無しにその力を発揮するオカルトにすべてを賭《か》ける国もあった。しかし多くの国は、科学をいざという時のための備えとして保護した。こうして日本では科学法人法が生まれ、科学という文化は保護されることとなった。

その中で〈ガリレオ〉が特殊なのは、その政治性——過激な反オカルトの姿勢だった。科学結社の多くは思想と無縁だ。政治的には中庸《ちゅうよう》を保っている。その中で〈ガリレオ〉の存在はかなり特異だった。オカルトサイドからの批判は頻繁《ひんぱん》に行われたが、反オカルトを表明することだけでは犯罪にならない。〈ガリレオ〉は反オカルト派の科学者を募《つの》り、次第にその勢力を増していった。

法人化されない科学結社も多数ある。そのほとんどが反オカルトを標榜《ひょうぼう》していた。その中には過激なテロ行為を行う武闘派《ぶとうは》の団体も、多く存在する。表向き〈ガリレオ〉はそれらの非合法な団体と無関係を装っていた。が、いくつかの武闘派を下部組織として持ち、オカルト関係の施設を爆破したり魔術師を暗殺したりといった事件にかかわっている、というのは公然と囁かれている噂だった。やがて呪禁局の手によって解体されるのではないか、とも噂されていた。

その悪名高い〈ガリレオ〉に、米澤は誘われていた。出版社を辞めさせられた直後だ。彼は返事を保留《ほりゅう》していた。その時に呪術治療拒否の意志を表示するプレートを貰《もら》った。もし〈ガリレオ〉に参加する意志があるのなら、このボタンを押せばすぐに使者が来ると。

米澤はあの時、〈ガリレオ〉にすべてを委《ゆだ》ねたのだ。霊的処置など受けるぐらいなら、多少悪い噂があるぐらいどうということもないと考え……。

「俺はどうなった」

自分の声に驚いた。男とも女ともつかぬ抑揚《よくよう》のない声だった。まるで古いSF映画に出てくるロボットのような。

「大変な目にあったね」

老人は米澤のいる方を見てはいなかった。老人が見ているのは金属の棚の上に置かれた硝子の筒——米澤の生首だった。

「どこを見ている。俺はここだ」

そう言って、米澤は己が見ている位置と全く別の場所から自分の声がしているのに気づいた。

老人は暫《しばら》く辺りを見回し、それからようやく米澤と目を合わせた。

「ああ、なるほど。術後の君と会うのは初めてなんですよ。とりあえず感覚器官は部屋のセキュリティシステムにつないであるとは聞いていたんですがね」

「どうなっているんだ。俺にはさっぱり——」

「理解できませんか。どこまで覚えています。科学的治療を望んだことは覚えておいでですか」

「それは知っている。私があんたたちを呼んだんだ」

「適切な方法を選んだのだと言えるでしょうね。汚《けが》らわしい心霊療法を回避《かいひ》できたのですから。回避といえばアルプスの少女。そりゃ、ハイジだ。あははは、こりゃちょっと無理がありましたか」

米澤は少しばかり腹が立った。そして、この男の所属する組織にすべてを委ねた己の判断に、疑問を感じた。

「俺はどうなったんだ」

「ドウエル教授ですよ」

「ドウエル教授？」

「君の身体は重度の火傷《やけど》で使い物にならなくなっていたんだよ。全身の八〇パーセントの皮膚を失い、気管から肺に入りこんだ熱風が内臓をも焦がしていた。ショック症状で心臓は停止し、君は死の一歩手前まできていたのさ。死の淵《ふち》にある君から、わしらの医療班は君の頭部、つまり脳を救出することに成功した。哲学的な話を別にするのなら、君という人間の人格はすべてが脳にあるのだから、これはつまり君を救出したことに他ならない」

「身体は……私の身体は」

「廃棄した」

こともなげに老人は言った。

「勿体《もったい》無くはあったがね、使用することは不可能だったんだよ」

米澤は言葉を失った。

「心配することはないんだよ」

孫を慰《なぐさ》める心優しい祖父の笑みを老人は浮かべた。

「肉体など、どうにでもなるんだからね。すぐに君は新しい機械の身体を手に入れることになるだろう。そう、機械の身体だ」

老人は神を見つめるかのように宙《ちゅう》を見た。

「科学は常に真実を求める。客観的事実の積み重ねは、たゆまぬ前進を意味する。決して後戻りすることなく、確実に前へと脚を進める。その歩みは、やがて新たな未知の領域へと踏み出し、未知は既知《きち》へと変わり、ついには真新しい知の果実を人類は掌中《しょうちゅう》のものとするのだ」

両手を花開くが如《ごと》く宙にかざし、老人はシェイクスピア劇の役者のように喋《しゃべ》りつづけた。

「結実した知恵。科学は人類に数多《あまた》の知恵をもたらした。それがすべて良いものであったとは言うまい。しかし不幸な結果をもたらしたものもあっただろう。しかしそれは人類が引き起こしたものであって科学にその責はない。そして今、君はその新鮮な果実を手に入れることとなったのだ。それをどのように使うかは君次第だ」

「俺はつまり……その……サイボーグとか呼ばれるものになるということか」

少し照れくさそうに米澤はサイボーグと口にした。

「いいかね、米澤君。二足歩行ということがどれだけ精緻《せいち》な制御《せいぎょ》によって行われるか、科学者である君には理解できるだろう」

「……まあ、それは」

「身体の各部の動きが、脅威的《きょういてき》な脳の処理能力に任されているということも知っているね」

「ああ……」

「君は科学というものが到達した一つの奇跡となるのだよ。オカルト信者どもが歪んだ顔で唾《つば》を飛ばして話したがる奇跡《きせき》などとは違う、人の手によってもたらされた真実の奇跡だ」

老人はいったん焦げた生首の方を見そうになってから、視線を上へと、米澤の視覚器官であるセキュリティ用のカメラレンズに向けた。

「君は〈ガリレオ〉の誇りであり、現代科学の到達点の象徴《しょうちょう》となる」

「〈ガリレオ〉……。そうだ、俺は〈ガリレオ〉のメンバーになったんだ」

「ああ、そう言えば挨拶《あいさつ》が遅れてしまいましたね」

老人はまた人の好い年寄りの顔に戻って言った。

「わしのことは〈ロバ〉と呼んでくれればいいですよ。男のくせに老婆とはこれいかに」

無声でひいひいと老人は笑った。確かにそれは〈ロバ〉のいななきのようにも聞こえた。

「君はね、新しい身体を得た時点から〈イヌ〉と呼ばれることになる。わしらの行動は逐一《ちくいち》公安が見張《みは》っておるんでね。作戦行動をする時は互いに暗号名で呼び合うことになっているんだよ。初めは戸惑《とまど》うが、じき慣れます」

「〈イヌ〉……」

「そうですよ。わしらは〈ガリレオ〉の中でチームを組むことになります。残りのメンバーですが、〈ネコ〉のことは覚えておいでですか」

「〈ネコ〉?」

「背の高い女ですよ。病院にわしと一緒に迎えにいった女です」

「なんとなく覚えているような」

「まあ、後で紹介します。それからもう一人、これはどうやらあなたの知り合いらしいですが、たとえ互いに本名を知っていても、必ず暗号名で呼ぶようにしてください。彼の名は」

「〈ニワトリ〉っすよ、先輩」

声のした方へと顔を向けた。モーター音がしてカメラが向きを変える。開いた入り口の前に立っているのは、気の良さそうな顔をした青年だった。やたら鋲《びょう》のついた黒い革ジャンとパンツは、垂れた目でにこにこしている青年に相応《ふさわ》しいとは思えなかった。相応しくないと言うのであれば、最も彼には相応しくないものが頭の上で揺れていた。彼は真紅《しんく》に染めた髪をモヒカンにしているのだった。

モヒカンの好青年は、困ったような顔で言った。

「先輩、僕のこと忘れたんですか。それってまさか脳に障害がおきたとか」

「厭《いや》なことを言うな、忠《ただし》」

青年は破顔《はがん》した。目尻の垂れた細い目がより細くなる。

「覚えていてくれたんっすね、先輩。でもね、ここじゃ僕は〈ニワトリ〉っす。先輩は〈イヌ〉ですよね。イヌ先輩、これからよろしくお願いします」

いぬせんぱい、と頭の中で米澤は繰り返した。あまり良い言葉の響きではなかった。

「おまえ、河田《かわだ》忠だよな。どうしたんだ、その格好は」

「趣味っすよ。昔からこんな格好がしてみたかったんです。会社を辞めたらすぐに頭をこれにしてみました」

忠は嬉しそうに頭を指した。米澤の大学の後輩で、彼の勤めていた出版社に入ってきたのが彼だった。仕事ができるという人間ではない。それどころか、入社早々派手な失敗を繰り返した。明るさと人の好さだけが取り柄のような男だった。にもかかわらず、というより、であるからこそ、米澤は彼の世話を焼いた。

「むかーし、アナーキーとかに憧《あこが》れてたんっすよね、僕。もう、今はデスメタル聞きまくって、これもんっすよ」

彼は頭を激しく前後に振った。米澤には高速度で誰かに謝っているように見えた。

「おまえも〈ガリレオ〉に入ったのか。会社を辞めて」

「当たり前じゃないですか。先輩の首を切った……あっ、今は文字通り首を切っているわけだ。とにかくですよ、先輩にあんなことをした会社に僕がいられるわけがないじゃないですか。即辞表を叩きつけてやりましたよ。ほんっとに、あいつらの遣《や》り口には、今でも思い出すとはらわたが煮え繰り返りそうになりますね」

忠が顔をしかめた。本気で怒っているようだ。

俺は本当に煮え繰り返って、こんなことになっちまったわけだ。

声には出さず米澤は考えた。

4

〈禁〉は古代の中国において、信仰上してはならないことを意味する。つまり呪的な忌避《きひ》を意味するのだが、さらに積極的に呪をもって呪を禁ずるシステムをも意味した。それを呪禁という。さらに時代が下るとこれは専門職となり、それは日本にも最新のテクノロジーとして輸入され、呪禁道《じゅきんどう》と名づけられた。だが呪禁局の呪禁はこれとは関係無く、単に呪法を禁じるという意味でつけられている。

その呪禁局の花形スターが呪禁官だ。呪禁官になるには呪禁官養成学校で最低三年学び、呪禁官の資格を取らなければならなかった。

養成学校を受験するには二つの条件がある。一つは中学卒業の学歴。そしてもう一つは、二十歳までに巫病《ふびょう》に罹《かか》り、その診断書を専門の心霊医からもらっていること。巫病とは、霊的な力の働きによって心身の異常をきたすことをいう。沖縄で見られるカミダーリィはその代表的なものであろう。

二十歳までとなってはいるが、その多くは十代前半に罹る。統計では凡《おおよ》そ二十人に一人、五パーセントの人間が受験資格を得ることになる。

受験時には簡単な学力テストと面接があるが、何よりも巫病に罹ったという証明書が最も重要視される。従って一度巫病に罹れば、まず受験は成功したと言ってもいいだろう。が、いくら受験に成功しても、卒業するのは並大抵の努力では不可能だ。留年は二度許され、いかなる理由であろうと六年以上養成学校に在籍することは許されない。

生徒達はびっしりと詰まったカリキュラムをこなさなければならない。洋の東西にかかわらず魔術、神秘学の知識とその実践、そして銃器こそ扱わないが、軍隊並みの格闘術をも身につける必要がある。体力知力ともに優れた者だけが卒業できるのだ。

卒業してからは訓練生としての生活が始まる。その訓練生の多くが呪禁官候補生として呪禁局で勤めることとなるが、候補生を四年勤めた後に正式に呪禁官となれるのは、二割に満たない。

その一握りの人間になろうとギアは決意して、この県立第三呪禁官養成学校に入学した。その意気込みは立派なものだったのだが……。

「アウグスティヌス主義というものは、まあ何です。つまりは、そうそう、ネオ・プラトニズムの影響を大きく受けておるわけでして、それでですね、このネオ・プラトニズムは、ああ、ルネサンスのネオ・プラトニズムですよ。これは魔術的と言いますか、そういったあれです、あの、力の行使をもって……」

黒板に囁きかけるように、痩せた老教師は延々と聞き取りにくい声で喋り続けていた。

二年生になって初日の授業だ。ギアは睡魔と格闘していた。

眠い。とてつもなく眠い。

眠ってはいけないと思ってはいる。これが今日最後の授業だ。これを我慢しさえすれば、寮に帰って心ゆくまで眠ることができるのだ。

一年生最後の、屈辱的な野外授業でギアは決意した。心を引き締めてかからないと卒業も難しいぞ、と。それから二カ月経つ。初心はすでに忘れかけているようだ。心を入れ替えたつもりだったが、つもりだけでは如何《いかん》ともしがたい。

たまらずギアは教科書を前に立て、夏場の老犬のように、重ねた両手に頭を載せて眠ろうと決意した。老教師、荒木義二《あらきよしじ》の授業でここまで丁寧に居眠りをカモフラージュする生徒はいない。これはせめてものギアの誠意の表れだ。

教室内は無法地帯と化していた。

隣と声高に雑談する者。外で買ってきた菓子を食っている者。教室から勝手に出ていく者。後ろの方で酒を回し飲みしている者たちまでいる。

荒木の教えているのは西洋魔術史。一日の授業の大半を終え、食事をすませた五時間目だ。ただでさえ授業に集中力を欠くこの時間ではあるが、たとえ朝一番の授業であろうと、荒木の授業はこうなったであろう。

これだけ生徒が勝手にやっているのに、荒木はまったくの知らん顔だ。隣の教室から苦情が来るまで、彼が生徒に注意を向けることはない。五十分間ずっと、か細い声で教科書の内容をただ喋り続ける。生徒もそれを知っているから、初めから聞く気もない。

〈シニカケ〉

それが荒木につけられた最初のあだ名だったが、そのあまりのストレートさを許さなかった何人かの生徒は、彼を〈ヒナ〉と呼んだ。鳥の雛《ひな》だ。頭の両脇に残ったわずかな白髪。尖《とが》った鼻と丸い眼鏡。皺だらけの長くて細い首。長身だが痩せた彼がひょろひょろと歩く様《さま》は、確かに卵からかえったばかりの雛に似ていた。この呪禁官養成学校にも多くの教師がいるが、荒木義二がその中で最も軽く見られている教師であることに間違いはないだろう。

ちょっと居眠りするつもりで、ギアはすっかり寝入ってしまっていた。

夢を見ていた。

目覚めから始まる夢だった。

汗にまみれてギアはベッドから半身を起こした。心臓が狂ったドラムのように鼓動《こどう》を続けている。四、五歳の頃、自分が過ごしていた部屋だ。

ギアはぼんやりとこれが夢であることを自覚していた。そう、これはいつも見る夢だ。

時計を見ると十二時半だった。

ギアは薄暗い天井を見ていた。

急に悲しくなってきた。ここでは自分は幼い子供なのだと思うとさらに悲しくなった。

嗚咽《おえつ》が漏れた。

しばらくギアはベッドの上で泣いていた。いつもなら、そうしていれば泣き声を聞きつけて母親が慰めに来てくれるはずだった。

いくら待っても母親は来なかった。

ドアベルが鳴った。

ギアは二階の彼の部屋を出て、両親の寝室に向かった。吹き抜けの回廊《かいろう》から一階の居間が見えた。居間の明かりがついていた。これから何が起こるのか彼は知っていた。

母親はテーブルに突っ伏していた。泣いているようだった。その横に男が立っていた。ギアの知っている顔だ。父親と一緒に一度家に来たことがある。父親の同僚だった。

ギアは階段を駆け降り、その男に摑みかかっていった。

「お母さんに何をした！」

男はただ立ちすくみ、少年に殴られるがままになっていた。

「やめなさい、創作！」

母親の叱責《しっせき》の声がした。

ギアは素直に男から離れた。

「その人は私に、父さんからの知らせを届けに来ただけよ」

「お父さんからの知らせって、なに？」

母親は答えなかった。ただ黙ってギアを抱き締めた。痛いほどに。


「おい、ギア！　ギア！」

身体を揺すられてギアは目覚めた。正真正銘《しょうしんしょうめい》の目覚めだ。顔の下に敷いていた掌がよだれでべったりだ。慌てて手で拭う。

いつの間にか授業は終わっていたようだ。

「寝ながら泣いてやんの」

鞠《まり》のように太った少年が、にやにや笑いながら言った。

「嘘だろ」

ギアは慌てて目をこすった。顔が赤くなるのが自分でもわかる。

「怖《こわ》い夢を見たのね。お母さんにどんな夢を見たか話してご覧なさい」

太った少年は身体をくねくねさせながら言った。

「誰がお母さんだよ」

「俺が」

澄ました顔で馬鹿なことを言っている彼はソーメー。本名、針山宗明《はりやまそうめい》。ギアの同級生である。同期で入学した者の中でもかなり異色の存在だ。

つるつるに剃《そ》り上げた頭が青々《あおあお》としている。宗明という名前からしても坊主ではないかと勘違いされることも多いが、この近くの洋装店の息子である。

「おまえから生まれるぐらいなら、生まれなかった方がましだよ」

「もう、この子ったら、そんなことばっかり言ってお母さんを困らすんだから」

「馬鹿ばっか言ってるんじゃないよ。だいたいよく考えてみろよ。俺にはいろいろと恩義《おんぎ》があるだろう」

「おんぎ、といえぱ、あれですか」

ソーメーは左胸に掌を当てて、どきっ、どきっ、と言った。

「それは動悸だ」

「……被害者は頭を何度か、花瓶《かびん》か何かで殴られて」

「それは鈍器《どんき》」

「最近の若い者は仕事が続かなくていけねえや」

「それは根気だ！　あんまりふざけてると、仕舞いには怒るぞ」

「怒ったらどうする」

ソーメーは後ろにポンと飛んだ。成長しすぎたコンニャクのような腹がゆさりと揺れた。

「こうしてくれる」

ギアは左手の人差し指と中指を伸ばして、それを右手で摑んだ。

「おお、それは大日如来《だいにちにょらい》の印《ムドラー》、智拳印《ちけんいん》！　ならば私は」

ソーメーは左脚を一歩前に出し、両掌を前に突き出した。

「おお、それはホルスのサイン。おのれ妖怪」

「誰が妖怪だよ」

ソーメーが口を尖らせた。

「呪法は……」

横から口を挟んだ少年がいた。

ギアとソーメーは同時に彼を見た。

「……呪法は遊びに使わない方がいいよ」

ギアとソーメーは顔を見合わせた。

辻井《つじい》貢《みつぐ》だった。二人に背を向け、布のリュックの中に教科書を詰め込んで帰り支度をしている。見るからに気の弱そうな少年だ。ギアたちと同年齢で十六歳だが、童顔の彼はどう見ても中学生にしか見えない。

ソーメーが少年の肩を抱いて顔を寄せる。ソーメーもそれほど背の高い方ではないが、貢はそのソーメーの肩辺りまでしか身長がない。

「あのねえ、貢君。俺は君の真面目なところが好きだよ。でもな、世間《せけん》じゃあんまり真面目すぎるのも嫌われるぞ」

「それはわかってるよ。でも、駄目なものは駄目だから」

「駄目なものは駄目って言っちゃ駄目！　お母さんの言うことを聞きなさい」

「ソーメー、貢をあんまりからかうなよ。こいつは俺と同じで真面目な人間なんだから」

「何が俺と同じでだよ。真面目な人間が授業中に居眠りするか？　まあ、泣き虫だってことなら認めるが」

ギアはソーメーを無視して貢に声をかけた。

「俺たち力餅《ちからもち》に行くんだけど、一緒に来ないか」

力餅は校舎近くのメシ屋だ。うどんと和菓子という、意味の良くわからない組み合わせの看板がかけてあるが、安くて旨《うま》い。

貢が振り向き、いささか悲しげな笑みを浮かべて言った。

「今から仕事なんだ。悪いけど」

「そうか、帰りに寮長《りょうちょう》に見つからないようにな」

「ありがとう、じゃあ」

貢は手を振って教室を出て行った。

「暗い男だよなあ」

貢に大きく手を振りながら、ソーメーは言った。

「俺が二年になって一番の失敗は、あんな奴と部屋が同じになったことだな。それに吉田《よしだ》もだよな。みんな授業が終わったらとっとと帰ってさ。どうしてみんな、ルームメイト同士仲良くやれないのかね」

「おまえがみんなに嫌われてるからだよ。貢にいろいろと事情があるってのは、おまえも良く知ってるだろ」

「父さんを事故で亡くして、お母さんが病気なんだろ。それで深夜バイトしながらここに通っていると。その上にあの、いかにも薄幸そうな顔だろ。今時、昼間の連続ドラマでもあんな絵に描いたような不幸な人間は出てこないぞ」

「暗い、暗いって言うけどね、おまえみたいに馬鹿明るいよりはましだよ」
「明るいはわかるよ。明るいはわかるけど、どうして
そこに馬鹿がつく」
「馬鹿だからさ」
「おまえさあ、人から嫌なやつって言われたことない
か」
「正直者とは言われてるけどね」
二人は軽口《かるくち》を叩きながら教室を出ていった。

5

ギアの父親は優秀な呪禁官だった。葉車、という姓から、彼もまた学生時代からギアと呼ばれていた。呪禁官である父親はギアの誇りだった。その父が亡くなったのは彼が七歳のとき。捜査中に殉職《じゅんしょく》したのだった。その時から、父親と同じ呪禁官になることが、ギアの夢となった。

ギアは十二歳の時に巫病に罹った。巫病に罹ることは呪禁官になるための必須条件だ。ギアは早速《さっそく》母親と一緒に専門の心霊科の医者に行った。巫病に罹ったことの証明書を書いてもらうためだ。これがなければ養成学校に入学できない。

巫病を治すと呪禁官になる資格を失うような気がして、ギアは何かと理由を見つけて心霊科医に通うのをさぼった。

いつ起こるかわからない心神喪失《しんしんそうしつ》。意識を失うと同時に誰にもわからない言語で喋り始め、身体が勝手に動き出す。そしてギアは、他の巫病患者ではあまり見られないような、特異な発作《ほっさ》を何度も起こした。様々な症状で巫病はギアを苦しめたが、それも呪禁官になるためだと思えば我慢できた。

そしてギアは見事養成学校に入学した。それで夢へと一歩近づいたわけだ。しかし夢を実現するまでには、まだまだ多くの困難《こんなん》を越えなければならないようだった。

その困難の一つが、早速校門で待ち伏せしていた。

「よう、葉車。元気そうじゃないか」

望月だった。いつものように大賀茂と小鴨の二人を従えている。

ギアは顔を伏せ、三人を無視して横を通りすぎようとした。

「おい、おい。挨拶なしかよ」

望月がギアの腕を掴んだ。胃がぎゅっと縮まった。

友人の不幸を知らぬ顔で通りすぎようとしたソーメーが、大賀茂に足を掛けられて、まともに前に倒れた。

「デブくん。駄目だなあ、友達を置き去りにしちゃあ」

望月が笑った。追従《ついしょう》するようにカルガモ兄弟が笑う。

ソーメーが起き上がろうとすると、望月が背中を脚で踏みつけた。押さえつけた餅のように腹の肉が横に広がる。

ソーメーは起き上がろうとしたが、手足をばたつかせるだけで動きがとれない。

「ソーメーを……離してやれよ」

下を向いてギアは呟いた。

「あれ？」

望月が薄笑いを浮かべて怪訝そうな顔をする。

「葉車、おまえ浦島太郎か？　亀を助けようってのか。感心じゃないか。正義感の強い子だってお母さんに誉《ほ》められたいのか」

「離せって言ってるだろ」

さっきよりは少しは大きな声だった。ギアは望月を真正面から睨んだ。望月は細い目をさらに細めてギアを睨み返した。

「おまえ、一年最後の野外演習を覚えてるか。おまえは俺たちの捕虜になったんだぜ。捕虜って言えば奴《ど》隷《れい》も同然だよな。奴隷がそんな口きいていいのかな？」

望月がギアを目の敵《かたき》にし始めたのは、取るに足らない原因からだった。入学して間もない頃の話だ。

廊下ですれ違った時、当時二年生だった望月は、挨拶しなかったとギアにからんできた。横を通る時に頭を下げて、礼をしている。しかし、それはそれとして謝っておけば、ことはそこですんだのだろう。しかしギアは理由なく謝る必要はないと考え、そう言った。もちろん口調はあくまで丁寧に。

　そのすべてが望月の気に入らなかったようだ。その日から彼はことあるごとにギアにからむようになった。

　ギアは今まで望月たちに手を出したことはない。それは上級生に対し、それなりの敬意を払ってきたからでもある。でもあるが、それ以上に望月たちが恐ろしかったというのが本音だ。学年が違えば、格闘術でも呪術実践でも下級生に数段勝《まさ》る。それでなければ進級できない。しかも彼はそのいずれにも良い成績を修《おさ》めているという噂《うわさ》があった。問題があるのはその性格だけだった。さらに喧嘩《けんか》慣れもしている。まともに戦って勝てる相手ではなかった。

　だから、手を出さなかった。いや、出せなかった。

　しかし、今ギアは二年生。今までの駄目な部分を反省して、新しく生まれ変わることを決意したところだ。それでなければ父親の名を汚《けが》すことになる。

　ギアは望月を見た。

　長い顎がそっくり返っている。顎の先が目に刺さりそうだ。細い目がギアを嘲笑っていた。

　ギアは意を決した。
　一、二と呼吸を合わせ、三で殴りかかった。
　その腕をあっさりと受け止められる。

　奇襲《きしゅう》に失敗したらどうなるか。

　顔から血が引いていく音をギアは聞いた。

「舐めやがって」

　望月を本気で怒らせてしまった。

　衿首を摑まれた。ぐいと引き寄せられたと思ったら、顔面に望月の額が迫ってきた。

　目の前が真っ暗になった。ギアはそこに星がぱっと散るのを見た。星が飛ぶというのはマンガの中だけかと思っていたが、それが事実であることを知った。知ったからといって嬉しくも何ともないのだが。

望月は容赦がなかった。

両手で顔を押さえたギアの腹に拳が埋まった。ギアにしても毎日の教練で身体を鍛えられている。それでもその痛みに耐えることはできなかった。

腹を押さえてうずくまる。

下がった頭を摑まれた。

もうギアに戦う気力はなかった。痛みより、負けたのだという意識が戦意を失わせていた。

「上級生に逆《さか》らったら、こうなるんだよ」

髪を摑み、頭を持ち上げられた。

膝《ひざ》で顔面を蹴り上げられるんだ。

冷静にそんなことを考えられたのは、恐れより失意が大きかったからかもしれない。

「やめろよ」

低く静かな声だったが、ギアにも良く聞こえた。

いわゆるどすの利《き》いた声だ。

「おまえには関係ないだろ」

望月の声に寸前までの怒気《どき》がない。

頭を摑まれ、中腰のままでギアはその男を見た。

短く刈《か》り込んだ髪。彫りの深い濃い顔立ちに、ほんの少し微笑《ほほえ》んだ唇は、どこか「軽薄な女たらし」といった印象を与える、だが、その甘さを目が裏切っていた。凄味《すごみ》のある、どこか見るものを不安にさせる目だ。それがこの少年の、何をするかわからないという雰囲気《ふんいき》をつくり出していた。

少年の名は吉田哲也《てつや》。望月と同年齢だが、ギアと同じ学年で、彼のルームメイトの一人だった。

哲也に関しては様々な噂があった。父親が暴力団であるとか、人を殺したことがあるとか。中学校でかなりのワルだったことは事実らしい。

ギアも、そして望月たちもその噂は知っていた。

「葉車は俺のルームメイトなんだ。そいつが何か失礼なことをしたなら俺が謝るよ。もうそこまでにしておいてやれよ」

喧嘩でどちらが強いかは、ほとんどの場合始まる前に互いに目を見た瞬間に決まる。

望月は頭の中で素早《すばや》く、勝てるか負けるかの計算をした。そして勝ったときのメリットと負けたときのデメリットを考えた。解答はすぐに出た。

望月はギアの頭から手を離した。

「今度は二人きりで遊ぼうな、坊や」

一言《ひとこと》言い残して望月は帰っていった。カルガモ兄弟がその後を追いかける。

「ありがとう、哲也」

ギアはずきずきと痛む右目を押さえて、頭を下げた。

「どうせ頭を下げるなら、もっと早くあいつらに下げた方がいいぞ。頭を下げていればたいていのものは上を通り過ぎていくさ。喧嘩をするのは馬鹿だけだ」

「どんなに馬鹿にされても？」

「馬鹿になるより馬鹿にされる方がましだと、俺は思うよ」

「ありがとうございます、吉田先輩」

身体の埃《ほこり》を払いながらソーメーが立ち上がった。

「敬語は止めてくれって言ってるだろ」

哲也はソーメーを見つめた。ソーメーは満面に笑みを浮かべた。少しばかり笑いがひきつっていた。

「同級生なんだから、な」

「そうっすよね」

「それじゃあ、またな。もう喧嘩すんなよ」

「あっ、ちょっと待って、今から力餅に……」

ソーメーが呼び止めるのが聞こえないかのように、哲也は校門前の道路を走って渡っていってしまった。

「付き合いの悪い奴だよな。ルームメイトなのによ」

哲也の姿が見えなくなってから、ソーメーは不服そうに言った。

「おまえって、ほんっとに裏表がある人間だね」

「この世で裏表のないのはコンニャクぐらいのものだ」

「それより、思い出した。おまえ、俺が望月に捕まってるとき、一人で逃げようとしただろ」

「おまえの問題はおまえ自身が解決しないと、本人のためにもよくないと思って」

「友達甲斐《がい》のない奴だよ、おまえという男は」

「友達じゃないもん」

「そんなこと言ってたらな、最後には——」

ギアの腹が大きな音を立てた。みっともない鳥の雛が鳴いているようだった。

「最後の前に、とにかく何か腹に納めようか」

ソーメーが笑いながら言った。

「……ま、そっすっか」

二人は勢いよく校門から駆け出していった。

6

部屋はひんやりと冷たい。外の蒸し暑さを、この中では想像することさえ難しいだろう。

大理石の床と壁と柱。墓石《ぼせき》のように周囲に並べられたガラスケース。その中では数百年から数千年の時を越えて、剣が、人形《ひとがた》が、鏡が、さらなる未来をじっと待っている。

空調の音だけが静かにハミングしていた。

どこかの美術館のように見えるが、ここが公開されることはまずないだろう。

ここは日本でも有数の古美術コレクター、島田《しまだ》総一郎《そういちろう》の倉庫だ。島田は特に宗教的、呪的な美術品のコレクターとして有名だった。

「素晴らしいものばかりだ」

口ではそう言っているものの、男はさして感嘆《かんたん》している様子もなかった。長身の男だ。全身を覆い隠すような灰色の外套《がいとう》を着ている。

「世界的な美術商の蓮見《はすみ》さんにそう言ってもらえると光栄ですよ」

島田は大きな身体を揺すって、意味もなく笑ってみせた。蓮見が見たいというからここに連れてきた。いくつかの美術品の購入で世話になっている。断る理由もなかった。だが、頼み込んだ蓮見より、島田の方がへりくだってみせている。島田は蓮見の倍近い年齢だ。それが会った瞬間から蓮見に圧倒されていた。

「呪具を集めるとなると、ここでも霊的な事故には気をつけなければなりませんね」

蓮見は悪霊をかたどったアフリカの木彫りの人形が入ったケースを、指でなぞりながら言った。

「こんな時代ですからね。何度か怪しげな霊が現れて呪禁官を呼んだこともありますよ。いや、ご心配なく。今では月に二回、専門家を呼んで悪しき霊を浄《じょう》化《か》してもらっていますから」

「なるほど」

頷く蓮見は始終笑みを浮かべている。その笑みを、何故か島田は不安に感じた。

蓮見は写真などで見ると整った顔立ちの美青年だ。実際こうして目前《めさき》で見ても、その美貌《びぼう》に変わりはない。変わらないどころか、写真ではわからなかった凄味が加わり、恐ろしいほどに美しい。

だが、蓮見には何かが欠けていた。決定的に人間として欠けた何かが、その美貌を常人でないものに感じさせていた。美しい色彩の爬虫類《はちゅうるい》を見るような何かを。

蓮見の顔をじっと見つめていたのに気がつき、島田は取り繕《つくろ》うように言った。

「さあ、とにかく蓮見さんに見ていただきましょうか」

島田の前には大きな木箱があった。釘抜《くぎぬ》きを手にして、島田は箱を開けていく。

蓋が開いた。中には幾重《いくえ》にも緩衝材《かんしょうざい》が詰め込まれている。それを取り除き、最後には赤い布に包まれていたものを、そっと取り出した。

布から光がこぼれた。

「これが〈プシュケーの燈火《ランプ》〉です」

それは幼児の頭ほどもある大きな水晶だった。その水晶は明るく輝いていた。周りの光を反射して光っているのではない。その中に空洞《くうどう》があり、空洞にはわずかな液体が入っていた。激しく輝いているのはその液体だった。まばゆく輝きながら、それは重力を無視してゆっくりと波打っていた。光が揺れ、弾け飛沫を飛ばす様は炎のようにも見えた。

どこで知ったのか、今日届いたばかりのこれを、蓮見は見せてもらいたいと言ってきたのだった。

「素晴らしい」

島田の持つ水晶に、蓮見は顔を近づけた。

下から照らされた蓮見の顔が悪霊のように見え、島田は身震いした。増すばかりの不安を押さえつけるように島田は口を開いた。

「ギリシャ神話に出てくるプシュケーの話からその名前がつけられたそうですね。アポロンの神託《しんたく》を受けて、翼《つばさ》のある蛇と結婚するプシュケーの話から」

「神話ではなく、アプレイウスの書いた詩だよ」

神託どおり岩山の頂上で待っていたプシュケーは、西風に攫《さら》われて美しい城に連れてこられ、そこで贅沢《ぜいたく》な暮らしが始まる。翼のある蛇と言われていた夫は夜毎プシュケーを訪れて抱いた。夫は優しく、城での生活は楽しかったが、夫の姿を見ることだけはかなわなかった。

ある夜プシュケーは意を決して、寝室にランプを灯し、眠った夫の姿をそれで見る。夫は美しい青年、愛の神であるアモールだった。姿を見られたアモールはプシュケーの前から去っていく。プシュケーはいなくなった夫を求めて旅に出る。

これがアモールとプシュケーの物語だ。

「プシュケーは真実を見ようと思って、光をあてた。そして真実を知るが、同時にそれを失う。真実とは隠された知恵のことだ」

蓮見は〈プシュケーの燈火〉に見入りながら、それこそ神託のように話し続けた。

「光はすべての源だ。光はつまり炎であり、多くの宗教の崇拝物《すうはいぶつ》となる。〈プシュケーの燈火〉は別名〈ベレスラグーナの火〉。ゾロアスター教で最も権威《けんい》のある炎。太古から決して絶やすことなく燃え続けてきた炎がこれだ。プロメテウスが盗み出し人類に分け与えた聖なる炎もこれだ。あらゆる神話の中で語られる炎と光はこれを意味する。〈プシュケーの燈火〉こそが、隠された真実の知恵そのものだ」

「イランで発掘されたものです。六千年あまり前のものらしいですね」

「人類がこれを見つけたのは、もっとはるか昔だ」

島田は蓮見の口調が変わっているのに気づいた。いつの間にか敬語が失せている。まるで下僕《げぼく》にでも説明するかのような口調だ。

ふと何かを思いついたように蓮見は島田を見た。

「これは君には不要な品物だ」

島田は聞き間違いをしたのかと思った。

「何ですって」

「聞こえなかったのか。これを君が持っていても何の役にも立たないということだ」

蓮見はじっと島田を見ている。その顔から笑いが失せていた。薄い青みがかった瞳《ひとみ》が、蛇のように表情を失っている。

「蓮見さん、何を言ってるんだ。君がどうしても見たいと言うから、送られてきたばかりのこれを……」

蓮見の手が伸びて〈プシュケーの燈火〉を奪い取った。

慌てて取り返そうとする島田の肩を誰かが押さえた。

島田は顔をしかめた。

恐ろしい力だ。肩の骨がみしりと鳴ったような気がした。

肩を見ると枯れ枝のような細く長くごつごつした指が見えた。ミイラのようなその指には、長い鉤爪《かぎづめ》がついていた。

島田の息が荒くなった。心臓の激しく脈打つ音が聞こえた。

「君は……何をしようと……」

「美術商というのは私の副業なんだ。本業は魔術結社〈星の知慧派教会〉の首領《チーフ》」

島田は目を閉じた。死刑を宣告された被告のように。

非合法な魔術結社は日本中に無数にある。その中でも最も有名な団体が〈星の知慧派教会〉だった。

この教会は一八四四年にプロヴィデンスで生まれ、一八七七年に強制的に解散させられた悪名高いカルト教団の名を正式に引き継いでいる。教会とは名ばかりで、語られることのない無貌《むぼう》の邪神を崇《あが》めているらしいが、未だにその実体は謎のままである。呪殺や儀式殺人など数多くの事件にかかわっているとされているが、それもまた、今のところは噂でしかない。

しかし何よりもその名を世間に知らしめているのは、初代の首領が日本で最初に公式に記録された魔術師であるということだった。裁判所で小鬼を召還《しょうかん》した男。それが初代の首領だ。この事件は世界で最初のオカルトの実証ケースでもあり、呪術が有効になった原因そのものと関係があるのではないかとも言われている。


「君は知らないだろう。これが、この〈プシュケーの燈火〉がどれだけの価値を持つものか。探したよ、長い間。それが今になって急に見つかった。残りは二つだ。〈プロスペロの書〉と〈ピュタゴラスの石〉。君もコレクターなら名前だけは聞いたことがあるだろう。その二つも近々手に入れる予定だ。三つが揃《そろ》ったとき、私は神になる。世界が変わるんだ。新しい世界が始まる。しかし可哀想だが、その世界を君が見ることはできない」

叫び声を上げようとした島田の首が、一瞬にして引き千切られた。

噴水《ふんすい》のように血を噴き上げながら、島田の身体は横に倒れる。

その首は鉤爪のある手に摑まれ、驚愕《きょうがく》の表情を浮かべて蓮見を見ていた。

第二章

1

かつてはボウリング場だった。その前は映画館だったらしい。今は何もない。廃屋《はいおく》があるだけだ。

米澤はレーンを見ている。ボウリングは二、三度しかしたことがない。好きにはなれなかった。レーンは長い。その果てに地平線が見えるのではないかと米澤は思った。

いや違う。

米澤は頭を振る。

レーンはピンの並べられるはずのそこまでしかない。今はピンなどない。何故か灰色の作業服が捨てられている。そこまで行けばいいのだ。

最初の一歩を踏み出す。

身体が踏み出した足の方へと揺れる。慌てて身体を起こそうとする。反対に反《そ》れ過ぎる。重心が後ろに移り、踏み出した足を元に戻す。後ろに反りかえった中途半端な姿勢で米澤は静止した。

「恐れるからそうなるんですよ。自転車の練習と同じですな。怖がると倒れる。強い意志を持って歩かねばならないわけだ。徒歩の意志と言いましてね」

はあはあと苦しそうに〈ロバ〉は笑った。路傍《ろぼう》の石と掛けた洒落だろうとは思ったが、笑う気も答える気もない。

米澤は姿勢を制御し、背筋《せすじ》を伸ばした。身長は三メートル近い。銀色に輝く巨人、それが今の米澤だった。

「二週間経つ」

妙に澄んだ声で言った。以前の声を取り戻そうといろいろと工夫したが、できなかった。諦めて適当に選んだ声がこれだ。

米澤は声に苛立《いらだ》ちを含めようとした。

「わかるか、二週間だ」

失敗に終わった。細かい感情を、サンプリングされた声色《こわいろ》で表現するのは難しい。

「なのに一歩踏み出すことさえ難しい。別に自律的に二足歩行させているわけじゃないんだ。俺の脳でコントロールしようとしてできない。これはこの脚か、あるいは歩行のシステムそのものに欠陥があるからじゃないのか」

「そんなことはないですよ」

にこやかに〈ロバ〉は答えた。

「歩行の補助システムは、わしが造った義足のための制御システムを元にしているんですよ。幾度もバグを取り除き、改良を加え、バージョンは5・4を数えています。それだけ完成度が高いものなんですよ。ハードに関しても義足の延長なんですし、それなりに研究を重ねた信頼度の高いものです。ですから問題は、それを脳でいかにコントロールするかですよね」

「俺のせいだと言いたいのか」

「まさか。しかしね、脳は多くのことに慣れていきます。その汎用《はんよう》性の高さこそが、脳の脳たる部分ですよ。汎用性は脳のキーポイント。脳汎キーといいましてね」

再び笑った。それから米澤の前に回ってその目を覗《のぞ》きこみ、真面目な顔で言った。

「農繁期《のうはんき》と掛けたんですよ」

「今日の夜までだ」

米澤は真っ黒のレンズの目で〈ロバ〉を見返した。

「今日中にせめて何歩か歩けなければ、もう二足歩行は諦める」

「どうも若い人は気が短くていけないなあ」

〈ロバ〉を押し退《の》け、米澤はまた最初の一歩を踏み出した。体重を載せる。重心が前へと移動していく。

ぐらり、と身体が思わぬ方向へ揺れた。

倒れそうになるが、そのまま次の一歩を出そうとした。

補正不能なまでに右前方へと傾斜する。

慌てて踏み出した反対側の脚が空を切った。

そして米澤は、派手な音を立ててレーンに倒れこんだ。床板が彼の体重に耐えきれず、めきめきと音を立てた。すぐに〈ネコ〉が近づいてきた。黒のライダースーツ姿はいつもと変わりない。

「すまんな」

朝から歩行訓練を続けている。幾度となく倒れ、そのたびに〈ネコ〉の世話になっていた。

「何度言ったらわかるの。身体を棒みたいに伸ばすのよ」

米澤が直立の姿勢をとると、〈ネコ〉は首を乱暴に摑むと、持ち上げた。

生身ではない。機械の身体は二百キロを超える。それを、足を支点としてぐいと持ち上げる〈ネコ〉の腕力は凄まじい。鍛え上げた筋肉が革の下で膨れ上がるのがわかる。彼女にとってこれは筋力トレーニングの一環のようなものなのだろうか。

米澤が直立し安定すると、〈ネコ〉はさっさと離れて椅子に座り、数式だらけのレポートを読み始めた。


どうやら何かの論文のコピーのようだ。

米澤は再び前を見つめる。長い長いレーンを。

何でこんなことをしているんだ。

ふと頭をそんな疑問がよぎる。

その答えもすぐに浮かぶ。

復讐《ふくしゅう》だ。奴らへの復讐。彼をここまで追い詰めたあいつらへの復讐。復讐。復讐。復讐。

あの時のことを思い浮かべる。恥辱《ちじょく》と怒りに、ないはずの臓腑《ぞうふ》が煮え返りそうになるあの時のことを。

米澤が『サイエンス・ファクト』誌の編集長だったのは、ついこの間のことだ。

彼にとっての災厄《さいやく》は、いつもどおり編集作業に追われる発行日間近、他の雑多な用事とともに現れた。多くの不幸がそうであるように、訪れたそれはチャンスであるかのような顔をしていた。

災厄の名は栗原武彦《くりはらたけひこ》。当時二十八歳。国立大学の理論魔術科教授であり工業魔術師《インダストリアル・マジシャン》の新鋭《しんえい》だ。彼の提唱《ていしょう》する深層呪詛《じゅそ》理論は、日本工業魔術協会《JIMS》に採用されようとしていた。それは産業革命に匹敵するほどの大きな変革をもたらす理論だったのだ。

オカルト的な力を発揮するシステムは世界中に無数にある。日本一つとっても、大きく分けて神道系と密教系の二系統があり、それに系統の不明な民間呪術まで加えれば、それだけでも無数といえる数のオカルト・システムが存在する。これらはすべて、効果に大小の差はあっても現実にその力を発揮する。

これをコンピューターの話に置き替えるのなら、無数のOSが並存する状況を考えれば良いだろう。OSの数だけコンピューターの種類が存在し、しかも相互に互換性がない。これでは大きな市場を期待できない。あらゆる企業が、どれが最も優れたシステムかを研究しているのだが、ことが宗教とも密接にかかわることだけに、その優劣を客観的に判断するのは難しかった。

栗原の深層呪詛理論は、あらゆるオカルト・システムの深層に共通するシステムが存在する、という理論だ。これはオカルトに客観的効力が存在するとわかったときから言われていた説であり、また新興宗教というものが多く掲げてきたのが、すべての宗教の源は我らの創り出した宗教である、という主張であることからもわかるように、その起源は古い。が、オカルトがブームになって以降生まれた新興宗教が、どれも様々な宗教の良いところを選んだパッチワークであったにもかかわらず、そのシステムが有効に働くことはなかった。

わずかな成功例も、ただ過去のすでに効力が実証されたシステムの繰り返しに過ぎなかった。結局は既存のオカルト・システムだけが有効とされていたのだ。そこに栗原はウィトゲンシュタインの言語使用論的視点によって、呪詛を解析することで新しい局面を見出《みいだ》したのだ。

彼はその理論を実践し、ユダヤ神秘思想の中でも秘中の秘であるカバラ・システムの中に密教をエミュレートすることで、護摩《ごま》を焚《た》くこともなく、梵語《ぼんご》を用いることもなく、不動明王《ふどうみょうおう》の現身《うつしみ》を呼び出すことに成功したのだ。ヘブライ語の聖句によって現れた不動明王が、置かれた板に不動尊を意味する種子《しゅじ》カーンの印を焼き付ける様子は録画され、またカーンを焼印された板からは高出力の秘力《フォース》が検出されている。しかも栗原の術式を用いた人間は、彼の霊的資質如何《いかん》によることなく、最初の実験と同じ結果をもたらすことができたのだ。

これは研究者のみならず、政治経済とも大きくかかわるセンセーショナルな出来事だった。

オカルトはその成り立ちからも、すべてが個人に委ねられるシステムなのだ。いわば手仕事。その効力は客観的に実証されていたとはいえ、それを駆使するには熟練《じゅくれん》が必要であり、専門家である魔術師の存在は欠かせなかった。しかしオカルトの深層に通ずる共通のシステムが発見されたことにより、術式の簡略化や、マニュアル化が図《はか》れることになるのだ。それはつまり魔術の大量生産が可能になったということであり、人類にとっては産業革命以上の意義があると言われるのは当然のことなのだ。

もちろんまだそこまで実用化されているわけではない。今ようやく栗原理論を応用して、世界中のオカルト・システムを一つに統一するための研究が始められたばかりだった。工業魔術師《I・M》もまだ生まれたばかりであり、栗原の理論もまた実験段階を脱したわけではない。

しかし栗原がその時も今も、最も有名な理論魔術学者であることは間違いない事実だった。その栗原が、ある日『サイエンス・ファクト』の編集部を訪れたのだった。

2

米澤は緊張していた。

前号の誌面でオカルト批判を大々的に特集していたからだ。同誌でははじめての、正面からのオカルト批判だった。誌面では高名な物理学者たちが新鋭の魔術理論の中に含まれる物理学上の間違いを指摘し、その無知を暴《あば》いていた。さらに科学的な誤謬《ごびゅう》をもとに築かれた、オカルト側からの科学否定論が客観性を欠くこと。それ故に独善的なドグマへと移行する危険性なども、座談会や論文の形で激しく追及していた。『サイエンス・ファクト』が元々そうであるように、それらは公正な判断から、客観的にオカルトを批判することを目指した特集だった。過激な意見を掲載する科学誌はいくらでもあったし、今もある。〈ガリレオ〉が発行するいくつかの科学誌はその代表だ。武闘派と称する過激派の中には、オカルト粉砕《ふんさい》のためのテロ行為を行う団体も幾つか存在する。が、それらのオカルト批判はあまりにも極論であり、単なる中傷非難の類《たぐい》であることが多かった。そのような記事や論文は、主役の座から引き摺《ず》り下ろされた科学者たちの私怨に過ぎぬことが、誰の眼から見ても明らかだった。それだけに今までのオカルト批判は、一般的な世論からすら反発を買うことの方が多かった。しかし同誌のオカルト批判特集は、それらの感情的な揶揄《やゆ》や中傷とは一線を画《かく》したものだった。それだけにオカルト側からの反発も大きかった。特に名指しされた魔術理論家たちからは、抗議の電話やファックス、挙《あ》げ句《く》の果てには式神《しきがみ》や使い魔までが編集部に送りこまれてきた。呪禁官を呼ぶ大騒ぎになったことも少なからずあった。

そして、名指しこそされていなかったが、今最も注目されている理論魔術学者が編集部を訪れたのだ。それなりに米澤が緊張したのも無理はない。

応接室とは名ばかりの、パーティションで囲って椅子とテーブルを置いただけの部屋で、二人は対峙した。

栗原の顔は知っていた。幾つかの雑誌の表紙を飾っていたからだ。オカルト系の雑誌以外にも顔を出しているのは、それだけ見栄《みば》えがするからだろう。さらに成功した、あるいは成功しつつある人間に特有の、相手を圧倒する力を持っていた。米澤は口が裂けてもそれを「オーラ」などとは表現しないだろうが、それでもその力に気圧《けお》されているのは間違いない。いやでも己のことを考えてしまう。腹はでっぱり、頭も頭頂部から丸く薄くなっている。河童《かっぱ》か宣教師《せんきょうし》と仇名《あだな》される日も近いだろう。典型的な冴えない中年男だ。ついでに弱小出版社の編集長が出世の頂点で、これからの見通しは何もない。未来について考えることと言えば葬儀《そうぎ》費用のことぐらいだ。そうするつもりはなくてもついつい卑屈《ひくつ》な態度になってしまう。

名刺を交換し席についたら、米澤は恐る恐る用件を尋ねた。それに対し栗原は微笑みながらこう言った。

「私の原稿を掲載していただきたいのですが」

思ってもみない申し出だった。

「それはどのようなものでしょうか。やはり、あの……」

「近年のオカルト至上主義的な風潮《ふうちょう》に関しての、ちょっとした論文です」

「つまり、それはアンチ・オカルトに対する批判というようなものでしょうか」

栗原は声に出して笑った。悔しいほど爽《さわ》やかな笑いだった。ついつられて米澤も笑う。

「違いますよ」

栗原は革のブリーフケースから原稿を取り出してきた。クリップで留められた表紙には「知の周縁《しゅうえん》と侵犯《しんぱん》——霊的二元論の構造批判へ向けて」とタイトルが書かれてあった。

「これが掲載していただきたい論文です。基本的には最近出版された二冊の本への批判です。一つは『科学という迷信』。もうひとつは『実証主義的欺瞞《ぎまん》』です」

そのどちらも内容は大差ない。痛烈な科学批判の書だ。科学的世界観というものは客観を装った文化的装置であり、政治、経済、思想の影響から逃れることができないという意味合いにおいて、他のあらゆる学問と等価である。にもかかわらず、それが特権的地位を築けたのは、単にそれの利便性のみにかかわっている。既にその利便性も薄れた今、それは抑圧的な権力装置以外の何物でもなくなった。おおよそそのような内容だ。

そのような堅い内容にもかかわらず、この二冊はベストセラーになった。オカルトの力が実証された当時のヒステリックな科学叩きが消え、ようやく生まれた真っ当な科学批判書であったからかもしれない。しかしそれが科学批判をしていることには変わりなく、その本を世界で最も有名な工業魔術師が批判するとはどういうことなのか。米澤にはその真意がわからなかった。

怪訝《けげん》な顔に気づいたのだろう。栗原はその意図《いと》を説明しだした。その一声目《いっせいめ》から、米澤の顔は輝いていた。彼はこう言ったのだ。

「科学というものは、人類が考え出した最も客観的な学問です」

それから後はあまり覚えていない。とにかく最新の理論魔術学会の寵児である栗原武彦が、『サイエンス・ファクト』誌のオカルト批判特集に賛同し、小論文を掲載してもらいたいと言っているのだ。これが誌面を飾れば、科学者たちの立場も見直され、さらには反オカルトの過激な主張が沈静化することも考えられる。場合によっては科学とオカルトの掛け橋を、『サイエンス・ファクト』誌が務《つと》めることになるかもしれないのだ。そうなれば編集長である米澤は一躍《いちやく》文化的英雄になれる。

米澤は栗原の原稿を押し戴《いただ》き、早速編集会議にかけた。会議とはいえスタッフは米澤を入れて三人。後の二人は、新人の河田忠と主に海外の科学論文を担当していた小山田完治《おやまだかんじ》だ。米澤の興奮はたちまち二人に感染《かんせん》し、論文をろくに検証することなく掲載が決まった。それも無理やり次号に掲載させるという形で。

そしてその時から米澤の地獄は始まったのだ。

当然のことながら栗原の論文は評判になった。反論、異論も含めてその翌月から様々な雑誌が栗原の論文を取り上げた。そして栗原がオカルト系雑誌『G・D』に、「知の周縁と侵犯」がアンチ・オカルト論文を真似ただけの単なるパロディであり、その主張に欠片《かけら》も真実は含まれていないことを、詳細で正確な注釈《ちゅうしゃく》をつけて発表したのも、その翌月のことだった。

蜂《はち》の巣を突ついたような騒ぎとはこのことだった。反オカルト団体は栗原を殺すとまで息巻き、オカルト団体の多くからは、溜飲《りゅういん》が下がったというような単純なコメントが寄せられた。が、そのような感情的な揶揄はすぐに収まり、代わって怒濤《どとう》のような科学批判が始まった。特に、理解もせぬまま無知故《ゆえ》にオカルトを批判してきた科学者への反論は凄まじいものがあった。

科学とオカルトが対峙し渦を巻き、その中心に『サイエンス・ファクト』が、さらにその中央には編集長米澤浩吉がいた。その図式こそ彼の望んだものだったが、そこにあったのは地獄そのものだった。

最初のインタビューでしくじった。

彼は栗原のインチキ論文を掲載してしまった理由を、論文はある面から見れば間違っていなかったという「知の周縁と侵犯」の擁護《ようご》で説明した。書いた当人がお笑いでしかないパロディ論文だと言っているのにだ。さらに彼は、だからこそ編集会議での審査を通してしまったのだと言った。『サイエンス・ファクト』は論文を掲載する際、その正当性を審査する。それが建前《たてまえ》だ。だからこそ掲載論文にはそれなりの権威がつく。審査は建前だけではない。実際に行われていた。場合によっては専門家を呼び、実験の検証を行いもした。だがすべての掲載論文を審査するわけではない。国内で科学論文を掲載する雑誌は『サイエンス・ファクト』以外、ないに等しい。毎月数十の論文が届くのだ。それを三人のスタッフですべて検証することは不可能だ。だから特集記事の目玉のような論文にだけ審査が行われていた。しかし「知の周縁と侵犯」に審査は行われていなかった。そのことを素直に認めるべきだったのに、彼はそこで建前を通してしまった。審査した結果、ある意味それは正しい論文だったので掲載した、と嘘をついた。

三人のスタッフはオカルト側からも科学者側からも無能者扱いされることになった。面と向かって馬鹿呼ばわりされたこともあった。『サイエンス・ファクト』は廃刊になり、米澤と小山田は職を失った。忠だけは閑職《かんしょく》に回されただけで事《こと》無きを得た。知人たちはいつのまにか姿を消し、米澤は離婚した。それからすぐに小山田が自殺した。科学書の翻訳家《ほんやくか》としてやっていくつもりだ、と電話で米澤に話した直後、マンションの屋上から飛び降りたのだ。

米澤は夜警《やけい》のアルバイトを始めた。抜け殻《がら》のような生活だった。生きているという実感が皆無《かいむ》だった。目覚め飯を食らい排泄し、眠る。生きているということ以外に意味のない生。

酒場で若者たちのたわいのない科学への悪態を聞いたとき、どうしてあれほど激昂《げっこう》したのか、米澤にはわからない。あの時、科学を冒瀆《ぼうとく》する者への怨嗟《えんさ》と憎《ぞう》悪《お》が米澤の身体の中で爆発した。その怒りが、醒めれば今度は彼を自死へと追いこんだ。

その時一度死んだのだ。

そして過激な科学根本主義集団〈ガリレオ〉の闘士として彼は甦《よみがえ》った。機械の身体を得た彼の中を満たしているのは憎悪。そして復讐。科学を嘲《あざけ》ったもの、侮辱したもの、それらすべてに報復《ほうふく》を。

その思いが、今再び彼を歩行訓練に追いやる。

長いレーンの先を見つめながら、再び一歩目を踏み出した。その時だ。忠が息せき切って走ってきた。

「たいへんだあ！」

「ハチ公だね、まったく」

〈ロバ〉が呟いた。

駆け寄ってきた忠は、屈み込んで暫く荒い息をついてから身体を起こした。

「〈ガリレオ〉本部から指令が、とうとう指令が来ました」

一息でそこまで言うと、にやっと笑って間《ま》の抜けたガッツポーズをとった。

「ようやく〈ブレーメンの音楽隊〉出動っすよ」

最初に立ち上がったのは〈ネコ〉だ。

一人さっさと部屋を出て行く。

「俺も連れて行ってくれるんだろうな」

歩行者のサインのような格好で米澤は言った。

「ああ、二足歩行でなくても移動手段は用意してある。我々は四人でひとつだ」

「くうー、かっこいいっすね」

忠が奇声を上げた。

糞どもに制裁《せいさい》を与えてやる。

米澤はアナウンサーのような声でそう呟いた。

3

一年生の時に苦労してこなしたカリキュラムが遊び同然のものだったことを、ギアたちは二年生になって知った。


一学期が終わろうとする頃だった。そろそろ授業についてこられない者が目立つようになってきた。

格闘術を始めとする捜査実習は今までに増して激しくなった。夏休みも間近の校庭は、容赦なく陽が照りつける。疲労のあまり倒れたり、嘔吐《おうと》したりのたうちまわる生徒は無数にいた。

そうやって体力を根こそぎ奪われてから、次は魔術実習で精神力を使い果たし、さらにふらふらの身体で難解な呪術理論を学ばなければならなかった。

余裕を持ってついていける生徒はクラスに一人いれば良い方だ。大半は授業に遅れまいとするのが精一杯だった。そしてその中の何人かは、そろそろ脱落するだろうと噂されていた。

ギア、ソーメー、哲也、貢。ルームメイトのこの四人が、その噂されている何人かだった。

脱落間近と噂される四人が、そろって居残りさせられている。

追試だ。

ユダヤの数秘術の一つ、ゲマトリアの試験で四人ともさんざんな点数を取ったのだ。

陽は暮れようとしていた。蝉《せみ》が消えゆく太陽を惜《お》しむように騒がしく鳴いている。

教師は問題のプリントを配ったら、さっさと職員室に戻っていってしまった。

教室に残されているのは四人だけ。

教科書、辞書の類を見るのは自由だ。ゲマトリアの問題は、参考書を見たからといって解答が出せるようなものではない。

ゲマトリアはカバラの秘法であり、一種の暗号解読術だ。ヘブライ語のアルファベットを数字に当てはめ、その数字から意味を読み取る。また、逆に数字からアルファベットを組み立てる。

それならアルファベットの数値変換表さえあればすぐ解答が出る、と思うかもしれないが、そうもいかない。

例えばあるカバラ学者は反キリスト者の数字「六百六十六」を、ローマ皇帝ネロを指すのだと解釈するが、別の学者はナポレオンがそれだとする。問題は解釈であり、その解釈に一種の霊性を必要とするのだ。

「ギア、できたか」

後ろから覗き込んできたのはソーメーだった。

「できないよ」

ギアは溜め息をついた。

教科書を見るのは自由だが、互いに相談するのは許されていない。それでも教師が監督《かんとく》もせずに部屋を出て行ったのは、せめて話し合って正解を出せという親心なのか、あるいは早く帰りたいがためにカンニングを容認しているのか。

「おまえ、入学のときの心霊能力試験の点数は良かったよな」

ソーメーの丸々とした顔が、真横にあった。

「巫士《ふし》の適性試験で異常に点数が高かったんだ」

「おまえだけ特別に講義を受けてたよな」

「週に二時間だけだけど、巫術をコントロールするための授業をね。だけど結局は何の能力も見出せなかった。担当の先生が首ひねってたよ。試験の間違いじゃあないかってね」

「間違い……」

「そういうわけ」

半分ほど書き込んだギアの答案用紙をしばらく眺めて、ソーメーの顔が引っ込んだ。

もうしばらくすると冷房が切れるはずだ。何度も居残りの経験をした四人はそのことをよく知っていた。冷房が切れても、職員室だけは切れない。いつも残業で居残っている教師がいるからだ。居残っている生徒のことも考えて欲しいと、ソーメーが抗議しにいったことがあったが、居残りしないですむように頑《がん》張《ば》れと説教されただけだった。

「ようよう、貢君」

猫なで声を出して、ソーメーは今度は貢の机を覗き込んだ。

「君はいつも学科の成績はどれも優秀なのに、どうしてカバラの授業だけは駄目なの?」

貢の答案用紙はほとんど白紙だった。

「……僕、心霊的な力がほとんどないんです。呪術の実技も、一年のときは型だけでしたから何とかなったんですけど……」

本当に悲しそうに貢は言った。

「単位を落とせば間違いなく落第《らくだい》ですよね」

「まあ、そうだな」

ソーメーは他人事のように答えた。

「僕は奨学金《しょうがくきん》をいただいているんですが、落第すればそれももらえなくなってしまいます。バイトでは生活費を稼ぐのが精一杯で、学費までとうてい手が回りません。だから、落第すれば、それはもう退学と同じなんです」

「そりゃあ、かわいそうだよな」

まったく心のこもっていないソーメーの台詞だった。

「あのさあ、それにしても貢君。霊的な力がほとんどない君が、どうして養成学校にきたわけ？」

同室になって三カ月以上経つが、学校が終わるとすぐバイトに出て、みんなが寝静まってから帰ってくる貢とソーメーたちは、ほとんど会話をかわしたことがなかった。

「母が病気なのはご存じですか」

ソーメーは頷いた。

「呪法を使われたんです。母が勤めていた病院の医者でした。その医者は、その、母を……」

「誘惑したかなんかだな。よーするにセクハラってわけだ。そうだろ」

ソーメーの決めつけに、貢は小さな声でそうですと答えた。

「やっぱりな。医者ってのは間違いなくスケベだからな」

得意そうに話すソーメーを横目で見て、貢は話を続けた。

「それで、母は医者の誘いを断ったんですが、そうすると医者は魔術師を雇って、母を病気に……。結局は呪禁局に訴え出て裁判にも勝ったんですが、母はその後遺症で今も寝たきりで……。良い魔術医に頼めば治るのでしょうが……」

「金がないと……。それで貢が金に困ってるのはわかったけど、それとおまえが養成学校に来たのと何の関係があるわけ」

ギアがソーメーの後頭部をぴしゃりと叩いた。

「何だ、何すんだよ」

「おまえは人の気持ちってのがまったく理解できない人間だね。貢は母さんをそんな目に遭《あ》わせた魔術師が憎いわけよ。だから呪禁官になろうって考えたの。なあ、貢？」

「ええ。母が裁判でもめているときに、僕は初めて巫病の発作を起こしました。その時に決意しました。呪禁官になろうって。それに呪禁官なら呪法のスペシャリストですから、母の病気を治すことができるかなと思って」

「えらい！」

ソーメーが手を打った。

「ここは一つ、我々も辻井君に協力しようではないか」

「協力って？」

ギアが尋ねると、ソーメーは椅子から立ち上がりギアの横に来て、その肩を抱いた。

「我々みんなが力を合わせて、今回の追試の答えを考えよう」

「それって、ただみんなでカンニングしようということじゃあないんですか？」

「貢よ。かわいくないやつだな。俺はおまえのためを思って言ってるの。この心意気《こころいき》が理解できないかな」

「おまえの心意気は理解できないけど、とにかくこのままじゃあみんな落第しそうだし、助け合ってみますか」

後ろで咳《せ》き払いが聞こえた。今まで黙って聞いていた哲也だった。

「ああ……俺も、参加していいかな」

「どうぞ、どうぞ」

ソーメーが哲也の机を前に引っ張りだした。それぞれが椅子を持って、座った姿勢のままヤドカリのように哲也の机の周りに集まってきた。

まず最初の問題ですけど、これがヘブライ文字のע（アイン）ですね。

アインは七〇だよね。

七足す〇で七と考えてもいいよ。

それがここの問題点だろ。

アインはアルファベットに対応する文字がないから……。

ここはヘブライ・システムで考えるの？　それともモダン・システム？

この総数〈三〉は調和だよな。

むしろ支配惑星《わくせい》の金星から導いた方が。

貢は学科では優秀な点を取っているだけあって、博学だった。ギアの勘も冴え、密教の瞑想まで用いて解答を導き出していった。後の二人はあまり役に立ったとは言えなかったが、それでも多少の励《はげ》みにはなっただろう。

時間までに解答ができ上がり、担当教師が用紙を回収していった。少なくとも落第はしないだろう、という程度には手ごたえがあった。

帰り支度《じたく》を終えた頃には、すでに陽は暮れていた。

4

「俺たちもさあ、みんなでやったらなかなかできるじゃないよ」

なっ、そう思うだろ、という顔で、ソーメーはみんなの顔を見回した。

「貢はよく知ってるねえ」

ギアに言われて、貢がうつむきながら、それでも嬉しそうに、いや、そんな、とか口ごもっていた。

「これからバイトなの？」

照れる貢にギアが助け船をだした。

「いえ、今日は遅くなると思ったから、バイトは休むと連絡してきたんです」

「ギアも冴えてたよ」いつもなら一人で寮に帰る哲也も、今日はみんなと一緒だ。「途中で急に真言《マントラ》唱え始めた時は、何するのかってびっくりしたけどな。……俺、何の役にも立たなくて、すまん」

哲也はぺこりと頭を下げた。

「頭を下げるようなことじゃないよ。この前は助けてもらってるし。第一だね、もっと役に立たなかったくせに、のうのうとしている奴が他にいるからね。

——それはこいつだ！」

突然大声出して、ギアはソーメーを指差した。

「おまえは謝って当然だ。この寄生虫《きせいちゅう》が」

「おまええ、いくら友達でも言っていいことと悪いことがあるよ」

ソーメーは怒りに唇を震わせる真似をした。頰の肉がプルプルと揺れた。あれ、本当に怒らせたかな、とギアが思ったとき、ソーメーが叫んだ。

「おまえなんかにな、おまえなんかに……サナダ虫の気持ちがわかってたまるか！」

最初に噴き出したのは哲也だった。貢が笑いを堪《こら》えながら言った。

「針山くんもいくつかいいヒントをくれたじゃないですか。ほら、問三の男性数五が、じつは循環とリズムの七から神のない数二を引いてから――」

「偶然だよ」

素《そ》っ気《け》なく言ったギアを睨んでから、ソーメーは貢の前に立って、久し振りに会ったロシアの小父《おじ》さんが小さな甥《おい》にするように、しっかりと貢を抱いた。

「前から俺は思ってたけど、おまえって、ほんとにいい奴だよな」

「調子がいいんだよ」

哲也がソーメーの後頭部を小突《こづ》いた。

「何だよ、哲也まで。俺の頭はタムタムじゃないんだから」

「何だ？　タムタムって」

ギアが言ったその後、一瞬の沈黙があった。四人の歩く音だけが廊下に響く。照明が急に薄暗くなったような気がして、ギアが口を開いた。

「……天使が通ったってやつだね」

冷房はすでに停まっていた。校舎の中はすでに蒸し暑い。

おそらく生徒はすべて寮に帰っているだろう。残っているのは職員室の何人かの教師と、彼ら四人だけのようだった。いや、追試が終わってからもしばらくはみんなで喋っていたから、残っているのは彼ら四人だけかもしれない。

ギアはこの世の終わりに四人だけ残されたような気がしていた。

校内は静まり返っていた。四人の足音がうるさいほど大きく聞こえた。

「……霊気がたまるからって、学校じゃあ月に一回、呪術師に頼んで校内を聖別してるんだそうですよ」

沈黙に耐えきれなかったのか、貢が言った。

「聞いたことあるよ。呪術の実践とか瞑想とかやってるから、結構危険な霊的エネルギーがたまるんだってね」

言ってから、ギアはしまったと思った。たいていの学校にある奇妙な噂が、この養成学校にもあった。それを思い出したのだ。

怖いと思い始めると何もかもが怖くなってくる。

素知らぬふりをしながら、ギアは後ろを振り向いた。

よし、何もつけてきていない。

「知ってる？」

ソーメーの大声にギアは身体をびくりとさせた。

横で貢が飛び上がったのを見た。

「驚《おど》かすなよな」

ギアの抗議を知らぬ顔でソーメーは話を続けた。

「あのさあ、何年前か知らないけど、俺たちがここに入学する前の話なんだけど、この学校で殺された生徒がいるんだって」

「殺されたって？」

聞かなくていいのに、とギアは貢をつついた。ギアはその話を知っていた。誰もいない夜の校舎で聞きたい話ではなかった。

「そう、殺されたんだ。連続で四人。どれも内臓がえぐり取られていた。どこからだと思う？　尻だよ。尻の穴から内臓が抜き取られてたんだ。呪禁官が来て大騒ぎになったんだけどね。結局犯人は見つからなかった。それである日、三年生の一人の生徒がね、追試で居残りしてたんだ。たった一人で。そうしたら――」

「止めろよ」

言ったのは哲也だった。みんなが哲也の顔を見た。

哲也は真剣だった。真剣に怒っているようだった。

「そんな話は止めろよ」

みんなの視線が集中し、哲也は少し声を落として言った。

もしかしたら、とギアは思った。哲也は怖がっているのかもしれない。単なる怪談を。

みんなの視線の中に、ギアの感じていることと同じようなものがあるのに気づいたのだろう。哲也は怒ったような顔をして、さあ、行こうぜ、と言った。その時だった。後ろから咳き込むような声がした。

四人が顔を見合わせた。

聞いたよな、と四人が四人とも目で語り合った。声がした。今度ははっきりと聞こえた。

それは女の笑い声だ。掠《かす》れるような、それでも廊下に響きわたる女の哄笑《こうしょう》だった。

哲也が声もあげずに走り出した。それに続いて残りの三人が走った。

走ると恐怖は倍増する。

ギアは脚が空回りするような感じがした。

後ろから笑い声が追ってくる。しかもそれは必死で走っているギアたちにどんどん近づいてきている。


「待ってくれー！」

最後尾を走っていたソーメーが悲鳴まじりで叫んだ。

誰も待ってはくれなかった。

笑い声は瞬《また》く間に近づいてくる。

そして、それはソーメーの横を通りすぎ、その前を走っていた貢を抜き、ギアを抜き、先頭を走っている哲也を追い抜いて、しばらく行きすぎてから立ち止まった。

哲也が立ち止まった。続いてギアが。そのギアの背中に貢がぶつかり、さらにその後ろから止まり損ねたソーメーがぶつかった。その衝撃でギアは二、三歩前に進み、哲也の背中に当たった。

それは白い質素なブラウスに、紺《こん》の中途半端《ちゅうとはんぱ》に長いスカートを穿《は》いていた。

女だ。

女は上体と腰をくねらせ、ぎくしゃくと不思議な姿勢で後ろを振り返った。

長い髪がばさりと揺れた。

女の顔は淡く光り、細部は影になって見えない。しかしその中で、真っ赤な唇だけがはっきりと見えていた。

海藻《かいそう》のように腰から上をくねらせながら、女は言った。

「みつけた」

ギアは総毛《そうけ》立った。

女は四人をゆっくりと見回すと、両手を前に突き出して、笑った。

顎が落ちそうなほどに開かれた口腔の中で、桃色の長い舌が別の生き物のように揺れていた。

「うわー!」

絶叫したのはソーメーだった。

ギアは哲也の肩を摑んで、後ろに隠れて女を覗き見ていた。

その摑んだ哲也の肩がすっと下がった。

哲也の身体がぐにゃりと崩れ落ちたのだ。

ギアは慌てて腋《わき》に手を入れ、哲也の身体を支えた。

哲也は失神していた。

最も頼りにしていた人間がいなくなったことで、ギアは肝《きも》が座った。

笑う女の顔を睨み付けながら(恐ろしくて目が離せなかったのも事実だが)、ギアは哲也を肩に担《かつ》ぎ上げた。

信じられない力だった。ギアは自分自身、異様に落ち着いているのだと感じていたが、そうではなかった。極度の興奮に、大量のアドレナリンが分泌《ぶんぴつ》され、いわゆる火事場の馬鹿力を発揮《はっき》していたのだ。

「逃げろ」

その声が聞こえないのか、後ろの貢もソーメーも動こうとはしない。

「悪い気が集まってできているんですよ」

後ろから貢が囁いた。落ち着いた声だった。おそらくギアと同様の状態にあるのだろう。

「顔がはっきりしないのは人格のない気の集合体で

ある証拠です。人間としての記憶も知性もないでしょう。恨みや怒りといった感情が形を持っているんだ」

「どうすればいい」

「気を散らすことができればいいんですが……とにかく、逃げましょう。そんなことが僕たちにできるとは思えない」

ギアにもそれは確かな判断に思えた。

女は今のところ襲ってくる気配はない。ただ様子をうかがっているようだ。

「逃げるぞ。いいか……それ！　逃げろ！」

ソーメーが、貢が、そして哲也を肩に載せたギアが、回れ右をして走り出した。

すぐ後ろから女が追ってくる。足音さえないのに、その気配だけは確実に背後から追いかけてくる。

さっきは瞬く間に追い越された。逃げきることは不可能だろう。

階段を駆け下りたとき、ギアが怒鳴った。

「ここに入るんだ！」

下りてすぐの教室だ。

中に駆け込み、扉を閉めると、哲也を横にした。

その間に貢が掃除用具《そうじようぐ》入れから箒《ほうき》を出してきて、扉のつっかい棒にする。それから協力して扉の前に机と椅子を積み上げる。

ソーメーがもう一つの扉に気づいて、そちらも同様にバリケードを築いた。

一応作業が終わると、三人は床に腰を降ろした。

出し得る限界以上の力を出したつけがきた。

ギアの身体が震え始めた。あれだけ蒸し暑かったのに、今は寒い。それなのに顔から冷たい汗が噴き出る。心臓は飛び出るのではないかというくらい激しく鼓動し、全身から流れ落ちるように力が抜けていった。

「どうする」

荒い息をつきながらソーメーが言った。

「言っとくけど、俺はもう走れないぞ。走ったにしても俺が一番遅いんだから、真っ先に食われちまうしよ」

「食わないよ」

蒼褪めた顔で貢が言った。

「ほんとだな」

「……」

黙ってしまった貢にソーメーが言った。

「ほんとだって言えよ。嘘でもいいから」

ギアは会話に加わることもできないぐらい疲れていた。

視野が急に狭《せば》まってきた。

駄目だ、気絶《きぜつ》する。

ギアは必死になって頭の中で大日如来の金剛界《こんごうかい》真言《しんごん》を唱えた。

「ギア、大丈夫ですか。顔色が真っ青ですよ」

貢がギアの身体を揺すった。視界が急に広がった。

助かった。

ギアは思った。

「どうするギア」

ソーメーが情けない声を出した。今にも泣き出しそうだった。

「あれは人格のない気の塊《かたまり》だと言ったよね、貢」

「そう。多分あれは悪い気が集まったものです。おそらくまだ自分自身が何者であるのかも気づいていないでしょう。だからまるで肉体を持っているかのように振る舞ってる」

扉を叩く音がした。バットか何か、固い物で何度も何度も。

扉がきしんだ。

「新人の幽霊ということですね。自分で何ができるのか知らない。だからその気を散らせば消えてしまうはずですよ」

「どうすればいい？」

貢がギアをじっと見た。

「悪しき霊体から身を守るわけですから……。ギアは何が得意ですか。西洋魔術？　東洋の呪術？」

「どちらでも同じだよ。実践したことがないんだから。そうだな、西洋魔術でやってみようか。そちらの方が多少は知ってるから。ええと、最初に魔法円を描くんだったよね」

「いいえ、まずカバラ十字を切ってください」

ギアは右手の人差し指と中指を伸ばし、残った指を曲げた。西洋でも東洋でも、これは剣を意味する。

「東はどっちだっけ」

「斜め右」

ソーメーが震えながら言った。

絶え間なく扉は叩き続けられている。きしむ扉に隙間《すきま》ができた。扉が少しずつ開いていく。

ギアは斜め右を向いて両手を垂らし、心を落ち着かせた。祭りの太鼓《たいこ》のように扉を叩く音が聞こえる中では、容易《たやす》いことではなかった。それでもいくらか落ち着くと、人差し指と中指でできた剣を頭上に上げた。頭上にイメージした輝く光に切っ先を当てるためだ。

「まず額からです」

ギアは〈剣〉を額に当てた。

「『汝に《アテー》』と」

貢は小声でギアに伝えた。

「アテー」

「次はみぞおちに。そして『御国と《マルクト》』」

「マルクト」

ギアも少しずつ思い出してきた。貢に教えられる前に指を右肩に当てる。

「力《ヴェ・ゲブラー》と」

指を左肩に。

「栄えとは《ヴェ・ゲドウラー》」

両手を胸の前で合わせ。

「氷遠に。《レ・オラーム》アーメン」

扉が半ばまで開き、積み上げた椅子が崩れ落ちた。その音にソーメーが悲鳴を上げた。

貢が、緊張こそしているが落ち着いた声でギアに告げた。

「カバラ十字の術式は終わり。ギア、続けて魔法円を」

　ギアは手に持ったイメージの短剣を、十字の柄を持った長い剣へと変化させた。

　貢が倒れたままの哲也を引きずり、ギアの足元に持ってくる。

「針山くんもここに」

　呼ばれたソーメーは貢のそばに這ってくると、ギアの脚にしがみついた。

「邪魔をしちゃ駄目ですよ」

　手をぴしゃりと叩かれ、ソーメーは恨めしそうな顔で貢を見た。

「魔法円から出ると食われるんだろ」

「食われません」

　今度は自信たっぷりに貢は言った。

「神の御名《みな》において、力の剣を取り、悪と侵略《しんりゃく》を防御《ぼうぎょ》する」

　ギアは堂々とした声で祈りの言葉を唱えた。その声は、怯《おび》えるソーメーをいくらかは落ち着かせるだけの力を持っていた。

　身長の二倍はある剣を、切っ先を上にまっすぐ立てる。ギアにはその剣が、光り輝く聖なる十字剣がはっきりと見えていた。自分でも驚くほど精神が高揚《こうよう》していた。遥か天空から降りてくる強い力を感じている。

　切っ先を降ろしていく。それが床に着くと、そこに小さな炎が上がった。炎の中心は青白く、周囲が金色に輝いている。

「炎が見えたら、右回りに」

　貢の指示どおり、ギアは剣を動かし右回りに円を描く。小さな炎がギアを中心に丸く燃えている。

　開いた扉の隙間から女が顔を覗かせた。中の様子を一瞥《いちべつ》すると、苛立つ甲高《かん》い声でけらけらと笑った。

「東を向いて『力強い大天使ラファエルよ、東より来たるすべての悪から我を守り給《たま》わん』

「力強い大天使ラファエルよ――』」

「続いて南、西、北に祈りを捧げて」

南は大天使ミカエル、西は大天使ガブリエル、北は大天使ウリエルへと、同じ祈りの言葉を唱えた。

女は扉の隙間から身体をこじ入れ、上半身が部屋の中に入ってきていた。

ギアは再び東に向かい、最後のカバラ十字の術式を行っていた。

〈剣〉を左肩に当て、「栄えとは《ヴエ・ゲドウラー》」と唱《とな》え、そして両手を胸の前で合わせた時、女は部屋の中に入り込んでいた。

首を斜めに傾《かし》げ、薄ら笑いを浮かべると、いきなりギアたちに向かって突進してきた。

ギアは最後の聖句を唱えていた。

「永遠に《レ・オラーム》。アーメン」

ソーメーが小さく悲鳴を上げた。

女の身体が不可視の円に触れた。

爆発音がして黄色い火花が散り、女は砲弾で撃たれたように後ろにはじき飛ばされた。

「やった！」

思わず貢が叫んだ。

倒れた女の身体から、薄く幾条《いくじょう》もの煙が上がっていた。

ソーメーが拍手した。その拍手が少しずつ小さくなり、止まった。

女が起き上がり、長く尖った舌を顎の下まで伸ばしてヘラヘラと笑っていた。

女は近づき、聖なる炎でつくられた結界に掌を当てた。火花が散り、見る間に皮膚が黒く炭化する。それでも女は手を離そうとはしなかった。

肉の焦げる臭いがする。

「あいつに肉体はない。この臭いも焦げた手も、あいつが肉体を持っていると感じているからこそ起こる幻覚です」

貢はできる限り冷静な口調で言った。それでも怯えは隠しきれなかった。女の手は以前よりも中に入ってきたような気がしていた。

怯《おび》えていたのは貢やソーメーだけではない。ギア

にしても恐ろしいことに変わりはなかった。

霊的な怪物がすべて恐ろしい外見を備えているのは、それが相手に与える恐怖こそが武器になるからだ。呪的な攻撃と呪的な防衛。それは精神的な戦いだ。強い精神力が呪術戦に勝つ最も大切な武器なのだ。

女は順にギアたちを見回した。瞳が異様に小さい。ほとんど真っ白な目に見える。その白に、赤い糸のような血管が浮かんでいた。

「針山くん、目を逸らすんだ」

自らも顔を伏せながら貢は言った。

「見つめ返したら、それだけで呪的な戦いが始まってしまう。勝つ自信がなかったら目を逸らして」

言われるまでもなくソーメーは恐ろしくてじっと下を見ていた。しかしギアは、目を逸らすわけにはいかなかった。

「葉車くん、眉間《みけん》を見るんだ。直接目を見ちゃ駄目だ」

ギアはすぐ間近でこちらを睨む女の、眉間に視線を集中させた。

冷や汗が流れてきた。今は体力的にも問題はない。集中力は普段以上にあった。だが、このままいつまでこうしていればいいのか。しばらくはギアの精神力も保《も》つだろう。しかしそれにも限界がある。

朝になれば何とかなるだろう。ほとんどの霊的な存在は夜に生きる。朝の陽光《ようこう》はギアたちに味方してくれるだろう。

追試を終えて帰り支度をしていたときが七時。あれから三十分も経っていないだろう。夜明けまでは十時間以上あることになる。それまで気力が保つとはギアにも思えなかった。

女が拳で見えない壁を叩いた。

火花が飛び、蒸気が上がった。

まるで頭を直接殴られているような衝撃をギアは感じた。

女が再び大声で笑った。笑いながらギアの周囲を回り、壁を叩き続けた。叩くごとに炎で描かれた円が縮まっていくようだった。

ギアは懸命に聖なる剣をイメージし、自らを守る神の大いなる力を感じようとした。その力が、女の拳が打ちつけられるごとに去っていく。

「おーい」

遠くの方から声がした。聞き取りにくい、弱々しい声だ。

「ヒナだ」

貢とソーメーが同時に言った。荒木義二。この学校で最も軽んじられている老教師。

貢が手をメガホン代わりにして叫ぶ。

「先生、来ちゃ駄目だ！」

「そっちに誰かいるのかね」

荒木の声が少し近づいた。

ギアは混乱した。ここに荒木先生が入ってきたら、自分の力で救うのは不可能だ。

ギアの心の乱れは、直接霊的防衛の力に跳ね返ってきた。

円はさらに縮んだ。

ソーメーと貢が慌てて脚を引っ込め、ギアの足元に擦《す》り寄った。

倒れている哲也のことを忘れていた。

女がひときわ大きな声で笑った。勝利を確信した哄笑だった。

女の細く長い指が哲也の足首を摑む。足から先が円の外に出ていたのだ。

哲也の身体がずるっと円の外に引きずり出された。

「哲也！」

半ば悲鳴だった。ギアの集中力が破れた。今まで身体に満ちていた力が霧散《むさん》した。剣のイメージがふっと消える。霊的エネルギーが体内に溢れていた状態が、今では信じられないほどだ。

引きずり出した哲也を、女はしばらく眺めていた。

不意に顔を上げる。

ギアと目が合った。

女は一歩ギアに近づいた。

聖なる炎はすでに消えていた。

女はギアの前に来ると両手で肩を摑んだ。

鉄の扉に挟まれたようだった。

歯を食いしばっても呻きが漏れる。

ギアも、貢も、ソーメーも、三人が死を覚悟した。

さっと白い砂粒《すなつぶ》のようなものが頭上から降ってきた。

肩を摑んでいた手の力が緩む。

女の顔が弛緩《しかん》した。顎ががくりと落ちて、舌が垂れ下がった。死んだ蛇のように垂れたその先から、黄色い唾液《だえき》が滴《したた》る。

女の身体がわずかに膨れ上がったように見えた。そして次の瞬間、女の姿が消えた。ゴムの人形に針を突き刺したようなものだ。女の消えた後には、きらきらと光る糸屑《いとくず》のようなものが少しの間だけ人の姿を保ち、散った。

「大丈夫かね」

荒木教師がすぐそばに立っていた。ギアにも信じられないことだが、この老教師があの怪物を消し去ったのは間違いなさそうだった。

「先生……」

「清めの塩を持ってきていて良かったよ」

いつ授業中に死ぬかが賭《か》けの対象にもなっている老教師は、そういうと恥ずかしそうに笑った。

5

「ちょっと、その、学校の備品をお借りしてね、実験をしていたわけなんだが」

荒木教師は俯《うつむ》きながら、居眠りでもしているように身体をふらふらと揺すっていた。身体が動くたびに、スチールの回転椅子は、怪奇映画にでてくる古い扉の開くような音をたてた。

西洋魔術実験室の中。荒木教師を中心にギアたちは椅子に腰をかけていた。あの後すぐに目が覚めた哲也だけはいない。目覚めて、すぐに寮に帰った。みんなも引き止めようとはしなかった。

「何の実験をしていたんですか」

授業中には一度も質問をしたことのないソーメーが尋ねた。もしかしたら教師に質問をするというのは初めての経験かもしれない。

「いやあ、実験というわけでもないんだがね」

「実験でないなら何なんですか」

普段の鬱憤《うっぷん》をはらすかのようにソーメーはさらに突っ込んだ。

「降霊術《こうれいじゅつ》をやってたわけなんだが」

「降霊術ですか？」

貢が意外そうに聞いた。

荒木教師の専門とする西洋魔術と降霊術はある部分重なりはするが、根本的には異なるものだ。西洋魔術は、世界の隠された知恵を知ることで、人類に秘められた力を駆使《くし》できるようにする技術のことだ。それに対して降霊術は死者とのコミュニケーションを取ることを中心としており、その関心は死後の世界に集中している。その存在や方法を荒木教師が知っていても不思議ではないが、学校に残って研究を続ける対象ではないはずだ。

「そうだよ。降霊術だ。……誰の霊を呼び出そうとしていたか、聞くつもりなんだろうね」

荒木教師は三人の顔を順に見回し、決心したように大きく息を吐《つ》くと、言った。

「妻だよ。四十年連れ添《そ》ったがね、去年逝《い》ってしまった」

右手の人差し指の爪を見ながら、荒木教師は何かを口に含んでいるようにもぐもぐと動かした。

「君らにこんなことを喋っても始まらんが、いなくなるといろいろと悔《く》やむことが多いもんだ。ああしてやったらとか、な。だからまあ、話ができたらと……」

ヒナは人間だったんだ。

ギアは唐突にそう思った。

今まで荒木教師を、人間じゃあなく〈歳取った先生〉という別種の生き物のように考えていた。ところが今目の前にいるのは、ギアが成長して、恋をし、結婚し、老い、そうすればソーメーや貢たちと同じように仲間として喋れたかもしれない人間なのだ。

荒木先生が自分と同じように悩んだり傷ついたり喜んだり、そうした生《なま》の感情を持って生きている。

その事実が重く、もの哀しく、そして奇妙に嬉しく感じられた。

「まさか、あの化け物が先生の奥さんじゃあないんでしょ？」

ギアの感慨とは関係なく、ソーメーがからかうような口調で尋ねた。

「誠に申し訳ない。あれはわしが降霊術のために精神を集中させているとき、霊的なエネルギーを放出してしまったんだな。それがこの辺りに漂う悪い気や霊的な磁場に影響を与えて形を持ってしまった。清めの塩を持って後を追ったんだが、いかんせん歳が歳だ。追いつくことができなくてな。君たちに迷惑を掛けてしまった。本当に申し訳ない」

「申し訳ないじゃないですよ、先生。もう少しで俺たち死ぬところだったんだから。まあ、俺たちが優秀な生徒だったから良かったけど」

「優秀な生徒が追試で居残り食わされるか」

ギアがソーメーの後頭部を叩いた。面白いほど良い音がした。

「彼の言うとおりだよ。もう少しで取り返しのつかないことになるところだった。もう二度とこんなことはせんよ。いや、勝手に学校の機材を使ってこんなことをしたんだ。この学校を出ることになるかもしれんな。そうなれば君たちも危ない目に遭うことはないだろう」

「先生、僕たちは先生が何かしてたなんて、誰にも言いませんよ。だから、これからも降霊術を続けてください。ただし、充分に気をつけてやっていただけたら……。そうだろ」

貢が頷いた。ソーメーは貢とギアを交互に見てから、そのとおりと言い切った。

「ありがとう」

言いながら荒木教師は三人の生徒達と順番に握手した。荒木教師の手は枯れ枝のように細く、冷たく乾いていた。

「そんなことはもうないと思うが、もし校内で霊的な怪物に襲われたら、校長室に逃げ込めばいい。あそこは強力な結界で覆われているから」

荒木教師を残して三人は実験室を出た。すぐにソーメーがギアの脇腹《わきばら》を肘でつついた。

「こいつほんとに上手《うま》いね。ああやってヒナの弱み握っといていい点もらおうと思って」

「そんなんじゃないよ」

ギアは呟き、もう一度頭の中で繰り返した。

そんなんじゃないよ、と。

6

養成学校の生徒は、すべて寮生活を義務づけられていた。ギアたち四人の住む寮は、校舎の西側に隣接した立派な建物だ。十二畳のワン・ルームに四人で住んでいるのだが、バスルームもトイレも、さらには冷暖房も完備している。そのような寮を併設《へいせつ》した養成学校が全国に四十九箇所。その出来を見れば、政府がいかに呪禁局特別捜査官の育成に力を入れているかがわかる。

その寮に帰り部屋に入ると、電灯が消されて真っ暗だった。哲也は二つある二段ベッドの窓側の上の段で、みんなに背を向けて横になっていた。まだ眠るには少し早い時間だった。

「哲也、起きてるんだろ」

言ったのはギアだ。貢が部屋の電灯をつけた。

「……うるせぇな。何だよ」

哲也は後ろを向いたままで、さもめんどくさそうに言った。

「言い訳しろよ」ギアは哲也のベッドに手をかけた。

「人間、しくじったときは言い訳するもんだよ。ソーメーみたいに言い訳ばかりしてるのも問題あるけど」

「俺を悪い例に使うなってば」

「言い訳全然しないで黙っちゃうと、格好はつくかもしんないけど、誤解されるぞ」

「勝手に誤解すればいいだろ。俺はいつもそうやってきたんだから」

「でも誤解されてもいい奴と嫌な奴がいるだろ。俺は哲也に俺のこと誤解して欲しくはないよ」

「そんなクサイ台詞、良く言えるな」

「ほんとにそう思っているからさ」

「……笑わないか」

「笑うわけないだろ」

ギアが答えると同時にソーメーが噴き出し、また後頭部を叩かれた。

「俺はおまえらが叩きやすいように髪を剃ってるわけじゃないんだぞ」

「ソーメーのことは無視してくれよ。こいつには考える頭がないんだ」

何か言いかけたソーメーの口をギアは塞いだ。

しばらく誰も何も言わなかった。寮のそばの国道を走る車の音がやけに大きく聞こえた。

哲也が話し始めた。

「俺……化け物が怖いんだ。……どういうわけか小さな時から怖いんだ。おかしいだろ。子供みたいだって俺も思うんだけどな」哲也は寝返りを打ってギアたちの方を見た。「他には何も怖いものはないんだぜ。相手が人間ならどんな奴でも恐ろしいと感じたことはない。それなのに……」

貢がギアの隣に来た。

「僕は呪術の実技でも格闘技の演習でも、恥をかいてばかりです。いつも笑われています。自分なりに頑張ってはいるんだけど、できません。僕みたいなのにこんなことを言われても、慰めにも何にもならないかもしれませんが、人には得意不得意が必ずあります。完全な人間なんてどこにもいません。完全であろうとすると、どこかで嘘をつかなければなりません。嘘をずっとついているのは辛いものです。だから……その、だから」

鼻の頭に汗をかきながら、貢は懸命に説明しようとした。

「……駄目ですよ。人に、こんな生意気なこと言ったことないから」

「ありがとう」

哲也は笑みを浮かべて言った。

「言いたいことはわかるよ。俺だって嘘をつくのは嫌だ。だからってお化けが怖いなんて口が裂けても言えない。そんなのは男じゃないからな。子供の台詞だよ。だからこの学校に来たんだ。きちんと学べば化け物も怖くなくなるかと思ってな。結局は失敗したけど」

「結論を出すのはまだ早いよ。二年もまだ半分まで来たばかりだしね。これからさ」

「僕なんか、人間相手の方が怖いけどな。望月なんか道端の石ころみたいに扱ってるの見ると、うらやましいよ」

貢の台詞にギアが大きく頷いた。

「そうだよな。人間ならどんな化け物じみた奴でも怖くないわけだからな。そういや、哲也は人を殺したって話だし、度胸が――」

ソーメーが慌てて口を押さえた。ギアが肘で肋《あばら》をつつき、ソーメーを睨み付けた。

哲也がソーメーを見た。そしてギア、貢、と順に顔を見回した。そして大きく溜め息をついた。

「……どうせだから誤解を解《と》いとくけど、殺しちゃあ、いないんだ。中学の卒業間近だった。いつも何かと喧嘩をふっかけてくるグループがあって、近くの高校の奴らだったんだけど、その日もつまらないことから喧嘩になった。相手は五人だったが、勝つ自信はあった。ところがその中の一人がチャカを持ってた」

「チャカって？」

ギアが聞いた。

「拳銃のことさ。どこかのヤクザからもらったか何かしたんだろうな。それで撃《う》たれた」

「撃たれたの」

貢が二段ベッドの上の段に顔を突き出した。爪先立ちになってふらふら揺れていた。

「撃たれた。脇腹だったけどな。それで、後は覚えていない。俺を撃った奴は病院送りになって、今でも病院通いを続けてるらしい。その話に尾鰭《おひれ》がついて殺したとか何とか。面倒臭いから、いちいち本当のことを喋る気にはならなかったんだ、今までは。撃たれた痕《あと》、見る？」

「見る見る」

ギアも貢もソーメーも、そう言いながら二段ベッドの上に上がった。

「これ」

哲也がパジャマをたくし上げた。脇腹にはやけどの痕のような丸い引き攣れが残っていた。

「スゲエ！」

ヌードグラビアを見る以上に真剣に見ていたソーメーがそう洩らした。

「盲腸の痕だったら俺にもあるけどな。見る？」

三人は激しく首を横に振った。

「俺がこの学校に来たのはそういうわけだけど、ギアはどうしてこの学校に」

哲也に言われ、ギアは父親の話をした。父親を亡くしたときの話だ。詳しくは、今までソーメーにも話したことがなかった。

「みんないろいろあるんですね」

貢が感慨深げにそう洩らした。

「そういえばソーメー、おまえとは中学からの付き合いだけど、どうしてこの学校を選んだのか聞いたことがないよな」

ギアに言われてソーメーはにやにや笑いながら坊主頭を掻《か》いた。

「そうだったっけ」

「いつ聞いても馬鹿な話をしてはぐらかして」

「はぐらかしたつもりはないけどね」

「どうして養成学校を選んだんですか」

貢に真面目な顔で問い詰められたソーメーは、重大発表でもするように眉間に皺を寄せて大きく深呼吸してから言った。

「何となく、だ」

「何となく？」

ギアが不思議そうな顔でソーメーを見た。

「進路相談があっただろ、中学の二学期に。ほら、ギア、あの時にはおまえはもう呪禁官になるって言ってただろ。だから俺もだね、何となく先生に進路を聞かれた時に言っちゃったわけよ」

「そういやおまえ、中学のときに巫病に罹ってなかったよな。それでも巫病には罹ったんだろ？」

「それは確かに罹ったらしい」

「らしいってどういうことだ」

「生まれてしばらくしてから罹ったっていう母親の話を聞いてたからね、証明書をもらったかってお袋に聞いたらあるって言って、まあ証明書もあるんだから
ついでに試験だけでも――」

「ついでに」

ソーメーを除いた全員が声を揃えた。

「いや、だからさ……」

「みんなそれぞれが考え抜いて決意して養成学校に来たのに、おまえは何となくついでにここを選んだのか」

ギアがソーメーに顔を近づけた。ソーメーは悪代官に迫られる御女中《おじょちゅう》のように後ろにのけぞった。

「だから、その、俺はだな――」

「さあ、みんな寝ようぜ」

ギアがベッドから降りた。

「おやすみ」

貢がその後に続く。

「おやすみ」

哲也がソーメーに背を向けた。

「おい、ちょっと待てよ。最後まで話を聞いてくれよ。待てって。待てってば。待ってくれ――」

「消灯！」

　ギアの声に合わせて貢が電灯を消した。真っ暗な部屋の中に、ソーメーの情けない叫びだけが聞こえた。

「俺を一人にしないでくれ〜！」

7

　都心の一等地に建てられた株式会社ホルス書房の巨大な自社ビルは、オカルトタワーなどと呼ばれている。ホルス書房と言えば、オカルト系ビジネス書で大きくなった出版社だからだ。ミリオンセラーとなった『I・M革命』を筆頭に、ホルス書房は数多くのベストセラーを出版していた。オカルトタワーという名には別の意味もあり、風水などを活用して、霊的に最善の処置を施していたビルでもあるのだ。

　そのロビーは広く明るい。出版社のビルというより、高級ホテルのロビーを思わせるそこは、その日も大勢の人で賑《にぎ》わっていた。一階にはホルス出版系列のDVD。CDショップや、オカルトグッズショップ、書店、レストランなどがあり、フロア全体がホルス出版のショールームとして一般客に開放されているからだ。その中でも最も人気のある店がイタリアン・レストラン『ルルイエの館にて夢見るままに』だ。昼時には行列ができたりもする。今は昼休みも過ぎて行列こそないが、空席は一つもなかった。

「そろそろですかね」

〈ロバ〉は腕時計を見ながら言った。太く重い時計だ。枯れ枝のような彼の痩せた手首に巻かれたそれは、まるで手枷《てかせ》だ。忠は落ち着きなく左右を見まわしている。作家やデザイナー、ミュージシャン、その他、自称他称を合わせてアーティストを名乗る人間がここには大勢出入りしている。それらの中にはかなり突飛《とっぴ》な服装をしたものも多い。それでも忠の赤いモヒカンはかなり目立った。

「行きますか」

　中腰になり残ったコーラをストローでずずっと啜《すす》

ると、忠は立ち上がった。

レシートを摑んで〈ロバ〉も立ち上がる。

支払いを済ませ、二人はゆっくりと警備室へと向かった。警備室はエレベーターへとつながる廊下の前に設置されている。一般客が見学できるのは一階までだ。階上に上がるには必ずこの警備室でチェックを受ける必要がある。

〈ロバ〉はいつもの笑みを浮かべ、アクリルの窓越しに警備員に向かって言った。

「十二階の大劇場に行きたいんですが」

「招待券《しょうたいけん》はお持ちですか」

中年の警備員が職業的な笑いを浮かべて言う。肩から斜めに下げた鞄から、忠がチケットを二枚取り出した。アクリル板にそれを張り付ける。警備員はそれをちらりと見ただけだった。

「わかりました。こちらに名前と時刻を書き入れてください。会社名はここに」

警備員は名前が並んだノートを窓から差し出して指を差す。〈ロバ〉はボールペンを持ってそこに名前と会社名を書き入れ、時計を見てから十五時二十七分と付け加えた。時刻以外はすべて嘘だ。ただし念のために会社名も名前も実在のものを使っている。小さなデザイン会社のその二人の社員は、今頃社内で必死になって版下を仕上げているはずだ。招待状はその二人に出されたものなのだ。

「じゃあ、これを」

入室許可のカードを二枚、警備員が差し出した。

「使ったことはありますか」

「ええ、何度も」

そう答え、〈ロバ〉はカードを受け取ると、礼を言ってその場を離れた。短い廊下の先にエレベーターが七基待機している。普段は施錠《せじょう》されている非常階段を除けば、階上に上がる手段はこれしかない。七基の内一つは荷物搬送用の馬鹿でかい代物だ。関係者以外はそのエレベーターを使用することはできない。

二人はエレベーターのボタンを押さず、待っていた。

〈ロバ〉がちらりと時計を見た。その時、廊下をガラガラと音を立てて大きな荷物が運ばれてきた。押しているのは作業服を着た女が一人。〈ネコ〉だ。

「丁度ですよ」

〈ロバ〉が笑った。〈ネコ〉は答えず搬送用エレベーターに近づき、ボタンの下のスリットにカードを差し入れた。ボタンにオレンジの明かりが灯る。〈ネコ〉はカードを引き抜きボタンを押した。

忠が荷物をぽんぽんと叩いた。大きなダンボール箱には、有名なAVメーカーの名前が書かれてある。その箱に口をつけるようにして忠が囁いた。

「大丈夫っすか、先輩」

その質問に答えるように、ちん、と音をたて扉が開く。忠が早速中に入り扉を押さえた。続けて〈ロバ〉が、最後に大きなダンボールを押しながら〈ネコ〉が入ってきた。

忠がB3のボタンを押す。

エレベーターは音もなく地下へと降りて行った。

扉が開く。動力室だ。剥《む》き出しの金属パイプが並び、腹に響く振動音が聞こえていた。荷物を降ろすと、忠が、もうすぐっすよ、と声を掛けながらダンボール箱を開いていく。〈ロバ〉もそれに手を貸した。箱を開くと木枠があり、その中は白いスチロールの緩衝材がたっぷりと詰め込まれていた。その中に腕を突っ込み、忠は銀色の大きな卵型のものを取り出してきた。それはアナウンサーのような落ち着いた声で言った。

「さっさと身体につないでくれ」

時計を見ながら〈ロバ〉が言う。

「慌てることはありませんよ。ここに人が入ってくることはまずないでしょうし、時間にはまだまだ余裕があるんですから」

二人が荷を解いている間に、〈ネコ〉は作業服を脱いでいた。下に着ているのはトレーナーにジーンズ。スニーカーに履き直すと、長身で筋肉質の彼女は、休日のバレーボール選手といった感じだ。

米澤は、忠と〈ロバ〉の手によって完成しつつあった。それぞれのパーツはレンチで手際《てぎわ》良くつなげられつつある。それは金属製のケンタウロスのようだった。一つだけの大きな前輪の上に人間の上半身がついている。後輪は二つ、前輪以上に太く大きい。大型バイクに跨った騎士のようにも見える。それが〈イヌ〉というコード・ネームを得て生まれ変わった米澤の姿だった。

電気系統のコントロールボックスを開き、様々なコードを切ったりつないだりしているのは〈ネコ〉だ。切られたコードはシリコン・チップが詰まった金属の板へとつなげられていく。身体に比べれば細く長い指がひらひらと動くと、コードは断ち切られ、芯を剥き出しにされ、テスターをつながれ、また離れ、違うコードに繋がりテープが巻かれ、まるで編み物でもしているかのように、あるべき完成品へと姿を変えていく。

仕上げに金属板のキイを押した。

小さな電子音とともに時間が表示された。

「あと五分三十二秒」

米澤が言った。それは金属板に表示されている時間とまったく同じだった。

忠、〈ネコ〉、〈ロバ〉の三人は、薄いナイロン製の袋を頭からすっぽりと被った。

「じゃあ、そろそろ音楽会を始めましょうか」

〈ロバ〉が言うと、四人はエレベーターへと乗り込んだ。

静かに箱は上昇する。十一階へと。

扉が開いた。

機材が積み上げられた狭い廊下に出る。行き交《か》う人が異形の四人を見て一瞬ギョッとする。が、今日の催しに関係したアトラクションとでも思ったのか、話しかけてくるでもなくそれぞれの作業を続けていた。

四人は迷うことなく廊下を進む。幾つかの扉には白いアクリル板に名前が書きこまれてあった。楽屋なのだろうか。「アデプタス大塚《おおつか》」と書かれた名札のつけられた部屋の扉を開いたのは〈ロバ〉だ。失礼しますと頭を下げながら中に入る。続いて〈ネコ〉と忠が、自分の部屋でもあるかのように躊躇《ちゅうちょ》なく入っていった。外から米澤が扉を閉めた。

中には数名の男女がいた。年齢も様々だが、一人を除き、皆地味な印象の人間ばかりだ。その一人の例外が、不機嫌そうな顔で中心に座っていた。撫で付けた長髪を後ろで束ねている。

「時間か」

男は尊大な口ぶりでそう尋ねた。

〈ロバ〉たちは答えない。男は不快そうに顔をしかめた。

「どちら様でしょうか」

パイプ椅子から立ち上がってそう言ったのは、中でも一番年齢の若そうな男だった。がっしりとした身体を大きなトレーナーで隠している。

「そろそろ出番なのでファンの方なら――」

「そりゃあ、奇遇ですね。わしらも今から舞台に出るところなんですよ」

言ったのは〈ロバ〉だ。

「そんなことは聞いてないぞ。誰だね、君たち」

中年男は分厚い唇を歪めた。傲慢《ごうまん》な態度が脂肪のように身についている。

「ブレーメンの音楽隊ですよ」

〈ロバ〉が言い、〈ネコ〉が前に出た。

「アデプタス大塚だな」

中年男に近づきながらそう尋ねる。

「そうだが」

剣呑《けんのん》な雰囲気に後退《ずさ》りながら、それでも威厳《いげん》を失うまいと大塚は言った。

「下らん名前だ」

そう言った〈ネコ〉に、大塚は抗議をすることはできなかった。

手首を掴まれ後ろにねじ上げられたからだ。口をOの字《オー》に開いたまま声も出ない。折れる直前まで力を入れていることは間違いない。たちまち溢れるように顔に汗が噴き出した。

後ろにいた男女が騒ぎ出す前に、忠は鞄《かばん》から玩具《おもちゃ》のように小さな短機関銃を取り出した。ないに等しい命中率を誇り、戦場では用無しとなった短機関銃だが、狭い部屋の中の人間を制圧することはできるようだった。

忠は怯えた顔を銃口で順に指していきながら言った。

「なんか大工道具みたいだろ。でも銃なんだ。発射速度は毎分千発でね、あんたたちを瞬く間にミンチに変える力がある。嘘だとか思ってる人いる？　人は信じた方が良いよ。真実を知ったときには、疑心暗鬼《ぎしんあんき》とは無縁の世界に行ってるから」

すらすらとそう言ったのは、何度も同じことを繰り返し練習したからだ。

ノックの音がして、はっきりとしたアクセントで明瞭な声がした。

「そろそろ出番ですよ」

米澤だ。

「さてと、そろそろ行きましょうか」

〈ロバ〉が扉を開け外に出た。続いて〈ネコ〉に腕をねじられたままの大塚が、最後に忠が銃口を中に向けながら外に出た。

扉を閉める。ポケットから出したカードを、壁のスリットに差しこんだ。警備室でもらったものとは別物だった。

ジジッと音がして錠が掛かる。

「進行係とか言う奴が来た」

米澤が言った。

「中に入りたそうにしてたので、俺が伝えておいてやると言ったら、もうすぐ出番だと伝えてくれと言った。この俺にだぞ。どう見ても実物大のフィギュアにしか見えない俺に」

「そんなものですよ」

答え、〈ロバ〉は時計を見た。

米澤が秒読みする。

「4、3、2、1、ゼロ」

言い終わると同時に電灯が一斉に消えた。小さな悲鳴がそこかしこで上がる。それからすぐに非常灯が点いた。電子錠が掛かっている部屋から出られないことに気づくには、数分掛かるだろう。

〈ロバ〉が先頭に立ち、廊下を歩いていく。途中出会った人にはゆっくりと頭を下げる。横を通り過ぎる人たちは、この奇妙な行列より停電のほうが気掛かりなようだった。

「おまえもじっとしていれば危害は加えないからな」

大塚の耳元で〈ネコ〉が言った。

搬送用エレベーターに再び乗り込む。

行き先は一階上の大劇場。

8

「この大劇場は」

壇上に立った司会者はここで暫く間をとった。観客の注意がスポットライトの当たっている自分に集まったのを見てとってから、話を続ける。

「本社ビル十二階を全面的に改装して作られました。本来の柿落《こけら》としが始まるのは一週間後です。しかし本日は普段弊社がお世話になっております皆様方に特別に公開いたしております。特別に、などと勿体をつけるようなものか、とお思いの皆さん。実は……それだけ勿体をつけるようなものなのです。これは決して手前味噌《てまえみそ》ではございません」

スポットが消えた。

司会者の後ろにあるスクリーンに、CGで作られた劇場の3Dモデルが映し出された。司会者は次々と視点の変わる画面を見ながら、場内の設備を説明していった。

「何よりもこの劇場が誇るのが、最新の風水と西洋魔術を結集して作られたアミューズメント結界の数々です。四方に置かれた四神をはじめとして、様々なオカルト装置が、お客様の心を癒《いや》すと同時に、愉快で快適なアミューズメント空間を演出するように配置されているのです。さて、それではそろそろ、この完璧とも言える魔術空間を作るにあたって総指揮をしていただいた功労者、『I・M革命』『I・M革新』に続く新著『I・M創世記』も瞬く間にベストセラーとなりました、工業魔術師アデプタス大塚先生にご登場願いましょう。アデプタス大塚先生、どうぞ」

舞台上手《かみて》にスポットが当たり、ファンファーレとともに拍手が巻き起こった。

そして〈ネコ〉に腕《うで》を捻られた大塚が、しかめ面で現れた。続いて〈ロバ〉が満面の笑みを浮かべながら、その後から投げキスを繰り返しながら忠が、最後にクロムの身体を目映《まばゆ》いほど輝かせながら米澤が現れた。

拍手はさらに激しくなった。

異変に気づいているのは司会者だけだった。その司会者のマイクを〈ロバ〉が奪い取った。また時計を見る。

「さて、皆さん。ご一緒に秒読みを始めてください。十から始めますよ。十、九……」

何の疑いもなく客たちは一緒になって秒読みを始めた。

「三、二、一、ゼロ！」

同時に非常ベルが鳴り響いた。

「はい、皆さん、落ち着いてください。席を立たないで。特に報道陣の皆さんは、最後までこのショーを全国にお伝え下さい」

誰も騒ぐものはいなかった。まだこれを演出の一部と思っているのか、あるいは司会者が言った、愉快で快適なアミューズメント空間を演出する魔術的仕掛けが働いていると思っているのかだろう。

「我々は世界科学振興軍〈ブレーメンの音楽隊〉です。この劇場は我々によって乗っ取られました。今我々の計画によって、ビルの防災システムが動き出しました。このことにより自動的に防火扉が閉められます。暫くはこの劇場から出ることができないのでご協力をお願いいたします」

古式床《ゆか》しい声明を、〈ロバ〉は始めた。

「まずこの馬鹿の処刑から始めたいと思います」
大塚が中央に押し出されてきた。
ようやく、何事か通常と異なることが行われている
らしいと感づいた客が騒ぎ始めた。司会者が逃げ出
したことがきっかけだった。
忠が短機関銃を大塚のこめかみに当てた。
「じっとしてろよ」
耳元で囁く。
〈ネコ〉が大塚の腕を離した。
「この馬鹿の言うことには」
昔話でもするような口調で〈ロバ〉は話し始めた。
「この劇場は結界で守られているということです。
つまり悪しき霊やなんやかやに襲われることもなく、
事故災害の類からも守られている。その、聖なる力に
よってですか」
客席がざわつき始めた。
「ところが」
〈ロバ〉が米澤に目配《めくば》せした。
天井を指差すように米澤は銀の腕を上げた。その
二の腕が大きく開く。中から黒光りした銃身がスラ
イドしてきた。忠の持つ短機関銃とほぼ同じ物だ。
立て続けに銃声が三度した。
炎を噴き上げ飛び出した弾丸は天井を撃ち砕いた。
塵埃《じんあい》が雪のように散る。
「静かにしましょうね。銃は一秒、怪我《けが》一生《いっしょう》といい
ますからね」
〈ロバ〉の台詞に客席からざわめきが消えた。
「彼の目は暗い客席にいる人の顔を、一つ一つ見分け
ることができます。言っておきますが、これは下らな
い魔法などではありませんよ。わずかな明かりを感
知する仕組みが、彼の目には組み込まれているからで
す。それは決して小さな妖精の力なんかじゃありま
せん。妖精は何にもようせん、なんてね。さて」
〈ロバ〉は〈ネコ〉に目配せをした。
〈ネコ〉が小さな器具を持って大塚の背後に立った。
「大塚センセイ。どうして我々はここに侵入できた

のでしょうね。ここは完璧に守られていたんでしょう？」

マイクを大塚に突きつけた。

「おまえらの計画は失敗する。おまえたちは――」

「下らん魔術など何の役にも立たなかった。それを認めることができませんか。そうですか。なるほど、やっぱり妄信というものは恐ろしいものですなあ。もしん・ホラーといいますからね。……わかりませんか。モダンホラーと掛けたんですが。さてと、お客さんもお待ちかねのようだ。そろそろ処刑を始めましょうかね」

〈ネコ〉がクロムメッキされた小さな器具――バリカンで、大塚の長髪を額から剃り始めた。見る間に大塚は坊主頭になっていく。

「さて、この放送をご覧の皆さん。科学というものをおろそかにするとどうなるか。良くわかりますね。科学的な思考に基《もと》づいて防犯設備をきちんとしておれば、このようなことになるのは防げたかもしれない。しかし、魔術などという、役に立つのかどうかもわからないものを信用したばっかりにこのザマです。どうですか、大塚センセイ。魔術が馬鹿げたインチキであることを、認めていただけましたでしょうか」

忠が銃口で小突いた。

大塚が蒼褪《あおざ》めた顔で頷く。

「声に出して言ってもらえますか」

「魔術はインチキだ」

「それでは聞こえませんねえ」

「魔術は馬鹿げたインチキだ！　さあ、これでもういいだろう」

「結構。下らない信仰はお捨てになったほうがよろしいですよ。特に水商売を始めたばかりの女性は信心を捨てた方がいい。新人ほすてす、と言いましてね」

「時間だ」

米澤が言った。

「もう時間が来てしまいました。それでは皆さん、次回お会いする時までさようなら」

〈ロバ〉が深くお辞儀《じぎ》をした。

舞台から彼らが降りると同時に、防火扉が音を立てて一斉に開かれた。

ロビーに所在無くたむろしていた客やホルスの社員を蹴散らし、米澤はタイヤを鳴らしてエレベーターの前につけた。残りの三人がすぐに駆けつける。今まで職員たちがどうやっても開けることのできなかったエレベーターの扉が、あっさりと開いた。全員が中に乗り込んだ時だった。

「魔術の力を知るがいい！」

無残に刈られた凸凹《でこぼこ》の頭は大塚だ。

その背後から黒い塊が飛び出した。

それは天井すれすれに米澤たちのほうへと向かってくる。

巨大な蝙蝠《こうもり》だった。大塚が使い魔を送ったのだ。

「殺せ！　その屑《くず》どもを殺せ！」

顔を歪め大塚が叫んだ。


が、滑空《かっくう》した大蝙蝠の鼻先で扉は閉じた。

大蝙蝠はいったん扉に張り付き、その場にひらりと舞い降りた。

鋭い牙を剥き出しにしてきいいと鳴く。

と、扉が再び開いた。

その隙間から金属の腕が突き出された。

蝙蝠が再び羽ばたく。

「魔術の力なら充分知っている」

米澤は腕に突き出た銃口からフルオートで連射した。大蝙蝠は一秒と掛からず泥に浸《ひた》した布切れのようになった。

「何の役にも立たない」

米澤がそう言うと同時に扉は閉じた。

第三章

1

「これが〈ピュタゴラスの石〉だ」

白い口髭《くちひげ》をはやした老人が持っているのは鶏卵《けいらん》ほどの大きさの小石だ。闇よりもそれは黒く、老人の手に深く暗い穴が穿《うが》たれているようにも見えた。

「ピュタゴラスが肌身はなさず持っていた黒い石がこれだよ。この世の初めから終わりまでを語る力のある石。つまりは神に匹敵する知識が秘められた石。こんなことを〈星の知慧派教会〉の首領《チーフ》に言っても仕方ないとは思うが」

干した魚のような痩身《そうしん》の老人は、一本の髪もない頭を撫でた。

紀元前六世紀の哲人、数秘術を使って世界を解き明かそうとした教団の祖がピュタゴラスだ。彼は数の説明をするとき、地面に黒い石を置いた。小学生に算数を教えるように。しかし当時の数に対する考え方は現代のそれと大きく異なる。ピュタゴラス学派にとって、数は世界そのものだった。そしてその石は世界を語る神聖な言葉そのものだった。

「賢者の石だ」

紀元一世紀から三世紀にかけてギリシャ文化圏《ぶんかけん》で生まれた錬金術《れんきんじゅつ》。現代の神秘主義や魔術に大きな影響を与えたこの錬金術が、最も重要と考える物質がこの〈賢者の石〉だ。卑金属《ひきんぞく》を貴金属に、つまりは鉄や鉛を黄金に変える力を持ち、不老不死を人間に与える霊石であり、絶対的な理性を意味するとも言われる賢者の石。それが〈ピュタゴラスの石〉だった。

「まさしく正真正銘のね」

黒い石を老人から受け取ると、灰色の外套を着た蓮見は無表情に言った。

この部屋の壁は本の背表紙でできている。何万という蔵書だろう。どの本も一冊売れば高級車が買えるほどの稀少本ばかりだ。痩せた老人、魔術結社〈薔薇と蛇の騎士〉首領、新宮《にいみや》の書庫なのだ。

新宮は蓮見から毟《むし》り取るように黒い石を奪い、言った。

「さて、君の〈プシュケーの燈火《ランプ》〉を見せてもらえるかね」

蓮見は無造作に外套のポケットから大きな水晶玉を出した。中には輝く液体が封じられている。部屋が急に明るくなった。

「不思議なものだ。神の軍勢を指揮できるという三《さん》神器《じんき》が、この時代になって急に現れる。それもすべてこの国に」

新宮は恋人を見る目で〈プシュケーの燈火〉を見つめていた。

蓮見が薄い唇を開いた。

「時が満ちたのだ。だから互いが呼び合った。三神器は誰かに発見されるのではない。三神器が使うものを見出すのだ。私は何千年と待った、この時をね」

「それは比喩《ひゆ》かね。それとも……」

蓮見は答えない。水晶玉を黙ってポケットに戻しただけだ。片手で握れないほどの水晶玉は、ポケットの中にすっぽりと収まった。外套は膨らんでいない。水晶玉はどこかに消えてしまったようだった。

「それにしても、蓮見くんはどうして〈プシュケーの燈火〉を私にプレゼントしようと思ったんだね。その価値を知っているのに。いったい私の何と交換するつもりなんだ」

「交換するつもりはない」

「ほお」

新宮は楽しんでいるようだった。

「それにこれをプレゼントするつもりもない」

「そうだろうね。つまりこういうことかい。君が私に近づいてきたのは、私の持つ〈ピュタゴラスの石〉を奪うためだと」

「ご明察」

蓮見は小さく拍手した。

「何のために。まさか神の軍勢を指揮しようなどと考えているのではないだろうね」

「そうだとしたら……」

「馬鹿げているとしか言いようがないね。まともな魔術師なら、己を神と錯覚したような愚行《ぐこう》はしない。魔術師とは慎《つつし》み深いものだよ」

「慎み、ね」

蓮見は鼻で笑った。

「第一、神の軍勢を率いてどうするというのだね。世界でも征服するか」

「下らん」

「そう、実に下らん。我々は世界の秘密を知ることで、既に世界を手に入れている。形而下《けいじか》のものどもなど、手に入れても不快なだけだ。それでもなお君は三神器を手に入れようとしているのかね」

「貴方のためでもあるのですよ。貴方たち魔術師のためでも」

「他人事のように言うじゃないか」

「他人事だからですよ。さあ、〈ピュタゴラスの石〉を渡してもらえますか」

新宮は苦笑した。

「君もきっと気づいているだろうと思うが、この部屋は五芒星形《ペンタグラム》の儀礼で清められている。ここでは君の霊的な攻撃はすべて防御される。それなのにどうやって君が私から〈ピュタゴラスの石〉を盗むのか、拝見したいものだね」

「こうしてですよ」

蓮見のみぞおちの辺りから、黒い蛇のようなものがのたうちながら伸びてくる。それはエクトプラズム。形を持った霊的エネルギーだ。

「そんな……ここは清められた場所だ」

「達人《アデプト》よ、魔術は力《パワー》の勝負だ。あなたは優秀な魔術師だが老いぼれだ。それでも相手がただの人間であれば、あなたは決して負けることはなかっただろう。しかし私は――」

「不死者《ノスフェラトゥ》……あの噂は本当だったのか」

「残念だが、あなたの造った結界は私には無力だ」

ひも状のエクトプラズムはその先が膨らみ、仔犬《こいぬ》ほどの大きさの何かに変化しつつあった。

新宮は内ポケットから短剣を取り出した。天使の言語であるエノク語を彫り込んだ、十字の柄《つか》を持つ短剣だ。鞘《さや》を捨て、切っ先を蓮見に向ける。

エクトプラズムは脈打ちながら、筋肉でできた黒いボールのようになった。それはすでに一抱えもある大きさになっており、さらに大きく膨らみつつあった。

短剣を持った新宮は呪句を唱えながら、その切っ先で五芒星形を描き始めた。

「さようなら達人」

蓮見の言葉に、黒い塊が掌を開くように四方に広がった。逞《たくま》しい手が、脚が伸び、そしてそれは頭をもたげた。

小さな尖った頭には血の色をした目があった。裂けるように唇のない口が開く。小さな刺《とげ》のような牙《きば》が、口腔にびっしりと生えていた。

黒光りする筋肉を持った、それは小さな鬼だった。

黒い小鬼は、新宮が最後の呪句を唱え終える前にその顔に飛びかかった。いともあっさりと新宮の首が飛んだ。その身体が倒れる前に、小鬼は新宮の手から黒い石をそっと咥え取り、蓮見の前に来た。良くなれた犬のような仕草だった。

蓮見は小鬼から〈ピュタゴラスの石〉を受け取ると、血溜まりの中で痙攣している新宮を一瞥して、部屋から出ていった。

2

夏の終わりは明日だとデマが流れたのか、陽も暮れようというのに油蟬《あぶらぜみ》がパニックに陥《おちい》ったように鳴いていた。奇怪な工作機械が一斉に稼働しているような騒がしさだ。

噴き出す汗でソーメーはびしょ濡れになっていた。

まるでいい加減に絞った雑巾だ。

「暑いなあ。堪らんくらい暑いなあ。ほんっとに暑いなあ」

「頼むからさあ、暑い暑いって言うのは止めてくれよ。よけいに暑苦しいから。だいたい、汗っかきのデブはそれだけで暑苦しいんだから」

ギアは手で額の汗を拭った。真っ黒に日焼けしているのは毎日の演習のおかげだ。それに比べてソーメーは真っ赤だ。生まれつき日焼けしないタイプなのだ。

「ちょっと忠告しとくけど」ソーメーはギアの衿を摑んで鼻先が触れるほど顔を近づけた。「汗っかきは許すから、デブって言うなよな」

「気にしてんの？」

「すんごく」

ソーメーはギアの衿を離して、寂しそうに言った。

「食べなきゃ痩せるよ。馬鹿みたいに食うんだから」

「何かいちいち引っかかるものの言い方するけど、喧嘩売ってるの？　それならそれで俺にも考えがあるよ。県立第三の格闘王と呼ばれてるんだから」

「おい、格闘王」

「何だね」

ソーメーが胸を張る。

「あれ」

ギアが指差した。

校庭の隅、待ち合わせ場所を間違えたようにイチョウの樹がある。その木陰に四人が立っていた。

望月貞夫と大賀茂、小鴨のカルガモ兄弟。そして最後の一人が貢だった。

楽しく談笑しているとは思えなかった。

「何話してるんだろ」

ギアがそう言ったとたんに、貢は衿首を摑まれて持ち上げられた。爪先立ちになって洗濯物のように左右に揺れている。

「助けよう」

走りそうになるギアの肩をソーメーは摑んだ。

「どうやって」

「どうやってって……」

「力でやっても負けることは実証済みでしょうが」

「そりゃそうだけど」

「俺に考えがあるんだ」

ギアは疑わしそうな目でソーメーを見た。

「ほんとだって。俺ン家《ち》ね、近くにドブがあってさ、この季節になると蚊がひどいんだ」

「俺は行くぞ」

振り切って行こうとするギアの袖をソーメーは摑んだ。

「最後まで聞けよ。それでさ、禁術《きんじゅつ》ってあるだろ」

禁術は中国の道士の使う呪法だ。人を始め様々な生き物を自由に操り、その力は弓や刀などの武具にも及ぶという。

「それがどうした」

「俺、禁術なら何とか使えるんだ」

ギアはソーメーの顔をまじまじと見て言った。

「嘘だろ」

「嘘じゃない。ただ、あんまりすごい力じゃあないけどな」

「当然でしょ」

禁術は、技に長《た》けたものになると、数十人の盗賊を身動きできなくさせたり、鬼神までも自在に操《あやつ》ったと言うから、どう考えてもソーメーの手に負える呪法とは思えない。

「だからさ、さっき言ったみたいに、夏になるたびに蚊に悩まされてたから研究してみたんだよ。ちょっと真剣にな」

「禁術で蚊を操れるわけ？」

「すごいだろ」

ソーメーは胸を張った。

「威張るほどのものじゃあないけど」

「馬鹿野郎、すごい技なんだぞ」

ソーメーは鞄の中から一枚の小さな半紙を取り出した。それには呪句が墨で書かれてあった。

「それ、自分でつくったの？」

「いや、これは道士の先生に書いてもらったんだよ。家に蚊が出て困るって言って頼み込んで」

「それじゃあ威張れないだろ」

「うるさいなあ。これをおまえが持ってって、望月に張るんだよ」

「どうやって」

「それぐらい自分で考えろ。俺はここで呪詛するから」

危険度において差があるのではないかと文句をつけようと思ったが、貢が跪かされ、背中をカルガモ兄弟に蹴られているのを見て、ギアはすぐに走った。

「待て！」

望月が、そしてカルガモ兄弟が振り向いた。望月の顔にゆっくりと笑いが浮かんだ。

「よお、坊や。何を待てって言ってるんだ」

望月は地面に跪いている貢の髪を摑んだ。

「それを止めろって言ってるんだ」

カルガモ兄弟がにやにや笑いながら貢の背中に足を載せた。

「最近よく四人でツルんでるだろ。だから俺も仲間に入れてもらおうと思って、このチビに頼んでたんだ。そうしたら嫌だって言うから――」

「嘘だ！」髪を摑まれたまま貢が言った。「葉車くんと親しくするなって脅すから、嫌だと断わったんだ」

「望月、俺に文句があるなら俺に言えよ」

「望月先輩だろ」

望月が貢から手を離し、ギアに近づいた。

今だ、とギアは思った。

頭から望月にぶつかっていく。

望月はよけなかった。その気がないようだった。その腹にギアは肩をぶつけた。望月は後ろにさがりもしない。だが、それはどうでも良かった。望月の腰にまわした手に、ソーメーから預かった呪符を持っていた。それを腰の辺りに張りつける。

無防備になったギアの背中に、望月の肘が突き立った。

呻き、ギアは腰から手を離した。

「何度も同じ失敗を繰り返すとこを見ると、やっぱりおまえは馬鹿だな」

再び垂直に肘が背中に打ちつけられる。

ギアは地面に膝をついた。前屈《まえかが》みになったギアの顎を、すかさず望月の膝が捕らえた。

がつんと歯が鳴り、ギアは後ろにのけぞった。

「手加減してるのがわかるかな」

尻餅《しりもち》ついて倒れたギアを望月は見下ろした。

「どこかの馬鹿みたいに、殺しちゃあおしまいだからな」

まだか。

ギアは夏の陽光に白く滲《にじ》む校庭の土を見ながら考えていた。

ソーメーの禁術はどうなってるんだ。

貢の呻き声が聞こえた。

「お友達を救えなくて残念だな」

耳鳴りのように蟬の鳴き声が聞こえる。暑く、ひたすら暑く、目に入るすべてのものが白っちゃけた幻影のように見えた。

ソーメーは何をしている。

ただそれだけの言葉が、頭の中でぐるぐると回っていた。

「なんだ、こりゃ」

ジジジジと壊れたゼンマイ仕掛けの玩具のような音が聞こえた。ギアは顔を上げた。

望月が油蟬を摑んでいた。その肩にもう一匹、蟬がとまっている。それを払いのけると次は頭に、背中に、胸に。やがて払い落とすよりも、飛んでくる蟬の方が多くなった。

「大賀茂！　小鴨！」

望月が叫んだ。カルガモ兄弟は貢を投げ出して、望月に駆け寄った。その時には蟬は、意思を持った黒煙のように望月の身体を覆っていた。鳴き声と羽音《はおと》が鼓膜を破りそうなほどに騒々しく、工事現場の騒音を最大音量で、しかもヘッドホンで聞かされているようなものだった。その中心にいる望月は、本当に鼓膜を破りかねないとギアは思った。

が、望月のことを心配している場合ではない。

ギアは立ち上がり、貢を連れて逃げ出した。後ろから望月の悲鳴が、蟬の鳴き声の合間《あいま》に弱々しく聞こえた。途中真っ赤な顔をして、失神寸前になりながら炎天下で呪詛を唱え続けていたソーメーと合流し、そのまま寮の部屋に走り戻った。

扉の鍵をかけ、三人とも床に脚を投げ出して肩で息をつく。

今さらのように、ギアの顎と背中が痛んだ。それでもギアは嬉しかった。

勝ったのだ。自分達の力で望月たちに勝ったのだ。

「やったね」

貢が言った。

「ああ、やったよ」とギア。

「俺のおかげでな」

真っ赤になっていたソーメーの顔が、今は蒼褪めている。それでもソーメーは笑っていた。

それから誰が最も酷い目に遭ったかでもめ、誰が一番活躍したかでギアとソーメーがじゃんけんした。

三人は初めての勝利に興奮していた。その興奮は、後から帰ってきた哲也が話を聞いて、こう言うまでは続いた。

「問題はこれから奴らがどう出るかだな」

3

古代中国呪詛実習が終わって、ギアはトイレに駆け込んだ。朝から腹具合が良くなかった。二時間の実習の間、脂汗《あぶら》を流しながら我慢の限界まで挑戦してようやくのことだった。あの校庭での逆襲以来、注意して必ず二人以上で行動するようにしていた。一人が望月たちに捕まったら、もう一人が哲也を呼びに走る約束だった。だが今は、誰にも声を掛ける余裕がなかった。

ギアは個室に入り、慌しくドアを閉めた。そのすぐ後に望月とカルガモ兄弟が入ってきた。それまでのいきさつを知っているものは、さっさとトイレを出て行った。それ以外の勘の悪いものはカルガモ兄弟に追い出された。チャックを閉めながらつまみ出された少年を最後に、トイレにはギアと望月たちだけとなった。

水を流す音が聞こえ、カルガモ兄弟がそのドアの横に並んだ。

ギアが出てきた。

まず腹に大賀茂の蹴り。続いて顔面に小鴨の正拳。倒れそうになったところを望月に衿を摑まれ、黴《かび》で黒ずんだコンクリートの壁に押さえつけられた。自分の胸が赤く染まっている。それが己の流している鼻血であることを知ったとたん、顔面を痛みが襲った。

「元気にしてたかい、坊や」

ギアは答えなかった。黙って望月を睨んでいた。

「一人だとだらしないな」

「一人じゃないと相手にできないくせに」

望月は二の腕をギアの喉に叩きつけた。ギアは激しく咳《せ》き込んだ。

「弱いくせに口だけは一人前だな」

「弱いくせに力だけ一人前よりましさ」

望月は笑った。笑ってカルガモ兄弟に顎で、やれ、と命令し、ギアから離れた。

ギアの口に雑巾が突っ込まれた。汚水が口から顎を伝った。息をすると生乾きの雑巾の臭いが鼻の奥に広がった。

「この間は楽しかったよ。だから今度はおまえを楽しませてやるよ」

望月は笑った。笑いながら腹を殴った。

胃からこみ上げたモノは口の中に溢れ、行き場を失い鼻から噴き出た。慌てて望月が飛びのいた。

それから十分間、死にはしない程度に望月たちはギアを殴り、蹴り、罵倒《ばとう》した。

始業のベルが鳴ると、三人はギアを掃除用具入れのロッカーに閉じ込めた。

本当の苦痛はそれから始まった。

ギアは闇が恐ろしかった。それは病的なほどだった。小学六年生のとき、初めての巫病の発作を起こして以来のことだ。暗くなるとたんに心臓が激しく脈打ち、息が苦しくなる。

それでも今では、いくらかましになってきていた。自分でも克服《こくふく》しようと努力していた。養成学校では寮生活を余儀《よぎ》なくされる。今までのように電灯を点けたまま寝るわけにもいかない。闇が怖い、とは十六の少年が言える台詞ではない。何日か眠れない日が続いたが、二週間もすれば、人が側にいると、暗闇の中でも眠ることができるようになった。行くぞ、と決意すれば夜間に一人で廊下を歩くこともできるようになった。

それでも一年最後の野外演習では醜態を見せてしまった。そして今、ギアは闇の中にいた。その事実だけでたちまちパニックになった。己をコントロールすることは不可能だった。恐怖が膨れ上がり、身体を裂いて飛び出てきそうだ。狂ったように蹴り、叩く。それがドアでないことにも気づいていなかった。決して開くはずのないスチールの壁を、ギアは拳から血が出るほど叩き続けた。息苦しかった。心臓の鼓動が脳にまで響いていた。

恐怖に身を委ねるのだ。

頭の中に囁く声があった。

恐怖に身を委ねろ。そうすれば楽になる。

「嫌だ！」

ギアは声に出した。声を出すとそれはたちまち絶叫に変わった。喉が裂けるほどの叫び声を上げながら、ギアはロッカーの壁面を叩き続けた。

ロッカーの薄い鉄板が歪み始めていた。ギアの覚えているのはそこまでだった。

目覚めたら保健室のベッドの上だった。蛍光灯が眩《まぶ》しかった。

「起きたか」

口の中に何かを含んでいるような声だった。

誰だ、と目だけ動かして横を見る。

そこに立っているのは、氷嚢《ひょうのう》を右目に当て、切れた唇が腫れ上がった男だ。しばらくギアは、考えのまとまらない頭でその男を見ていた。

「ソーメー……か」

太った身体以外、どこにもソーメーの面影がない少年は、そっと首を縦に振った。

「おまえもやられたのか」

「貢もな」

「貢は？」

「横で寝てるよ」

ギアは身体の向きを変えた。それだけのことが苦痛だった。身体中の筋肉に砂をまぶしたようだ。

仕切りのカーテンをソーメーが開いた。貢だと聞いていたからそうだとわかるが、何もいわれなかったら、事故で死んだ子供だと思ったかもしれない。赤黒く腫れ上がった顔に貢の面影はなかった。

「大丈夫なのか」

「あいつら、決して骨を折らないようにやったみたいだな。辛いが入院だの手術だのをする必要はない。明日からは授業に出られるようだよ」

「酷い目に遭ったな」

「ああ、みんな酷い目に遭った」

おまえのせいで、とソーメーが言い始めるのをギアは待った。そう言われても言い訳はない。こんなことになった責任はすべて自分にあるのだ、とギアは思っていた。

「なあ、ギア。おまえ望月に謝ったか？　この前はすみませんでしたって」

ソーメーの台詞は思いがけないものだった。

「いいや、でも今度は謝るよ。これ以上おまえたちに――」

「俺は謝った。土下座して謝った。蹴られながらな。謝る理由もないのに。なあ、ギア。勝手な話だけど、おまえは謝るな。そんな理由がないのに、謝るな」

「ソーメー……」

「今まで頭を下げることは平気だったんだ。それが俺の生き方だと思ってさ、誇りさえ持っていたんだ。そんなことにこだわるのは下らないプライドだとな。でもな……おまえは謝るな。頭を下げるな。俺のことは気にするな。俺は土下座するけど、おまえは下げるな。きっと貢も同じことを考えてると思うよ」

怒ってるんだ。ソーメーは怒っているんだ。いつもヘラヘラして、長いものには巻かれろが信条のソーメーが怒っている。

ギアはそう考えると、望月たちへの怒りが再燃した。謝ろうと考えていた自分が恥ずかしくも思えた。

「哲也が血相変えて望月のところへ――」

ソーメーの台詞をギアが続けた。

「行ったのか」

ソーメーがゆっくり首を横に振る。

「行きかけたから止めた。哲也に頼ってたらいつまでもおんなじだからな。それと、仮面女が部屋に来いって」

「龍頭教官が?」

「起きたらすぐ来いって。歩けなかったら引きずって連れて来いって言ってよ」

「なんだろう」

「さあな。どうしてだかあいつもギアを目の敵にしてるからな。おまえ敵が多すぎるぞ。これじゃあいくら俺様が協力したくても、手がいくつあったって足りないよ」

「誰がおまえの手を借りると言った」

「じゃあ脚を貸そうか」

ソーメーは脚を上げようとしてよろめいた。ギアには笑えなかった。

4

教師の中には個人の部屋を持っている者も多い。

それがどうやって決まるのかは知らないが、龍頭の場合は力で奪ったという噂だった。

　ギアが龍頭の部屋に行くと、扉が開いていた。龍頭はテーブルに向かって、何か書類を書いていた。

　ギアは部屋に入ってから、扉をノックした。龍頭が慌ててテーブルの上の写真立てを伏せた。伏せる前にギアはその写真を見た。その中で肩を組んで笑っている若い日の父と龍頭の姿を。

「誰」

　振りかえらずに龍頭が言った。

「二年四組、葉車創作です」

「来なさい」

「はい」

　ギアは後ろ手に扉を閉め、龍頭の後ろに立った。

　龍頭は椅子に座ったままぐるりと身体を回転させて、ギアの方を向いた。

「単刀直入に言うわ」

　ギアには龍頭が何を言おうとしているのか、だいたい想像がついていた。

「おまえ、どうしても捜査官になるつもりなの？」

「はい！」

　力一杯返事した。

「おまえには無理だよ」

　龍頭は射《い》るような目でギアを見た。負けじとギアも見返した。

「今日何があったかわかってるわね。おまえはいいように殴られ、掃除用具入れに閉じ込められた。それでどうなった」

　ギアは返事しなかった。

「おまえは失神してたんだよ。貧血の女の子みたいに。……おまえ、暗闇が怖いんじゃあないの？」

　ギアは黙ったままだ。

「返事は！」

「昔は怖かったです。でも、今は」

「怖いんだろ」

「少しは……」

「おまえのような人間が捜査官になれないことは、私が保証してあげるよ。呪禁官の仕事はいつも昼間の光の中でやるとは限らないんだよ」

「わかってます。いずれは克服できます。克服してみせます」

「口ではなんとでも言えるけどね。葉車、学校を辞める気はないの」

「先生はそれを本気で仰《おっしゃ》っているのですか」

「ああ、本気だよ」

「辞めません。絶対に辞めません」

「どうして。おまえには素質がない。あと何年か無駄に過ごすよりも、他の道を考えた方が賢《かしこ》いわね。学校を辞めても、私が普通高校に入学できるように手続きを取ってやるから」

「結構です」

龍頭は大きく溜め息をついた。

「……頑固《がんこ》な男だね」

「はい、父親譲りです」

「お母さんがそう言うのかい」

「はい、おまえの頑固は父親譲りだと」

「おまえのお父さんがどうして死んだか知ってる?」

「捜査中に殉職したと。詳しいことは聞いていません。母も話したがらないし」

「おまえのお父さんは立派な呪禁官だった。そして立派な殉職だった。男らしく、最後まで戦ってね」

「先生は、父を知っておられるのですか」

龍頭はギアを見た。ギアがそれを見返す。どちらも目を逸らすことがない。

龍頭は大きく息をついた。

「おまえのお父さんが死んだとき、私はその場所にいたんだ」

「本当……ですか」

初めて聞く話だった。

「その頃、私は現役《げんえき》の捜査官だった。私と君のお父さんは、いつも二人で組んでいた。捜査官がいつも二人で捜査を行うのは知ってるわね」

ギアは頷いた。

「私たちはクロック・チームと呼ばれていた。龍頭とギアのコンビだからさ。その日、私とギア――君のお父さんは、呪的な物品の密売現場に踏み込んだ。内偵《ないてい》を使い、何年もかけて調査した結果だ」

当時、龍頭はまだ二十代の初め。そしてがっしりした顎が目立つ長髪の男、ギアの父親、葉車俊彦《としひこ》は三十歳を超えたところだった。二人は非合法呪具である、アルラウネの売買を現行犯逮捕する予定だった。仕事そのものは簡単に終わった。新堂という呪具専門のバイヤーと、広域暴力団ハンザキ組の幹部をその場で逮捕した。二人にとっては右の箱を左に置きかえる程度の仕事だったのだ。しかし、その後、別の部屋から霊的な力が溢れているのをギアが感知し、その部屋に踏み込んだ。そこでギアは一人の少年に嚙み殺された。それがノスフェラトゥと呼ばれる霊的な怪物であることを龍頭が知ったのは、それから随分あとのことだ。

「……止める間がなかった。嘘じゃない」

龍頭は後ろを振り返り、机の上の伏せた写真立てを見た。

「信じます。教官ほどの人が、黙って見ているわけがありませんから」

「有難う」

龍頭はギアを見て笑った。ギアは龍頭の笑顔を初めて見た。

「それで、その子供はどうしたんですか」

「私を一撃して、それから壁の中に消えたわ。水の中に飛び込むようにね。これがその時の傷よ」

龍頭は右の頰を剝がした。剝がしたように見えた。それは紛《まが》い物の皮膚だった。分厚い、と言われる化粧の下に隠されていたのは、抉《えぐ》り取られた後に残された無残な傷跡だった。

「呪禁官は危険な仕事よ。命を落とす者はいくらでもいる。私は親友が喉を食い破られて死ぬところを見た。その息子が同じ道をたどろうとしているのを黙って見ていられると思う？」

「僕は、僕は父の遺志を継いで呪禁官になるつもりです。父は決して死ぬことを恐れていなかったと思います。僕もそうです。失礼ですが、教官もそうではないのですか」

「……そうね。確かに私もおまえのお父さんも死ぬことを恐れていなかった。その覚悟はしていた。だからって子供までが――」

「死ぬと決まっているわけではありません」

「確かにそうね。確かに……」

「僕は呪禁官になるつもりです。実力がなくてなれないのなら話は別ですが、自分からそれを諦めるつもりはありません。父もそれを望んでいると思います。少なくとも、人に言われたからといって夢を捨てる人間になることは、望まないと思います」

何もかも吐き出してしまうのではないかと思うぐらい深い溜め息を、龍頭はついた。

「まず……望月とのことに片をつけるべきね。逃げていたらいつまでも終わらないから」

「捜査官になることを許していただけるのですか」

「私が許したり、許さなかったりできることじゃない。悪いことをしたね」

龍頭は頭を下げた。

「ありがとうございます」

ギアは一礼して部屋を出て行った。

彼は決意していた。決意して校舎を出ると、寮へと向かった。

父の話を聞いて覚悟したのだ。呪禁官になるには、死ぬことさえ覚悟していなければならないのだ。望月との正面からの対決を避けているようでは、とうてい捜査官になれない。

ギアは鼻息も荒く大股で歩いていく。自分の部屋に行くのではない。ギアが今歩いているのは三年生のいる棟だ。

三年生の棟《とう》に下級生が来ることはまずない。三年生たちはもの珍しそうにギアを見ていた。誰に見られようとギアには関心がない。途中で上級生の一人をつかまえて望月の部屋を聞き出していた。

部屋はすぐに見つかった。ギアは部屋の前で立ち止まった。ゆっくりと深呼吸し、ドアを開ける。

「待ってたよ」

望月とカルガモ兄弟がそこにいた。ギアが望月の部屋を探している間に、誰かが望月にギアの来訪を告げていたようだった。

「どうした坊や。もう勘弁してくださいと謝りに来たか。あのデブみたいに」

カルガモ兄弟が腹を抱えて笑った。

「僕と同室の者に手を出すのは止めろ」

ギアは背筋を伸ばして、できる限り堂々とした声で言った。その右目は大きく腫れあがり、全身がまだ痛んでいた。

おや、何て間抜けな奴なんだ、と望月はカルガモ兄弟と顔を見合わせて笑った。

「まだわからないんだな。いくらおまえみたいな馬鹿でも理解したと思ってたんだが、俺の考え以上の大馬鹿だな。よし、いいだろう。これからはおまえの大事なホモだちに手を出すのは止めるよ。いや、おまえに手を出すのも止めてもいい」

カルガモ兄弟が、何を言い出すのだと望月を見た。

「ただし、おまえが賭けに勝ったらな」

「賭け？」

ギアには思いがけない展開だった。

「そう、賭け。夏休みに夏期野外演習があるよな。あれでおまえたちのチームが二日間逃げ切ったら、おまえたちにちょっかい出すのは止めよう。しかし、もしおまえらの中から一人でも捕虜として捕まる者があったら、その時は……」

「その時は？」

「学校辞めろや。目障《ざわ》りなんだおまえたち」

「俺はそれでもいいけど、しかし他のみんなは……」

「それじゃあ恋人たちに聞いて来いよ。こんな話を望月先輩から聞いたけれど、相談に乗ってよって」

扉が突然開いて、カルガモ兄弟が身構えた。大賀茂はどこに隠していたのか、大きな軍用のナイフを持っていた。

扉を開けてなだれ込んできたのは、貢、ソーメー、哲也の三人だった。

「やっぱりお仲間を連れてきていたのか。まあ、臆病者のおまえが一人で来るわけはないと思っていたんだ。どうせおまえたち、便所にも四人で行くんだろ」

「どうしてここがわかったんだ」

一番納得できないのはギアだった。三人が来たためによけいな疑いをかけられてしまった。思わず怒ったような口調になっていた。

「何だよ、その顔は。ギアが殴り込みをかけたって聞いたから、こうやって急いでやってきたんだろ」

哲也の後ろに隠れてソーメーが言った。

「今の話は外で聞かせてもらいました」

哲也の隣で貢が言った。哲也の横に並ぶと、よけいに幼く見える。兄と弟といったところか。

「それなら話は早い。どうする、賭けにのるか?」

望月の質問に、哲也があっさりと答えた。

「のった」

「哲也よ。おまえ自分の力を過信しすぎじゃないか? おまえが喧嘩で強いのはわかってるが、野外演習となると話は別だぞ」

「僕ものるよ」

言ったのは貢だった。

「おい、おい。おチビちゃん。そんなこと言って大丈夫なのか」

「ほんとだよ。貢、哲也、負けたら学校を辞めなきゃなんないんだよ。みんながそう言ってくれるのは嬉しいけど——」

「勝てばいいんだろ、勝てば」

ソーメーが言った。

「どうしたんだよ、ソーメーまで。おまえらしくないよ、そんな台詞」

哲也の後ろに隠れたままだったので、態度はイメージどおりだったのだが。

「そのかわり望月よ」

哲也が前に出た。望月を守るように、その前にカルガモ兄弟が立った。

「あせんじゃあねえよ！　今ここで喧嘩する気はない」

カルガモ兄弟は二人揃って望月を振り返り、望月が頷くと左右によけた。

「賭けにはのってやるよ。ただし約束は守れよ。二日間逃げおおせたら、おまえら本当にこいつらに手を出すのを止めろよ」

「手を出したら殺すぞ、か。ああ、恐ろしい。おまえの昔の相手みたいに殺されちゃかなわないから、約束は守るさ。俺もまだ死にたくないんでね」

こうして賭けは成立した。夏期野外演習まで六十日足らず。決して負けるわけにはいかないギアたちの勝負が始まった。

5

夏休みになれば、皆は寮を離れて実家に帰る。帰らない生徒はほんのわずかだ。そのわずかな生徒のうち四人が、養成学校から車で二時間あまりの山の中にいた。ギア、ソーメー、哲也、貢の四人だ。野外演習まであと一週間あまりしか残されていなかった。

野外演習は兵士としての力を養うための授業だ。呪禁官は優れた呪術師であると同時に優秀な兵士でなければならない、という主旨から行われている。

二日に亙《わた》り丸二十四時間、仮想の〈敵〉である上級生から逃げ続ける。それだけが野外演習のルールだ。捕らえられないためには何をしても許されるが、呪的で有る無しにかかわらず、武器の携帯は許されていない。

野外演習はこの山中で行われる。ギアたちは山の管理人に頼んで、使われていない小屋を借りて泊まり込んでいた。

朝は六時に起床。十キロのマラソンを終えてから柔軟、軽い筋力トレーニング。朝食を済ませたら三十分の休憩。あとはバックパック一つ背負って、ひたすら山の中を走り回る。途中で二組に分かれて格闘術の訓練をするが、それよりも土地鑑《かん》を身につけるのが目的だ。

夕方六時になれば小屋に帰還。再びの筋力トレーニングにストレッチ。夕食そして就寝。

可哀そうなのは貢だった。みんなでカンパし、夏休みに予定していた昼間のバイト分は何とかなったが、夜のバイトは休むわけにはいかなかった。山から帰るとそのまま貢は自転車で、学校近くの繊維《せんい》工場で梱《こん》包《ぽう》のバイトをする。小屋に帰ってくるのは夜中の二時ごろだ。土日は夜のバイトを休んだが、その時には夜間の野外演習を行った。みんなは無理をするなと言ったが、貢はたかが二カ月の辛抱だと、トレーニングもバイトも休もうとはしなかった。

猛暑と言われた年だった。

執拗《しつよう》に照りつける太陽も、うるさく鳴く蝉の声も、ギアには「無駄なことをして」と嘲笑っているように感じられた。

「敵襲」

後ろから鋭い声がした。最後尾、テールガンを務める貢だ。

四人は頭を四方に向け、十字の形に身を伏せた。ギアが正面、後ろの哲也、その後ろのソーメーがそれぞれ左右を、そして貢が後方を警戒する。周囲三百六十度を警戒するための基本的な配置だ。

ギアは先頭のポイントマンだ。前方警備と斥候《せっこう》、つまりは敵の偵察がその任務だ。

「何人だ」

ギアの後ろで哲也が言った。哲也はチームリーダーだ。

「四人」

貢の答えに、ラジオマン、実戦では通信兵にあたるソーメーが言った。

「ほんとかよ」

ペシッと音がした。哲也がソーメーの頭を叩いた音だ。

ギアたちだけがこの山で訓練をしているのではない。他にも熱心な生徒はいる。訓練中の誰かに出会うと、それを敵に模して隠れることにしていた。貢が四人と告げた敵も、訓練中の他の生徒なのだろう。訓練中とはいえ、相手によっては本当に攻撃してきたり、罠をかけてきたりする。油断はできなかった。

たっぷり二十分、チームリーダーの哲也が良しの号令をかけるまで、ギアたちは下生《したば》えの中に身を潜《ひそ》めていた。

「格闘術の練習をしておこうか」

立ち上がった哲也が言った。格闘術の教師は哲也だった。学校のある間は、放課後担任の許可を得て教室で訓練をした。つい調子に乗って寮でしたときには周囲の部屋から苦情が来た。

「何で素手《すで》で戦わなくちゃいけないんだよ」

格闘術の訓練が始まるたびに、ソーメーはこの台詞を繰り返した。

呪禁官は警察官とは違う。従って銃器の携帯は認められていない。呪的犯罪を犯す者が銃器を持っていないとは限らない。だが、たとえ相手が核兵器を持っていたとしても、呪禁官は素手で戦わなければならないのだ。

哲也はソーメーをちらりと見て、話を始めた。

「相手が呪的攻撃を仕掛けてきた場合。これは簡単だ。速攻あるのみ。ほとんどの霊的攻撃は仕掛けてくるのに時間がかかる。呪文を唱える。サインを描く。よほどの達人でもない限り攻撃までに時間がかかるのが普通だ。唯一の例外がトラップ、罠だな。これればかりは慎重に行動する以外に方法はない」

ギアは古代中国の呪術である紙人に引っかかった苦い経験を思い出した。

「でも逃げる側は積極的な攻撃を禁じられています

よ」

「そう、だから攻撃してすぐ逃げる。逃げるための攻撃さ。積極的とは言えないだろ。それにこれぐらいのことはみんなやってるさ。それじゃあ、罠にかかって、たとえば何かの目眩《めくら》ましで敵に背中を見せて攻撃を受けたとき。これは仮面女もやってた基本中の基本だから覚えていると思うけど。ギア、ちょっと後ろから攻撃してくれるかな」

「僕が？」

ギアは自分の顎を指差した。

「頼む」

哲也はギアに背中を向けた。仕方なくギアは後ろから近づき、首に腕を巻きつけた。やる限りは真剣だ。手加減はない。だが手加減のないのは哲也も同じだった。

「まず相手の肘関節の裏、このくぼみに顎を入れる」

腕と首の間に隙間ができた。

「で、同時に相手の手首と肘を下げながら回転する。そうしたら首が抜けるからその後は腕をきめるだけだ」

「あいてててて」

ギアは腕を後ろにねじ上げられ、ぐるぐる回って逃げようとした。

哲也はすぐにギアから手を離した。

「これが後ろから首を締められたときの基本だな。龍頭教官に教わった奴だ」

龍頭教官は空手や柔道などを知っていても、実際の現場では何の役にも立たないと言っていた。哲也もまた同じことを言っていたが、ギアには疑問だった。格闘術ではこの学校でもナンバーワンである哲也が、空手も柔道も黒帯だからだ。

ギアは以前から疑問に思っていたそのことを質問してみた。

「哲也、そんなことできるのは、哲也が格闘技やってるからで――」

「格闘技をやってたからじゃあなくて、喧嘩に慣れてるからだよ。龍頭教官の教えていることは実戦で勝つための一番の近道だ。今から空手だの柔道だのをやっても一週間後には間に合わない。だから練習あるのみなんだが、それでも、今のやり方は冷静で体力がある人間のやり方だってのは正しいな。我々のチームには冷静でもなく、体力もない人間が多いし、しかもギアは忘れている」

「えっ、何を？」

「後ろから首を締めるときは、同時に相手の膝の後ろを蹴る。そうすれば相手のバランスが崩れて逃れることができなくなる」

「あっ、そうだ。忘れてた。首締めることばかり考えてた」

「首を締められてバランスを崩されたら、今のやり方は通用しない」

「それじゃあ、何のために練習するのさ」

ソーメーが聞いた。

「基本は必要だ。でも基本は基本。俺たちの場合は少し基本を離れた方がいいだろうな」

「僕にもできるようにね」

貢がすまなさそうに言った。

「後ろから首を締められた。しかも膝を蹴られてバランスを崩した。そうしたら、そのまま倒れるんだ」

「倒れるの？」

ギアが繰り返した。

「後ろにな。相手も倒すように勢いつけて。後は相手が下になるようにすること。できれば下に尖った石か何かがあることを期待する。偶然も技術のうちさ。それで相手が腕を離したら、急いで逃げる。これが一番だな。仮面女も言ってただろ。戦場に卑怯《ひきょう》はないって。魔術で攻撃してきたら、相手が何かする前に殴る。勝てそうになかったら逃げる。相手が素手なら棒を持つ。これは喧嘩の基本だな。ついでにもう一つ喧嘩の基本を教えておこうか」

「教えてください」

貢が一歩前に出た。

「金的《きんてき》蹴りのやり方」

「金的って？」

貢の問いにはソーメーが答えた。

「男の急所だよ。ここんとこ、ここんとこ」

ソーメーが股間を押さえた。

「金的蹴りは喧嘩のお約束だから、相手も警戒している。だから簡単には決まらない。それを決める方法」

哲也はソーメーを指で招いた。

「何？　俺で実験するってこと？　あんまりだよ、それは」

「さっきは俺が犠牲になったんだから、それぐらい覚悟しろよ」

ギアに言われて、ソーメーは哲也の前に立った。ひどい内股で、しかも両手で股間を押さえていた。ぎりぎりまで小便を我慢して便所の前で待っているポーズだ。

「いくつか方法はある。とにかく喧嘩は先手必勝だから」

哲也が左拳をソーメーの顔面にすっと突き出した。わっ、と声を上げてソーメーが顔を押さえる。その時には右手が股の隙間に入っていた。

「本来ならここで叩き上げるわけだけど」

「本来の喧嘩は止めようね」

ソーメーが笑顔を無理やりつくった。

「しない、しない」

哲也は苦笑した。

「金的は相手も注意しているから、別のことで注意を引く。いわゆるフェイントだね。敵は上級生だから、しかも相手は君たち……初心者だから、それなりの攻撃方法を取るだろう。初心者はたいてい上半身の攻撃から入る。殴ったり、相手を掴んだり。だから蹴りが有効かもしれない。狙うのは相手の膝。空手では禁じ手だ。関節を逆に狙って蹴ったら折れるから。ただし貢やギアじゃあ折るのは無理だから、安心して膝を狙え。タイミングは相手がこっちに踏み出した時だけど、贅沢は言わない。やってみるよ」

哲也が左脚でソーメーの膝をポンと外に蹴った。最初から怯えているソーメーは身体全体をねじってよけようとした。その時に、左脚は二度目の蹴りを股間に決めていた。もちろん手加減はしている。痛みは感じていないはずだった。が、それでもソーメーの顔は蒼褪めていた。

「わかったかな」

頷く貢もギアも、知らぬうちに己の股間を押さえていた。

6

その日が来るのを半ば恐れ半ば期待し、ギアたちは訓練に励んだ。待つほどのときをおかず、一週間は過ぎた。

点呼に始まり注意事項、演習の方法の説明などを聞いて炎天下に一時間、ギアたち二年生百十五名と三年生百二十人は、直立不動の姿勢を続けていた。この間にすでに三人の脱落者（つまりは暑気あたりで失神した者）が出た。脱落者は本部《H・Q》に寝かされ、夕方までには家に帰される。この時点で脱落したのでは落第間違いなしだろう。

「演習始め！」

龍頭教官の号令に、二年生たちは一斉に雑木林《ぞうきばやし》の中に消えていった。ギアたち四人はいったん山を百メートルほど下り、それから西側に数十メートル回り込んだところで立ち止まった。計画どおりだった。十五分後には三年生が〈敵〉となって後を追いかけてくる。ギアたちは待ち伏せ、それをやり過ごすつもりだった。

夏休みに入る前、ギアたちは夜中に学校に忍び入り、歴代の二年生の野外演習資料を持ち出した。それには誰がどこでどのように捕虜になったか事細かに記されていた。貢がその七年分の資料を元に、安全地帯の存在を割り出した。野外演習を行う場所はずっと以前からこの山に決まっている。人間の行動というものには共通したものがある。まったく自由に動いているようでも、似通った行動をとってしまうものだ。敵側と逃げる側の行動のパターンから、貢は時間別に最も敵が現れない地点を見つけ出していた。ギアたちはそれに基づいて、時間ごとに行動していた。

青々とした葉が空を覆う。木漏《こも》れ日が地に伏せるギアたちに網目《あみめ》の影を投げかけていた。基本どおり、死角のないよう四人が十字の形になって伏せている。

この野外演習は、敵から無事逃げることが主眼だ。戦うことを目的としているのではない。だからこうしてじっと身を潜めていることが最も重要だ。そして攻撃することの何倍も、ただ待つことの方が辛い。

本部の近くでギアたちは待っていた。しばらくは敵の行き交う足音が聞こえていた。ひそかな話し声も聞こえる。明らかに敵は油断していた。作戦は成功だ。まさかこれほど近くで隠れているとは思っていないようだ。逃げる者がそれぞれ別行動を取り始める直前の地域を狙ったから、人が通った痕跡もたくさん残っている。その中の一つがまだ近くに隠れているということを知るのは難しい。

ギアたちはひたすら敵が通りすぎるのを待った。最後の敵の気配が消えてからさらに一時間、ギアたちはじっと待った。敵は最上級生。中にはとびきり優秀な生徒もいるだろう。決して油断はできない。

一時間を過ぎると、哲也がゴーを出した。いつまでもここにじっとしているわけにもいかない。何組かの敵は本部に帰ってくるだろうし、時間が経つと本部に近づいた方が安全だと考えて戻ってくる二年生もいる。それを知っているから、敵は本部の周囲も見回るようになる。それまでにはこの辺りから離れなければならなかった。

哲也の持ったプラスティック製のシルバー・コンパスを頼りに、四人は西に向かいながら山を降りていった。先頭に立つのはギアだ。途中でいくつかの足跡を発見している。足跡は深く、少し引きずった痕があった。重装備をしているか、あるいは太った人間かだ。いくつもの足跡が同じようにはっきりと残っているから、デブの集団でないかぎり、重装備をした敵の足跡だ。ギアたち二年生は最低限の装備を持っているだけだ。これだけの深い足跡はつかない。

敵の装備との差は大きい。コンパスにしても、ギアたちの持っているのはシルバー・コンパスだ。簡単に使えるがそれほど正確とは言えない。しかもギアたちは地図さえ持たせてもらっていない。敵はレンザティック・コンパスと、方眼グリッドの入った二万五千分の一の軍用地図を持っている。レンザティック・コンパスは地上航法用の特殊なコンパスで、これと軍用地図があれば、地形と自らの位置を数メートルの誤差で知ることができる。

しかし重装備をすればそれだけ移動に時間もかかるし体力も必要になる。すべてが敵に有利というわけでもないのだ。

ギアたちは足跡を元に、先を行く敵を逆に追跡していた。追うものは追われていることに気がつきにくい。

足跡の歩幅はあまり大きくなかった。敵はゆっくりと獲物を追い詰めているようだ。ギアたちはその後を歩調を合わせて追った。

おおよそ二月《ふたつき》に亙《わた》る特訓は無駄ではなかった。陽が西へ傾くまで、ギアたち四人は危なげなく逃げ切ることができた。

西の空が血に浸したように赤く染まっていく。瞬く間に覆い被さってくる闇を、ギアは身体で感じていた。電灯の明かりがない夜は、真実の闇というものを実感させてくれる。月と星の明るさは、太陽とは別の安堵感をギアに与えた。一年最後の野外演習では曇り空に月が隠れてしまっていた。真の闇はギアの判断を狂わせた。今回は晴天だ。

ついている。

ギアはそう感じていた。

四人は太い幹を背に、周囲を警戒していた。誰も喋らない。あのお喋りのソーメーでさえ、必要なこと以外何も口にしない。闇に沈み込んだように、何の音もしない時が続いた。

　月明かりを頼りに、ギアはじっと前方を凝視している。その明かりも生い茂る枝葉《えだは》に遮《さえぎ》られ、ろくにギアのもとには届かない。闇が生き物のように忍び寄り、肌から染み入ってくるような気がした。闇と静寂が、たがのようにギアの身体を締めつけていた。心臓の鼓動、血液の流れる音。己の身体がこんなに騒々しく音をたてているのかと、ギアはいつも驚く。

　鼓動が早まった。

　怖くはないのだ。闇などは恐れる必要がない。そう自らに言い聞かせながらも、手や腋に冷たい汗が流れる。

　明かりが恋しかった。

　みんな、小型のマグライトを持っている。だが安易に使うわけにはいかない。光が見えればすぐに敵に発見されてしまうからだ。敵の持っているレンザティック・コンパスと軍用地図を使えば、どれだけ遠くに離れていても光を放った場所がどこなのか、正確に特定されてしまう。さらに、ギアたちの通信兵《ラジオマン》は名ばかりだが、敵はそうではない。バッテリーと併《あわ》せて大きな無線機を背中に背負《せお》っている。光の位置を特定したら、光の近くにいる敵にたちまち連絡がいく。マグライト一本が命取りになるのだ。

　ギアの中で不安が増していく。ぎゅっと石のように縮まった胃が不快だった。夜が明けるにはまだずいぶん時間がある。それまでは耐えなければならないのだ。ギアは闇の中に一人取り残されたような気がしていた。

　横には哲也がいる。ソーメーもいる。樹の反対側には貢もいるはずだ。一人じゃない。恐れることはない。何もない。みんなと一緒なのだから。

　ギアは隣の哲也に触れたかった。触れて確認したかった。そこに確かに仲間がいるということを。

　大丈夫だ。みんなここにいる。

　大丈夫だ。みんなここにいる。

ギアは何度も自らに言い聞かせた。

と、突然口を手で押さえられ、心臓が喉から飛び出しそうになった。

「静かにしろ」

耳元で声がした。哲也の声だ。

ギアはいつの間にか声に出して「大丈夫」と言いはじめていたのだ。

ギアの目の前に、にゅっと哲也の手が伸びた。指を二本突き立てている。ソーメーの警戒する方、東側から敵が来たという意味だ。ギアはそっと伏せて、東へと頭を向けた。

下生えががさがさと大きな音をたてていた。何かが近づいてくる。敵の姿が見えた。まっすぐ近づいてくる。

「敵襲！」

ギアは叫んだ。叫び走り出した。哲也たちも一斉に駆け出す。

ギアは走りながらポケットの中に手を入れて、四枚の紙片を取り出した。人型に切られた紙には、墨で呪句が書かれてある。

二年生には呪具の持ち込みは許されてはいない。そのためのチェックが事前にある。しかし演習中に、持っている道具で呪具をつくることは禁止されてはいなかった。数少ない休息の時間、ギアがつくった呪具がこれだった。

人型の紙は全部で十六枚つくってある。どれも呪的な力を封じ込めてあった。後はちょっとしたきっかけを与えるだけで力を発揮する。

「開始」

それがあらかじめ決めておいた合図だった。

ギアたちは紙片に息を吹きかけ、ばらまいた。

十六枚の紙片は月明かりに白く光り、風に翻弄されながらゆっくりと落ちていった。落ちた人型の紙片はむくりと起き上がり、急に猛烈な勢いで走り出した。

紙人だ。

前の演習で望月に騙された紙人を、ギアは使えるようになっていた。この日のためにしっかりと練習しておいたのだ。

ただしまだ人間の幻影を見せるまでには熟練していなかった。しかし闇の中に騒々しい音を立てて走り回る十六の紙人は、充分目眩ましになっているはずだった。

十分あまり、ギアたちは雑木林の中を走り続けた。後ろから追って来る気配はない。

作戦は成功したのかもしれない。

ほっと息を抜いたとき、ギアの足元が激しく発光した。光っていたのは一秒にも満たない間だった。闇に慣れていた目は、しばらくの間何も見えなくなった。

ケタケタと甲高《かんだか》い声で笑うモノがいる。

目が元に戻るにつれ、それの姿がうっすらと見えてきた。

仔象《こぞう》ほどもある大きな女の生首がそこにあった。

女は笑っていた。その口が笑うごとに大きく開いていく。丸々とした頬を裂いて口は耳まで裂けていった。

みんなは後ろに一歩さがった。哲也を除いて。

哲也はじっと立ちすくんでいた。生首はポンと跳ねて哲也の前に来ると、長い舌を伸ばして彼の顔を舐めた。哲也の身体がぴんと突っ立ったまま後ろに倒れた。棒のように無防備だった。慌ててギアが後ろから支える。

「トラップですよ。ほら、哲也の足元」

貢の指差す先に、一枚の呪符が置かれてあった。それを踏むと、光とともに生首の化け物が飛び出すようになっていたのだ。

貢は呪符を摘み、観世音菩薩《かんぜおんぼさつ》の真言を唱えながら破いた。悲鳴を上げて女の首は消えた。

「逃げよう」

ギアが気絶した哲也の腕を抱えた。

「ソーメー、脚を持って」

俺が？　と言って大きな溜め息をついて、ソーメーは哲也の脚を持った。

草むらをかき分けて四人は逃げる。トラップの光は間違いなく敵に発見されている。後ろを追っていた敵ならすぐに追いついてくる。遠くに離れていたとしても、今頃は光った位置を正確に探し当てているだろう。

できるだけ速《すみ》やかにこの場を離れなければならなかった。

夜の山中を男一人抱えて走っているのだ。しかも周囲への警戒を怠《おこた》るわけにはいかない。すぐに息切れがしてきた。ソーメーの荒い息がギアにも聞こえた。もう駄目だと言い出さないのは、賭けに勝ちたい一心なのだろう。ギアにしても同じだ。負けずに済むなら死んでもいいとさえ思っていた。

「ギアさん、代わりましょう」

貢だった。

「ソーメーと代わってやってくれ。あいつ、限界だろう」

「大丈夫ですか」

「ああ」

ギアは笑みを見せたが、この闇の中でそれが貢に見えたかどうかはわからない。貢は後ろにさがってソーメーに声をかけた。

頼むと一言、ソーメーの声がした。

「テールガンは任せたぞ」

ギアが言うと、ソーメーは力なく「はい」と答えた。

もう少し走ったら休憩せざるを得ないな、とギアは思った。だがもう少し走るまでもなかった。数十メートル先の草むらに白く浮かび上がっているのは犬だ。真っ白の大きな犬だった。

身体から力が抜けた。

なんだ、犬じゃないか。

だが、何か違和感があった。

犬はじっとギアたちの方を睨みながら近づいてくる。その真っ黒な瞳が見えた。半ば開いた口。のこぎりのように並んだ白い牙。濡れた鼻。長い髭の一本一本まで克明に見える。

月明かりがあるとはいえ、どうしてここまで鮮明に見えるのだ。

ギアの身体に触れるものがあった。ちくちくと虫が這うような感触がある。それは誰かの発している霊的な波動だ。

あれは犬ではない。

ギアは確信した。いつか学校で襲われた女と同じ、霊的な存在だ。

「敵襲！」

ギアは叫んだ。叫びはしたが、哲也を抱えたままどう逃げたらいいのか見当がつかなかった。ギアと貢は哲也を持ったまま逃げようとして、足がもつれた。

三人の倒れる音に、逃げかけたソーメーが振り向いた。

逃げろ、ギアは手振りでそう伝えた。離ればなれになったときの集合場所は決めてある。ソーメーは瞬時迷ったが、すぐに走り去っていった。

「おやおや、スーパーマンはおやすみかい」

三本の光条がギア、哲也、貢と、三人の身体を舐めていった。白く輝く犬が牙をむき出して呻る。その横に立つ男。月がその男の顔を照らし出した。

「望月……良く俺たちの居場所がわかったな」

「仲間に頼んでおいたんでね。俺の獲物を見つけたら知らせてくれって。写真まで配ったんだ。手間がかかっているだろ。そのおかげでこうやって出会えたんだ。おい！」

カルガモ兄弟に顎で指示した。二人はロープを持って前に出てきた。

「この間、便所でした挨拶はよっぽど利いたらしいな。坊やは失神してたんだって？」

カルガモ兄弟が笑った。

大賀茂と小鴨は協力して哲也の手足を縛っていた。真っ先に哲也の動きを抑えるのは、よほど哲也を恐れているからだろう。

「おまえいい歳して、暗闇が怖いんだってな。中学のときの同級生に聞いたよ。やっぱり坊やはちょっと人とは違うよな」

哲也を縛り終え、大賀茂がギアの、小鴨が貢の手を縛りに来た。大賀茂はギアの耳元で「小便チビったそうじゃないか」と下卑《げび》た口調で言った。

「まだ夜明けまでには間があるからな。おまえはここに残しておいてやるよ。連れていくのは吉田と辻井だけで充分だからな」

大賀茂はギアの手を後ろに回し、血が止まるほど締めつけて縛った。それが済むと、布切れで目隠しをした。

「月も見えないぜ」

大賀茂が笑った。

「立てよチビ」

小鴨が縛った腕を持って貢を立たせた。大賀茂は気を失ったままの哲也を肩に担ぐ。

「じゃあな」

望月もカルガモ兄弟もマグライトを消した。去っていく足音がしている。


嘘だ。

ギアは思った。奴らは俺の反応を確かめるためにそこにいるに違いない。我慢するんだ。闇など恐れることはないんだ。怖くない。怖くないんだ。

ギアは闇を感じた。闇がじくじくと皮膚から染み込んでくるのを感じた。深い水の底に沈むように、闇は重くのしかかってくる。

十二歳の時、ギアは初めての巫病の発作を起こした。巫病の発作は人によって千差万別《せんさばんべつ》だ。ギアの発作は、その中でもかなり激しいものの一つだった。ギアの発作は憑依《ひょうい》を引き起こした。意識が遠のき、悪霊が憑依するのだ。しかも取りついた悪霊はギアの肉体にまで変化を及ぼした。半ば意識を失いながら、その時ギアは異形《いぎょう》のものに変ずる己を見ていた。人でなくなることは例えようもなく恐ろしかった。

巫病は夜毎《よごと》にギアを苦しめた。光が失せ、闇とともに発作が起こり、ギアは悪霊に肉体を横取りされた。

ギアが闇を恐れるようになったのはそのためだっ

た。

養成学校に入学するときに高かった霊的能力とは、巫士《シャーマン》としての適性能力のことだ。入学当時、他の生徒と別に受けた授業で、どのように憑依させるか、そして憑依したらどのようにコントロールするかは教わっていた。教師はギアに何度も憑依を体験させようとした。しかしギアにはできなかった。恐ろしかったからだ。死ぬよりも恐ろしかったからだ。

闇への恐怖はギアの中で膨らんでいった。怯えが恐れを生み、恐れに促《うなが》されて新たな恐怖が生まれる。恐怖はそうして増大していく。

心臓が脈打つ音が聞こえた。それがだんだん速くなっていく。全身が巨大な心臓になったようだった。

息苦しくなってきた。いくら息を吸い込んでも肺に流れてこないような気がする。呼吸は速まっていった。

初めての発作の時のことをギアは思い出していた。真夜中だ。ギアは怯えていた。友人から聞いた怪談を、トイレに起きた時ふと思い出したのだ。それでも怖さを堪えてトイレに入った。その時に停電が起こった。ギアは悲鳴をあげた。恐怖がギアを支配した。

そして最初の発作が起こった。

恐れに身を任せてしまえ。

頭の中で囁く者があった。誰が囁いているのでもない。それはギア自身の声だった。

そうすれば楽になる。恐怖に身を任せてしまえ。

巫病の発作は恐怖によって引き起こされ、ギアにとって発作を起こすことがまた恐怖なのだ。闇と巫病を中心に、恐怖は渦《うず》を巻きながら膨れ上がっていく。

その悪循環から逃れる方法は二つ。一つはロッカーに閉じ込められたときのように失神すること。だが気絶さえ許されないほどに、恐怖はギアを支配していた。逃れる方法はもう一つある。それは恐怖に身を任せ、発作を起こしてしまうことだった。発作を起こし憑依させてしまえば、恐怖は失せる。

しかし……。

「嫌だ！」

ギアは叫び、立ち上がった。

身体を引き裂かんばかりに、恐怖がギアの中で膨れ上がっていく。

急に寒くなってきた。身体が震える。

ギアの体温はどんどん下がっていた。

来る。来るぞ。

そう思った直後に、ずん、と腹の底に何かが訪れた。同時にギアの意識は頭の天辺《てっぺん》からすっと抜ける。

憑依が始まってしまった。

目隠しをされていたが、ギアには周囲の様子が明確に見えていた。肉体とは別のところにある視点で、ギアは自らの肉体の変貌《へんぼう》も見ていた。

みしみしと音をたてながら、ギアの身体は歪んでいく。その歪みに絶えきれぬように彼は倒れた。

望月とカルガモ兄弟は、少し離れたところでギアを見ていた。三人とも口を手で押さえて笑いを堪えていた。

初め望月たちはギアが恐怖に苦しんでいるのだと思っていた。だがどうも、様子がおかしかった。

腕の筋肉が膨れ上がり、シャツの袖がはじけた。下から現れた皮膚は褐色で、剛毛《ごうもう》が生えていた。

「何だ、こいつは……」

望月は後退った。カルガモ兄弟がその後ろに回った。

ギアは震えていた。全身を電流が走るような痛みを感じていた。ひりひりと皮膚が焼けるような感触があった。

激痛にギアは意識を失いそうになっていた。意識を保つためにギアは般若心経《はんにゃしんぎょう》を唱えた。全身の震えはますます酷くなり、電気仕掛けのようにギアは身体を細かくくねらせ、脚をばたつかせた。

手首を縛っていた縄が切れた。両腕がばらばらな方向に振り回される。

般若心経は悲鳴に変わり、悲鳴は獣の咆哮《ほうこう》に変わっていった。

獣化現象《ゾアントロピー》だ。

望月も授業で聞いて知っていたが、見るのは初めてだった。

「逃げましょうよ」

小鴨が望月の肩を叩いた。

「やばいっスよ、望月さん」

大賀茂の声は震えていた。

背骨が音を立てて変形し、背中が丸まっていく。完全に変身したら、その時ギアは己をコントロールする自信がなかった。

望月やカルガモ兄弟、それに貢や哲也に警告しなければならない。

「ニゲロ」

変形する舌と喉で、ギアは必死になって言った。舌が不必要に口腔を叩いた。涎《よだれ》が糸を引いて垂れる。

「ミンナ、ニゲロ」

大賀茂は哲也を投げ捨て、小鴨は縛ったままの貢を突き飛ばして逃げ出した。望月も逃げたかった。逃げたかったが脚がすくんで動かなかった。

「ニゲロ！」

叫ぶと同時に口が裂けた。青紫色の舌がだらりと垂れ下がった。泡状の黄色い唾液がこぼれた。

人工精霊の白い犬がギアに飛びかかった。ギアはそれを軽く払いのけた。小さな爆発音がして、犬の姿は粉々に砕かれた。

造り出した人工精霊が破壊されたら、造り出した人間もまた激しい苦痛を感じる。望月も例外ではなかった。心臓がぐるりと回転したような胸の痛みを感じた。その痛みが望月を我に返した。はっと気がつき大きく後ろに一歩飛びのくと、後ろを向いて全速力で逃げ出した。

ギアは海老《えび》のように背中を折り曲げたかと思うと、今度はのけぞり、四肢は独立した生き物のように勝手に暴れ回っていた。

貢は後ろで縛られた腕に尻を通し、手を前に出した。

そして、そっとギアへと近づく。

「ギア、落ち着くんだ」

ギアは声のした方へと顔を向け、吠えた。振り回す腕が、人工精霊を一振りで消し去る恐るべき力を秘めた手が、ぎりぎりまで近づいた貢の鼻先をかすめた。指先には鉤状《かぎじょう》の爪が生えていた。

「敵はいなくなった。もう大丈夫だ」

貢は優しく語りかけた。

ギアは貢に逃げろと言おうとしたが、喉の奥で奇怪な唸り声を上げただけだった。

「ギア、月を思い浮かべるんだ。君の得意な阿字観《あじかん》だよ」

貢の声は聞こえていた。

そうだ、阿字観があった。

ギアは頭の中に月を思い浮かべた。その細部に至るまで正確に。

切り刻んだ全身の皮膚に、焼けた針を突き立てるような苦痛が、絶え間なくギアを襲っていた。精神を集中して瞑想するには最悪の条件だった。

それでもギアは空に広がる巨大な月を思い描いた。その中央にサンスクリット文字の〈ア〉を書く。

「変形が止まったよ、ギア。頑張るんだ」

貢は縛られた両腕を前に伸ばし、二本指を伸ばして手刀をつくる。

「臨《りん》!」と掛け声をかけ、手刀で空を横に切った。次に「兵《びょう》」と言い手刀を縦に、「闘《とう》!」で横に。者《しゃ》、皆《かい》、陣《じん》、烈《れつ》、在《ざい》、前《ぜん》と九つの真言を唱えながら、貢は手刀を縦横に切った。

密教の破邪《はじゃ》の技法〈九字の印〉だ。貢の霊的能力は低い。だが本人の霊的能力がどうあれ、〈九字の印〉が邪を祓《はら》う有効なシステムであることに変わりはない。問題はそれを捉えるギアの能力の問題だった。低出力の発信機であっても、優秀な受信機さえあれば受信は可能だ。

幾度も幾度も九字を切る貢の声が、ギアの中にせせらぎのように流れ込んできた。

日焼けした肌を清流に浸したような、涼しげな癒しの感覚がギアを包んだ。想念の中の月が輝きを増す。月は視界一杯に広がり、梵字〈ア〉がギアの心の中に溶け込んでいく。

ギアの身体から蒸気《じょうき》が立ち上るのを貢は見ていた。全身にかいた汗が急激に蒸発しているのだ。触れることができないほどに身体が熱い。

腕の獣毛が肌の中に溶け込んでいった。歪んでいた骨が徐々に元に戻っていく。

「ギア」

貢の呼びかけにギアはうっすらと目を開いた。

「戻ったのか」

貢は頷いた。

「驚いただろ」

「すごいな。巫士の力があったんだね。どうりで霊的能力が高いはずだ」

「駄目だよ。憑依されたら自分で自分をコントロールできないんだ」

ギアは荒く息をついた。

「訓練しだいさ」

貢は笑いかけた。

「かもな。さて、寝てる場合じゃないよな」

ブービートラップを仕掛けられた場所からさほど離れてはいない。こんなところで眠っていたら、すぐに敵に見つかってしまうだろう。

ギアは立ち上がった。立ち上がることは立ち上がったが、身体中に千本の針を打ち込まれたような痛みが走った。歩けないこともないだろうが、自分のことで手一杯だった。哲也を運ぶのは難しい。

「貢、哲也を背負えるか」

「大丈夫」

ギアは貢の縄をほどき、次に二人で哲也の縄を解いた。

貢は意識を失ったままの哲也を、肩を支えて持ち上げようとした。が、どうしても持ち上がらない。

「大丈夫か」

「ああ」と応え、いったん哲也を降ろしてから腕を引っ張り、背負い投げのような形で背中に担ぎ上げようとした。今度は成功だった。少なくとも哲也の身体を立たせることには。だが貢より哲也は身長が高い。どうやっても脚を引きずってしまう。二、三歩歩いてよろめいた。

と、不意に背中の哲也が軽くなった。

「すまん、またやったな」

哲也の目が覚めたのだ。

「面目ない」

二人に頭を下げた。

「ソーメーは？」

「先に逃げたよ」

ギアは痛みを堪えて歩きながら言った。

「そうとうやられたらしいな」

哲也はギアに肩を貸した。

「いろいろあったから」

ギアは貢に目配せした。

「早く次の合流地点に行かなきゃ。ソーメー一人じゃ心細いよ」

貢は先頭に立って歩き出した。

7

蟬の鳴き声で目が覚めた。ギアはしばらくうとうとしていたようだ。獣化現象はギアから根こそぎ体力を奪っていた。嫌な汗で全身がぐっしょりと濡れていた。

朝だ。集合地点でソーメーと出会い、それから山を登り、下り、警戒しながらの短い休息《きゅうそく》を取り、何十キロとなく移動し続けていた。途中何度か敵と出会ったが、無事にやり過ごすことができた。ここでは簡単な食事を摂《と》った。火を使うと見つかる恐れがある。だから食事といっても乾パンとビタミン剤を水で流し込んだだけだ。演習はたった二十四時間。ギアたちは眠るつもりはなかった。居眠りしてしまったのはギアのミスだ。

「よう、ギア」

腹這いになり、哲也は小声で言った。

「すまん、眠ってたよ。どれくらい寝てた?」

ギアは目をこすった。

「十分ほどだ」

哲也は立ち上がった。

「さて、移動するか」

ソーメーが恨めしい顔で立ち上がった。ソーメーだけではない。貢も哲也も疲れ切っていた。しかしあのソーメーでさえ、文句も言わず重い腰を上げた。

立ち上がろうとしたギアがよろめいた。貢に肩を借り、ようやく立ち上がる。筋肉や腱や血管に蜜でも流したように身体が重い。少しの睡眠が、逆にギアの疲労を増していた。

警戒を怠った罰だな。

ギアは貢に礼を言って一人で歩き出した。

ギアはポイントマンの位置を哲也に譲って、最後尾《さいこうび》を歩いている。最も疲労が激しいギアを、警戒と斥候の位置においておくわけにはいかなかった。

ギアたちはひたすら移動を続けた。夜間の望月の襲撃からは、さしたる障害もなく無事に過ぎてきていた。事前の調査と分析、基礎体力をつけた訓練、セオリーに準じた油断のない警戒、そして運。そのすべてがギアたちを勝利へと導いていた。

正午まで、あと少しだった。それだけ逃げ切れば、ギアたちの勝ちだ。

四人は勝利を目前にしていた。

夜に比べれば見通しもきく。歩くのにも敵を警戒するのにも楽だ。だがそれは敵にしても同じことだった。さらにこの時間、例年どおりであれば二年生の三分の二が捕虜になっているはずだ。つまり敵とほぼ同数で始まった演習も、今では三倍の敵が捜索しているのと同じことになる。まだまだ油断はできなかった。

ギアの前を貢が歩いていた。陽は真上から、容赦なく照りつけてくる。暑さは汗と同時に体力までも身体から絞り出していく。二月に亙《わた》る訓練は確かに成果を見せていた。あれがなければ、すでにみんな動けなくなっていただろう。しかし訓練と最も異なるのは緊張の度合いだった。演習が始まって今まで、絶え間なく緊張が続いている。精神的な疲労は体力をすり減らし、衰《おとろ》えた体力が、また精神力を弱らせる。緊張を維持することが困難になってきていた。

初めのうちは貢も、後ろのギアを気遣いながら進んでいた。しかし見通しが悪い山の中だ。貢の身長ほどもある下生えに何度も足をとられる。後ろばかりを注意してもいられなかった。草むらをかき分け進みながら、だんだん貢とギアとの距離は離れていった。しかし次の目的地はギアも把握している。

ギアは貢を呼び止めることもなく脚を進めていた。

山頂に向けて数百メートルほど進んだときだった。

唸り声がした。ギアの真後ろでだ。

後ろから巨大なものがのしかかってきた。支えきれずギアは倒れる。

倒れたギアを、それが背中から押さえつけた。

ギアの首筋《くびすじ》で歯嚙みの音が聞こえた。首にぽたぽたと何かが垂れる。

思い切り身体を起こして、ギアはそれを振り落とそうと腕を伸ばした。その伸ばした手に衝撃があった。一瞬遅れて痛みがきた。激痛だった。

呻き、身体を起こそうとする。できなかった。ギアの二の腕に犬が歯を立てていた。白く輝く犬。望月の人工精霊だ。

犬の顔面を拳で殴りつけた。しかし犬には何のダメージも与えていないようだった。それどころか、殴る振動で歯はますます腕に食い込み痛みが増した。

「どうしようもねえ馬鹿だな」

すぐ近くで望月の嘲笑が聞こえた。振り向くギアの額に冷たいものが触れた。

望月が筆を持って立っていた。

「また憑依されたらかなわないからな。悪霊除《よ》けの真言を書かせてもらったよ」

動く方の手でギアは額を拭った。

「無駄だよ。ただ水で記《しる》しただけだ。拭って落ちるものじゃない」

犬は頭を左右に振って、ギアの身体を揺さぶった。

痛みに声が漏れる。

「もう猶予《ゆうよ》はなしだ。おい、本部に連絡しろ。捕虜を捕らえた」

大賀茂が背中に背負った通信機を操作し始めた。

ギアは賭けに負けるわけにはいかなかった。これには貢や哲也たちの将来もかかっているのだ。

痛みに痺《しび》れ始めた腕を自分の方へ引き寄せ、ギアは犬の頭を抱え込んだ。

今自分が歩いていた辺りの地図を思い浮かべる。確か道を逸れれば崖があったはずだ。ここから右へ、ほんの少し動いたところだ。

ギアは犬の頭を抱え込んだ腕で締め上げた。腕は嚙まれたままだ。そして満身の力を込めて立ち上がろうとした。犬はギアよりも大きい。その身体を抱いて、両脚を踏ん張る。犬の身体が持ち上がった。ギアは二本脚で立つ犬とダンスを踊るように、ふらふらと二、三歩後退った。長く持ちこたえられるものではなかった。ギアはバランスを崩した。崩しながら右に飛んだ。

「わあ！」

叫び声を上げたのは望月たちだった。

ギアは犬を抱いたまま崖を転がり落ちていった。

頭は上になり下になり、捨てられた人形のようにギアは二転三転する。

斜面に生えた貧弱な樹の幹《みき》に、ギアは嫌というほど背中を打ちつけた。痛みに一瞬呼吸が止まる。

身体が大きく、バウンドした。

大体の見当で腕を伸ばす。

それが幹を摑んだ。幹にギアの体重がかかる。みしりと音を立てて幹はしなった。それでも何とかギアの体重を支えているようだった。

身体を恐る恐る動かしてみるが、どうやら骨折はしていないようだった。

犬の姿はない。樹にぶつかったショックでどこかに飛ばされたのだと思った。

ついている。一瞬ギアはそう思ったが、すぐにそれが間違いであることに気がついた。

ギアが摑まった幹は細く、枯れていた。いつ折れてもおかしくなかった。そしてギアの右腕からはだらだらと血が流れている。さらに骨折はしていないにしても全身が打ち身だらけだ。左腕だけで、いつまで持ちこたえられるかわからなかった。しかもギアは、この遥か下で待っているのが流れの激しい川であることを知っていた。よほどの楽観論者であったとしても、楽しい未来を想像するのは難しい状態だった。

「驚かすなよ、坊や。自殺する気かと思ったぜ」

見上げると望月が崖を覗き込んでいた。その横から白い犬が顔を出して唸っていた。陽光を背にして、人工精霊はきらきらと輝いていた。望月が新しく精霊を造り出す時間はなかったはずだ。崖から落ちる寸前に逃げ出したのだろう。

するするとギアの横にロープが降りてきた。

「さあ、摑まれよ」

「嫌だ！」

「……頭打ってどうにかなったのか？　助けてやろうって言ってるんだよ」

「助けられたらそのまま捕虜になるんだろ」

「当たり前だ。おまえの負けだからな」

「俺はロープには摑まらない」

「じゃあ、死ぬんだな」

「賭けに負けるぐらいなら死ぬつもりだ」

「本気かよ」

「本気だ。もし近づいてきたら手を離す」

「おまえは正真正銘の馬鹿だね」

望月が心底《しんそこ》呆れているのが、声からもわかった。

「……わかった。上がってきても捕虜にしないから、ロープに摑まれ」

望月は鼻で笑った。

「おまえは本格的に頭悪いな。おまえら二年生は積極的な攻撃を禁じられている。逃げることしかできないんだ。そうやってのこのこ出てきたってことは、負けたのと同じだってことが理解できないのか」

「理解できないね」

哲也は望月に歩み寄った。望月とカルガモ兄弟は慌てて後退る。

哲也は二人を無視して置いたままのロープを手にし、股を通して腰に巻いた。作業を続けながら話をする。

「たまに下級生が攻撃に出る場合もある。負ければ捕虜となって連れていかれ、教官に報告される。野外演習は落第だ。でも勝てば、普通負けた上級生は教官に報告しない」

結んだロープの腹の部分に金具を取りつけ、そこに別のロープを通した。

「望月、おまえ下級生に負けて、攻撃されて逃げられ

「信用できない」

「どうするつもりなんだ」

「どこかに行ってくれ」

「俺たちがいなくなったら、こんなところにおまえがいるって誰にわかる。助けでも呼ぶか。そんなことをしても、他の敵に捕虜にされるだけのことだろ」

「いずれ仲間が助けに来る」

「そのとおり」

最後の台詞は望月の声ではなかった。

「哲也！」

ギアは叫んだ。

「いいところに来た。早くこの頑固者を助けてやってくれよ」

「優しいんだな」

哲也が言った。その後ろに緊張した面持ちで貢とソーメーが立っていた。

「負けを認めた人間にはな」

「負けると決まったわけじゃない」

ましたって教官に報告できるか?」

哲也は崖の縁に立つと、風呂にでも入るかのように、気軽に足を踏み出した。

サーフボードに乗るような格好で、哲也は坂を駆け降りる。

ラペリング。急な崖を駆け降りたり、ヘリコプターから降下するときなどに使う技術だ。

「よう、ギア。待たせたな」

「ありがとう、哲也」

哲也はギアの身体を抱え、軽々と崖を登った。

「おまえら、いいラペリング用の道具を揃えてるな」

哲也はギアを下に降ろして言った。

ソーメーが駆け寄ってきた。

「酷い目にあったな、ギア」

バックパックから包帯を出してきた。

「腕出してみろよ」

ギアは袖を捲《まく》った。ソーメーが包帯で傷口を締め上げる。いててて、とギアは悲鳴をあげた。

出血は派手に見えたが、傷はそれほど深くもないようだ。霊体の犬相手では狂犬病の心配もないだろう。身体中打ち身と傷だらけだったが、骨折もしていない。

「よっしゃ、でき上がり」

ポンとソーメーはギアの肩を叩いた。

「さてと、それじゃあ話の続きだ。俺たちは反撃させてもらおうと思ってるんだ。このまま逃げ出しても逃げきれそうにないからな。それで、まさか望月、俺たちにやられたって教官に報告したりはしないよな。男の子だものな。母さんに頼ってばかりはいられないよな」

「いつまでも舐めてんじゃねえよ。おまえが喧嘩に強いからって、それだけで俺たちに勝てると思ってるのか」

「悪いな。そう思ってるんだ」

哲也は望月に一歩踏み出した。その時、横の茂みから白い犬が飛び出してきた。

哲也の身体にその巨体でのしかかり押し倒す。

哲也は喉元に食いつこうとする犬の首を押さえていた。見上げる犬の顔の向こうに太陽が透けて見えていた。透ける犬の身体は水面《みなも》のように輝いていた。

これは人工の精霊ではないのか。あの女の化け物と同じ、人工の精霊では。

コレハ　イヌ　ジャアナイ。

そのことを知ったとたん、哲也の身体は動かなくなっていた。それでも気絶しなかったのは、最初にそれを犬だ、と思っていたからだ。頭の中での切り替えが上手くできていなかったのだろう。だが犬の下で硬直している哲也には、そんなことを考察している暇はなかった。

哲也は目を見開き冷や汗を垂らしながら、長く舌を伸ばした人工精霊と睨めっこをしていた。

犬を何とかしようと近づいたソーメーは小鴨に横腹を蹴りとばされた。横に転がり、ソーメーは四つん這いになって胃液を吐いた。

駆けつけようとした貢は、後ろから大賀茂に腎臓の辺りを殴られた。一瞬呼吸が止まり全身から力が抜ける。貢は体調を崩した老婆のように、その場にへなへなとしゃがみ込んだ。

ギアは望月に顎を摑まれ、額に素早く呪句を書かれた。

「念のためだ。これでおまえはただのクズだ。おまえたちの用心棒も、俺の人工精霊には手も足もでないようだしな。残ったのはクズばかりだ。どうする坊や」

望月はギアを膝で蹴り上げた。小さく呻いてギアはうずくまった。

「お母さんに逆らうような子は、お仕置きされるんだよ、坊や」

ギアの背中に体重の載った肘を叩き下ろした。車に礫《ひ》かれた蛙のように、ギアは地面に這いつくばった。元々歩くだけでも精一杯だったのだ。体力的にも精神的にも限界が近かった。視野が狭まっていく。景色が暗転する。

遠ざかっていく意識を、ギアは必死になって食い止めようとした。

カルガモ兄弟が声を揃えて笑っていた。

「攻撃して負かせるだと。笑わせるんじゃないよ、ガキが！」

望月はギアに唾を吐きかけた。

小鴨は楽しそうにソーメーを蹴っていた。ソーメーは悲鳴を上げ、頭を抱えて這って逃げていた。滑稽な姿だった。

ソーメーの突き出した大きな尻を、小鴨は何度も蹴った。

「豚だぜ、豚」

唇を曲げて、呆れた顔で小鴨は言った。

「逃げるな、ソーメー！」

叫んだのは貢だった。

「生意気《なまいき》言ってんじゃねえよ」

大賀茂は貢の衿を摑むと平手で頬を殴った。頭がじんと痺れている。口の中が切れて、生臭いにおいが口腔から鼻に抜けた。

ソーメーはそれを見ていた。尻を蹴られながら、頭をかばった腕の間からそれを見ていた。「逃げるな」と言った貢の言葉が頭の中でぐるぐると回った。

突然ソーメーの頭の中で白光をあげて爆発が起こった。それが怒りであることを理解するのにしばらく時間がかかった。ソーメーは腹が立っていた。何が何だかわからないがむかついて仕方なかった。怒りほど不条理なものはなく、また怒りほど強烈な感情はない。痛みも恐怖も後悔も怯えも、すべて怒りの白い炎が燃やし尽くしてしまった。

ソーメーのもともと色白の顔が蒼白に変わった。小鴨はソーメーが怯えて蒼褪めたのだと思った。だがそうではなかった。怒りで血の気が引いたのだ。

小鴨はソーメーの尻を蹴り上げようと足を伸ばした。ソーメーは逃げるふりをしながら身体を横にずらした。蹴り上げる小鴨の足先が見えた。

今だ。

頭の中で声を上げ、ソーメーは足を摑んだ。

あれ、と小鴨は不思議そうな顔をした。

足首を握ってソーメーは立ち上がった。小鴨は真後ろに倒れた。片足を摑まれたままだ。

ソーメーは摑んだ足を外にひねった。股間が丸空きになった。すかさずソーメーは踵《かかと》で力一杯そこを蹴った。

小鴨は絶叫した。瞳がぐるりと裏返り、白目を剝いている。

大賀茂は小鴨を見た。そのチャンスを貢は逃さなかった。

掌底《しょうてい》で大賀茂の鼻を突く。拳の三倍の力があると言われる掌底の突きが、鼻の骨を枯れ枝のように折った。

大賀茂の手が離れると、逆にその衿を摑み、額を顎に打ちつけた。

のけぞったのは貢の方だった。

前が見えない。おかしいなと思って額に手を当てるとべったりと血が付いた。

額が切れたのだ。

大賀茂が鼻から流れた血で口の周りを真っ赤にしてにやりと笑った。

貢の衿を摑む。

「頭突きってのはこうするんだよ！」

貢の顔面に、頭突きの見本のような突きが決まった。まるでギャグマンガのように鼻から血が噴き出した。頭がくらくらして、瞬間自分が今何をしているのかわからなくなった。大賀茂は貢がそれを思い出すまでは待ってくれなかった。

腹に拳が埋まった。さがった顔面に膝が叩きつけられた。

浜に上げられたマグロのように貢はごろりと草むらの中に横たわった。

鼻血を拭ってから、大賀茂は信じられない己の勝利に呆然としているソーメーに向かった。

哲也は焦っていた。反撃のチャンスは今しかなかった。この機会を逃せば勝負に勝てる見込みはない。

焦ってはいたが、どうしようもなかった。目の前に唸り声を上げる化け物がいる。身体は鋳型《いがた》に入れられたように強張り、冷や汗が流れるばかりだ。だが貢とソーメーの反撃は、哲也を勇気づけた。格闘術の訓練はしたけれど、正直言って彼らがモノになるとは思っていなかった。

彼らの根性に応《こた》えねば男ではない。

「根性」と「男」。

アナクロなその単語は、興奮剤を注射したように哲也の身体の中に流れ込んで行った。

負けんぞ。

荒い息を吐きながら哲也は自分に言い聞かせた。

落ち着け、哲也。俺は男だ。こんな犬コロが怖いわけがない。これは犬だ。ただの犬なんだ。普通の犬だ。昔俺の飼ってたベスとおんなじ犬だ。犬だ。犬だ。犬だ。犬だ。

「犬だ！」

腹の底から叫ぶと、哲也は拳で白犬の横面を殴った。ぎゃんと悲鳴を上げて、犬は哲也の身体から落ちた。

「犬だ」

言いながら撥《は》ね起きると、哲也は人工精霊の腹を蹴り上げた。

見事な蹴りだった。蹴りとばされた犬は崖の縁に転がった。犬は体勢を整え、哲也に飛びかかろうとした。その時には哲也は目の前にいた。

「あばよ、犬コロ」

哲也は身体を斜めにずらし、回し蹴りで犬の顔面を捉えた。

カウンターで蹴りを受けた白犬が、崖下に落ちていくのを見届ける間もなく、哲也は大賀茂に襲いかかっていった。

望月は慌てて駆けつけようとした。その動きが鈍い。人口精霊が受けたダメージは、そのまま望月に返ってくる。その肉体的な衝撃は大きい。しかしそれ以上に精神的な傷が深かった。己の人工精霊が人間相手にあっさりと負けるとは思っていなかったのだ。

動揺して慌てることは、喧嘩では負けを意味する。気絶したと思ったギアが起き上がり、望月の足を摑んだ。

道端のゴミ同然に思っていたモノに突然足を摑まれたのだ。望月はコメディアンのようにまっすぐ前に倒れた。したたか顔を打って、頭を振りながら立ち上がった。

大賀茂が膝を曲げた奇妙な姿勢で上下に跳ねていた。

「ヒナ鳥は二羽ともタマを潰されたようだぜ」

前に哲也が立っていた。望月は身体ごとぶつかっていったが、さすがに人間相手の喧嘩では哲也は負け知らずだった。

わずかに身体を横に避け、膝で望月の顔を蹴り上げた。

勝負は終わった。

「行くぞ、ギア」

哲也はギアを立ち上がらせた。ソーメーは倒れていた貢に腕を出した。

「酷い顔だな、ソーメー」

「おまえもな」

四人はここから二百メートルあまり離れた次の目的地へと向かった。身体はどこもかしこも痛んだが、それまで以上に四人は元気だった。何がおかしいのか、ソーメーは時々思いだし笑いをして、後ろの貢に怒られていた。だが怒る貢にしても笑っていた。仕舞いには四人揃って笑い出していた。敵の存在も忘れて笑い続けていた。笑いながら演習の終わりを告げるサイレンを聞いた。

こうしてギアたちの夏期野外演習は終わった。

第四章

1

夏が終わったとするにはまだ早いかもしれない。晴天の真昼であれば、陽射しは相変わらず刺すように照りつけてくる。それでも陽が沈み、蒸し暑さの消えた夜に涼しい風が吹くと、時折秋の匂いを感じる。

この季節になれば、彼の衣装も不自然ではないだろう。蓮見は長い外套を夜風にゆらめかせながら、人込みの中を歩いていた。

彼はブルーの防水シートですっぽり覆われたビルの前に立っていた。二カ月前までは十数軒のスナックが蜂の巣のように詰め込まれていた雑居ビルだった。二カ月前、一階の中華料理屋から出火して今は廃屋となっている。持ち主はこのビルを売りに出していたが、未だに買い手がつかない。ロープとシートで一応中に入れないようにはなっているが、忍び込めないほど厳重に警備されているわけでもない。

蓮見はブルーのシートをくぐり、半壊《はんかい》した入り口から中に入った。二カ月経っているにもかかわらず、燃えた建材《けんざい》の臭いが鼻を刺す。

階段で二階へ、熔《と》けて歪んだ扉を蹴り倒して、部屋の中に入った。かつては小さな会員制のクラブだった。リノリュウムの床が焦げて真っ黒な鱗《うろこ》そっくりにめくれ上がっている。

中では中年の男が立っていた。

灰色の目立たない背広上下に作業用ジャンパーを羽織っている。灰緑色のそのジャンパーには、入野目《いりのめ》工業とロゴが入っていた。

「ああ、蓮見さん」

男は深く頭を下げた。薄くなった頭頂部が見えた。

「待たせたか」

「いいえ、滅相《めっそう》もない。今来たところですよ」

蓮見の尊大《そんだい》な態度に、中年の男はおもねるような笑いを浮かべた。笑うとタヌキのような顔になった。

「金は持ってきた。現物を渡してもらおうか」

「いや、いや。それは何かの手違いかな？　勘違いしてもらっちゃこまりますよ、蓮見さん。私がそれを持ってるわけじゃない。それを掘り出したのは私の友人でね。企業のボランティアとかで海外の井戸掘りをやってる人間なんですよ。それもそいつが手に入れたわけじゃない。掘り出した人間から上司の手に渡ったわけで。たまたま、そいつの話に石版のことが出てきたわけですよ。で、まあ、私なりに伝手をたどりまして、独自の調査でそれがあるところを知ったんですが」

「知っただけか」

「それだけでも大したものでしょう」

「おまえは持っていると言わなかったか」

蓮見の瞳に燐光《りんこう》のような炎が点《とも》った。

「言いましたか？」

男は狡猾《こうかつ》な笑いを浮かべた。笑いの中に怯えがあった。

「いやね、一応相手に打診《だしん》してみたんですよ。いくらでも出すから売ってくれって。いや、もちろん匿名《とくめい》でですよ。ところがそいつが頑固な男で――」

「どこにあるんだ」

「はい、はい」

男は額から流れ出した汗を、ハンカチで拭った。

「ですから、その場所をですね、私としては蓮見さんに情報としてお譲りしようと。決して高い値はつけませんよ」

男は顔の前でひらひらと手を振った。

「でもね、この情報を手に入れるだけで、私がどれだけ苦労したかは――」

「どこにある」

蓮見は男に一歩近づいた。

「……いやあ、だから言ってるじゃないですか。それを情報として売りたいと」

「おまえは私に嘘をついた」

蓮見は片手で男の喉を押さえた。

「とんでもない」声が裏返っていた。「嘘なんかついてませんよ」

「ベート！」

蓮見が呼ぶと、焦げた床がむくむくと盛り上がってきた。病んだ内臓に急速にできつつある腫瘍《しゅよう》のようだった。盛り上がったそれは、すぐに床から分離した。小学生ほどの大きさのそれは闇の色をしていた。

突然それが弾けた。粘液《ねんえき》をはね飛ばして四方に伸びたのは、鉄線の束のような逞しい四肢だ。厚い胸と腹には瘤のように筋肉が盛り上がっていた。尻の上から生えた尾が、身体とは別の生き物であるかのように、床をぺたぺたと叩いている。

男はそこに生まれた漆黒《しっこく》の怪物を凝視していた。頭から水をかぶったように冷や汗がだらだら流れていた。

「人工精霊……ですか」

ベートと呼ばれた黒い小鬼は、大きく口を開いてあくびをした。真っ赤な口腔の中で紫の舌がのたうっていた。

「蓮見さん、暴力は無しにしましょうよ、ねっ。私だっていろいろと苦労したんだ。さっきも言ったように、交渉には出向いたんですよ。相手がですね、それを嫌だって言うからどうしようもないじゃないですか」

蓮見は首を傾げた。人間の言葉を喋ろうとする猿を見る目で見ていた。

「嫌がっていることはわかるが、何を言ってるかがわからない」蓮見の目はそう語っていた。

「わかった。わかりました。言います。金はいりません。大サービスだ」

蓮見が手を離した。

男は喉をさすりながら言った。

「学校ですよ。県立第三呪禁官養成学校。そこの校長が持ってるんだ。話によるとそこの校長室は、国内でも三本の指に入るくらい霊的防衛力の優れた場所らしいですよ。学校内の一種のシェルターとしてつくられたらしいですな。いずれは別の場所に移すらしいですが、いわゆる風水というか方角の問題で、ここに一旦移して——」

そのままにしておくといつまでも喋りつづけるであろうと判断したのだろう。蓮見は手でそれを遮り、人工精霊に呼びかけた。

「ベート」

呼ばれ、小さな黒い悪魔は揉み手をしながら男に近づいた。

「止めてくれ」

男は泣き出しそうな声で言った。

「もう全部喋ったじゃないか」

「私は嘘つきは嫌いだ」

蓮見は踵《きびす》を返して立ち去った。その後ろから長い長い絶叫が聞こえた。

2

周囲には似たような建て売りの一戸建《いっこだ》て住宅が並んでいる。すでに夜中の十二時を過ぎていた。等間隔に並ぶ街灯が、舞台装置のように白々しく路面を照らしている。通る人もなく、終末後の地球に一人取り残されたような気になる光景だった。

貢は寮に続く長い道を自転車を飛ばしていた。仕事を終えて帰るところだった。

寮ではみんなが、馬鹿げた噂話と冗談と高邁《こうまい》な理論と理想の彼女について激論をかわしているだろう。朝起きるときの辛さと引き換えにしても、それは最高に楽しい時間だった。

夏期野外演習はギアたち四人を少しだけ変えた。そのことに気づいている者も気づいていない者もいた。変わったと言われれば否定するだろう者もいた。が、彼らが四人で一つのことを為《な》し遂げたあの日以来、何かが変わったことに間違いはなかった。

少なくとも四人は親しくなった。本当は親しい以上のものを感じていたが、例えばそれを友情と呼んでしまえば、みんな笑い出してしまうだろう。しかし、口に出してしまえば気恥ずかしいだけのその言葉が、今の四人の感じている気持ちを表す最も的確な言葉だった。

新しい学期が始まって、未だ望月たちからの接触はない。今のところ望月は約束を守っているようだった。実習も学科も、そして毎日の仕事も辛かったが、貢は楽しい学園生活を送っていた。

それでも、今自分が抱えている借金のことを思い出すと、正直言ってうんざりした。家族を支えているのが己だという事実は、十六歳の貢にはあまりにも重い。呪禁官になることが貢の夢だったが、その呪禁官になったとしても、この借金がすぐに返せるというものではないだろう。呪禁官は仕事への誇りと名誉を手に入れられるが、それに見合った金額を手にできるわけではなかった。

妹に任せっぱなしの母親の世話のことも、貢の頭を悩ませている問題だった。母親を見舞うたびに心が痛んだ。自分だけ好きなことをして、何もかも妹に押しつけているような気がするのだ。妹が愚痴一つ言わないのがよけいに辛かった。実際は貢が稼ぐ金で何もかも賄《まかな》っている。彼の自由にして悪いことはないだろう。だが学校に通わず、本格的に働けば、今よりいい収入を得られるだろう。そうしないのが、貢には自分の我《わ》が儘《まま》のように思えるのだ。

赤信号に気づいて、貢は自転車を停めた。左右を見るが車は一台も通っていない。いつもなら信号を無視して進むのだが、今日は考え事をしていて、赤信号を見て反射的に停まってしまった。もう一度車を確認して走り出そうとペダルに足を載せたとき、後ろから呼び止められた。

「貢くん、だね」

振り返ると長身の青年が立っていた。古風なグレーの外套を着ていた。美青年と言ってもいい整った顔をしているのだが、貢はそこに何か不吉なものを感じた。

「辻井貢くんだね」

男は繰り返した。

「はい、そうですけど」

「いつも遅くまで大変だね」

「ええ、まあ。あの用事がなければ僕急ぎますんで」

「お母さんの具合はどうだい」

「母をご存じなんですか」

「治療費も大変だろ。前の裁判で借金もあるんだってね」

「あなた……誰なんですか」

「妹さんはそろそろ高校生だ。公立とはいえ金がかかるねえ。他のみんなは楽しく遊んでいるときに、どうして君だけがこんなに苦労しなければならないんだろうね」

男は貢の横に来て、自転車のハンドルを握った。それだけで貢は、この男に捕らわれてしまったような気がした。

「どうしてそんなことまで」

「君のことだったら何だって知っているよ。ねえ、貢くん。良い話があるんだ」

男は貢の顔を前から覗き込んだ。

「借金をすべて支払って、妹さんの学費もお母さんの治療費も、これから先困らないぐらいのお金を君にあげてもいい。私はそう思っているんだよ」

「どういうことですか」

「もちろん何も無しで金はもらえない。金を稼ぐ苦労は君の方がよく知っているだろう。これは施しではないんだ。君にしても金を恵んでもらったって嬉しくはないだろう。その金は正当な報酬として君に支払われる」

「僕に、何をしろと」

「簡単なことさ。これを――」

男は一枚の金属板を出してきた。その表面には幾何学的な図匠《ずしょう》や記号が彫られてあった。貢にもそれがタリズマン、西洋魔術で使う護符《ごふ》であることはわかったが、それが何に使われるタリズマンかはわからなかった。

「これを校長室に隠してきて欲しいんだ」

「どうしてそんなことを」

男はくすりと笑った。

「ちょっとしたいたずらさ。校長とは古い友達でね。前にいっぱい食わされたことがあるんだ。そのままじゃ悔しいじゃないか。だから私も、ねっ」

わかるだろ、と男は貢の目を見つめた。その中に身投げしたくなるような、闇そのものに似た深く暗い瞳だった。

「この護符を置いておくと、その部屋に入った者はくしゃみが止まらなくなるんだ」何がおかしいのか男は身をよじって笑った。「くしゃみを何回も、何回も」

「そんなこと、僕にはできません」

男は急に笑うのを止めた。

「悪い話じゃないと思うけどなあ。ちょっとしたいたずらをするだけで、君が一生かかっても手に入れられない金が手に入るんだ」

「すみません。僕、寮に早く帰らなきゃいけないんで」

貢は走り出そうとペダルを踏んだ。自転車は動かなかった。男がハンドルをしっかりと握っていた。

「急いで帰る必要はないよ。私の申し出を断る気ならね」

貢を見つめる男の瞳に、黄色く燐光が点ったような気がした。

「……どういうことですか」

「君の学校じゃあ、バイトは禁止だ。これが学校に知れたらどうなるだろう」

男は貢をじっと見て、答えを出すのに充分な時間をとった。

「悪くいけば退学だ。そうでなくても奨学金は止められるだろうな」

男はわざとらしく溜め息をついた。

「可哀そうに」

「脅すつもりですか！」

「怒らないでほしいな」

男は笑みを浮かべた。獣が笑ったような気味の悪い笑みだった。

「君が答えを出せばいい。私は無理強《じ》いするつもりはない。さて、どっちがいいだろう。金を手にするか、それとも退学になるか」

「……本当に、ただのいたずらなんですね」

「もちろんさ。君に迷惑はかけないよ」

貢は男の言葉を欠片《かけら》も信用していなかった。だが信じたいと思った。ちょっとしたいたずらの手伝いをするだけで、貢の頭の上に始終のしかかっている鬱陶しい黒雲《こくうん》を追い払えるのだ。

貢は手を出した。

男はその上にタリズマンを置いた。その金属の円盤はずしりと重かった。貢にはそれが己の犯そうとする罪の重さのように感じられた。

3

「最近、貢、元気がないよな」

二段ベッドの下の段に腰掛けてそう言い出したのはギアだった。

「元々暗い人間だからね」

ソーメーが素っ気なく言った。

「そう言うけどね、夏休みの前後から明るくなったよ。良く喋るしさ。それがここんとこ一週間ぐらいずっと黙ってるし……」

「仕事がきついからじゃないか？　夜中の二時ごろ帰ってきて、朝は六時半起きだろ。多少は疲れもするぜ」

片腕で腕立て伏せをしながら哲也が言った。

「何かねぎらってやらなきゃな」

そのギアの言葉を待っていたようにソーメーが

言った。

「何でネギ買ってやらなきゃならないんだ」

「誰がそんなことを言った」

「おまえが今言った」

「どんな耳してんだよ」

「こんな感じの耳」

ソーメーは自分の耳を摘んだ。

「福耳だって言われるんだけどな。どう思う？」

バシン！　と言いながらギアはソーメーの顔を殴る振りをした。

「何か、おまえたちの会話には入り込めないものを感じるね」

哲也は腕立て伏せを終え、スクワットを始めていた。

ドアが開いた。

「よお、お帰り。お疲れさん」

ソーメーは貢の尻を叩いた。貢はそれで初めてそこに人がいることに気づいたような顔をした。

「ああ、ただいま」

ソーメーとギアは顔を見合わせた。

「おまえさあ、最近極端に暗くないか？」

こういう質問を平気でできるのはソーメーだけだ。遠慮や気遣いとは縁遠い男だった。

「そうかな。そうでもないけど」

貢は弱々しい笑みを見せた。

「何か心配事でもあるのか？」

ギアに聞かれても、貢はただ首を横に振っただけだ。

「望月か？　あの馬鹿がまた手を出してきたのか」

機械仕掛けのように正確に膝を曲げ伸ばししながら哲也が言った。

「違うよ」

ロッカーから貢は洗面道具を出してきた。シャツとジーンズを脱いで、パンツ一枚でバスルームに向かう。ユニット式の小さな風呂だが、寮の各部屋に風呂はある。貢はその中に消えた。

湯を熱めに設定して、貢は蛇口をひねった。熱い湯でたいていの疲れはとれる。最近はいつもそうだった。だが今は髪にへばりついたジャムのように頭から離れないことがあった。それは今日届いた銀行からの振り込み通知の葉書に記載されていた金額だ。それは確かに、貢には一生掛かっても稼ぐことのできない金額だった。

貢はまだタリズマンを校長室に隠してはいなかった。護符は貢の鞄の底に入れられたままだ。何度か校長室に隠そうとしたが、そのたびに挫折《ざせつ》した。このまま何もしなければ、あの日のことは何もなかったことになるかもしれない。最近ではそう思い始めていた。そう思うことを見透かしていたように金が振り込まれた。貢はあの男、蓮見に銀行の振込先など教えてはいなかった。だが、そんなことはとうに調査済みだったのだろう。

貢は決意せざるを得なくなってしまった。明日にでも、学校が終わってから校長室に行かなければならない。肌が真っ赤になるまで熱いシャワーを浴び続けていた貢は、そう考えただけで心臓が高鳴った。

眠れない夜を過ごし、朝起きると快晴だった。貢は太陽にからかわれているような気がした。

その日貢は、登校から下校まで失敗の連続だった。朝から儀式魔術の教科書を持ってくるのを忘れ、教師に当てられてまったく見当違いの答えを言って笑われ、魔術実験室に行くのに間違って呪具資料室に行き、格闘術の授業で相手の拳をよけるのを忘れて胸に紫の痣をつくった。貢にとって最悪の一日だった。それでも死ぬこともなく無事授業を終わることができた。問題はそれからだった。ギアたちには仕事に行くといって、学校から離れた喫茶店で同級生の目を避けながら時間を潰し、余った時間は公園のトイレの中で過ごした。

九時過ぎ、貢は学校に向かった。犬の声にも飛び上がるほど怯えていた貢は、運良く誰にも出会うことなく学校にたどり着いた。裏門の塀を乗り越え、体育館の裏を通って校舎に向かう。そこから三階の校長室に向かうまで、警備員を避けて曲がり角からごみ箱の陰へ、トイレから踊り場へと、たっぷり三十分かかった。

校長室には鍵がかかっていた。貢は扉の隙間に夕リズマンを滑り込ませた。そこから再び三十分かけて学校を出ると、自転車を飛ばして寮に戻った。

その間貢はずっと自分に言い聞かせていた。

あの護符はくしゃみの止まらなくなる護符だ。あの護符はくしゃみの止まらなくなる護符だ。あの護符はくしゃみの止まらなくなる護符だ。あの護符はくしゃみの止まらなくなる護符だ。あの護符は…。

4

夜の学校は何故か不気味だ。昼間の喧噪が失せると突然墓場のように静まり返る。夜毎校舎の魂が抜け出てしまうかのようだ。

若い警備員は定時の見回りをしていた。彼も昔は呪禁官を志したことがあった。養成学校を卒業はした。しかし呪禁局に勤めることはできなかった。それでも彼は「人々を悪から守る」職業に就きたかった。結果、彼は大手の警備会社に就職した。

彼は責任感と勇気と正義感を持ち合わせていたが、夜の学校は苦手だった。この学校へは毎週火、水、木と二年間に亙《わた》って警備に来ていたが、それでも夜の学校に慣れることはできなかった。

マグライト片手に暗く長い廊下を歩いていると、後ろから何かがつけてきているような気がした。誰かが、なら平気なのだが、何かについてこられてはちょっと困る。

西洋魔術実験室にはいつものように明かりが点いていた。明かりを見るとほっとする。扉を少し開けて中を覗き込む。

「ご苦労さまです」

荒木教師は精一杯の笑顔を浮かべて言った。

「いつも遅くまで大変ですね」

警備員が言うと、荒木教師は頭をかいて苦笑した。

いつものことだが、警備員にはその苦笑の意味がわからない。

実験室を過ぎると、再び闇の続く廊下と階段が待っていた。

二階を見回り三階へと向かったときだった。ビームライトの前を影がかすめた。

「誰だ！」

反射的にそう言った警備員はいきなり床に倒され、後ろ手に腕をねじ上げられていた。

「誰だ」

逆に聞かれた。警備員は動く方の腕で胸のポケットからIDカードを出した。

「込枕《こみまくら》国際警備保障の者です」

毅然とした声を出したつもりだったが、途中で声がオクターブ上がってしまった。

「警備員か。脅かすなよ」

腕を離してもらい、警備員は立ち上がった。あっと言う間に彼を押し倒したのは女性だった。

「あなたは？」

「龍頭。この学校の教官だよ」

「IDを見せてもらえますか」

警備員にしてもすべての教師の顔を知っているわけではない。このまま相手を帰して後で泥棒だった、などということになったら失職ものだ。

「持ってたかなあ……。あっ、あった」

龍頭はパンツのポケットから定期入れを出してきて、中からIDカードを引き抜いて見せた。

「どうもすみません。相手の身分を確認しておかないといけないもので。それで、どうしてこんな時間に学校へ」

十一時をすでに回っていた。

「家で夕食を食べ終わって風呂に入って、テレビ見てたら急に思い出したのよ」

「何を」

「ガスの元栓を閉め忘れたことを」

「先生の部屋のですか」

「思い出したら気になって気になって」

「警備室の方に連絡をくれたら良かったんですよ。僕が閉めますから」

「今度からそうするわ」

それじゃあ、と敬礼しようと思った時、上の階でガラスの割れる音がした。

真っ先に階段を駆け上っていったのは龍頭だった。警備員がその後を追う。

階段を上がり切ったところにそれはいた。

警備員のライトがそれの顔を照らした。真っ黒な顔に小さな角が生えている。それは傷に似た真紅の口を開いて威嚇《いかく》した。刺のような細かい歯が並んでいるのが見えた。

蓮見の人工精霊〈ベート〉だった。手に緑の燐光を放つ何かを持っていた。

警備員が悲鳴を上げかけ、口を押さえた。

「防犯ベルを」

心神喪失寸前の警備員にそう言うと、龍頭は階段をゆっくりと昇っていった。昇りながら深呼吸を繰り返す。ゆっくりと鼻から息を吸い口から吐く。落ち着いて、静かに、それを何度も何度も繰り返す。道教で調息《ちょうそく》と言われる呼吸法だ。それが終わると、彼女は吐く息を口腔に止め、がちがちと歯嚙みした。嚙んだ息はまた肺に戻す。

龍頭の行っているのは、気エネルギーを体内に満たす胎息《たいそく》法の一つだ。

龍頭にはそこにいる黒い怪物が人工精霊なのか召喚された悪魔なのか見当がつかなかったが、これが人間でないことは間違いがなかった。魔術武器は何も持っていない。しかし龍頭はただの格闘術の教官というだけではない。かつては呪禁官だったのだ。霊的な怪物と何度も相対してきた。

龍頭の姿が消えた。

ベートにもその姿を捉《とら》えることはできなかった。

龍頭の姿はベートの斜め前にいきなり現れた。

体重の載った前蹴りが怪物の腹を、ほぼ同時に掌底が顔面を狙った。

そのどちらもが見事に決まった。

ベートは教室の壁に吹き飛ばされる。

龍頭のいたところからベートまで五メートルあまり。一気に移動できる範囲ではない。いや、単に移動しただけなら、いくら素早く動いてもベートの目から逃れることはできなかっただろう。

龍頭は今、一種の呪法を使ったのだ。

合気道の開祖といわれる人物の、七十歳の頃の記録フィルムがある。そこでは二人の黒帯に襲われた彼が、触れられる瞬間に消えるところが映し出されている。コマ送りで一コマずつ見ると、相手の手が触れる寸前のコマの、次のコマではもう数メートル離れた地点に立っている。つまりは十八分の一秒の間に彼は移動しているのだ。日本の古武術ではこれを〈身体を延べる〉という。優れた武術者は、一点から別の一点へと瞬時に移動する力を持つ。これは道術でいう縮地法《しゅくち》という神通力《じんつうりき》と同じだ。


今、龍頭も〈身体を延べた〉のだ。

壁に叩きつけられたベートがむくりと起き上がった。常人であれば確実に首の骨を折っているだろう。

だがベートは細かな刺のような歯を剥き出しにし、軋《きし》むような声で吠えた。あまりダメージを受けている様子はない。

龍頭は再び身体を延べ、間をあけず脚で、腕で、休みなく攻撃をくわえていく。さすがのベートも反撃の余地がなかった。

突如校舎を震わせるような大音響でベルが鳴り響いた。

ほんの一瞬龍頭の攻撃が止まった。ベートは龍頭の頭上を越えて階段へと跳んだ。

その脚を払おうとした後ろ回し蹴りは空を切った。階段から階段へ、ベートは手摺《てすり》を越えて階下へと降りていく。龍頭が落ちるような勢いでその後に続く。

一階の廊下で、ベートは警備員と鉢合わせした。

警備員は頭から血がさがる音を聞いた。

死ぬんだ。

そう思うと、ぽっかりと頭の中が空白になった。

警備員にとって永遠に近いような時間が流れた。

ベートは馬のように歯を剥き出して笑った。笑いながら警備員に近づき、肩をポンと叩いて横を走り去っていった。

「危ない！」

上から龍頭の声がした。

警備員が振り向くと、ベートの向こうに老人の姿があった。荒木だ。帰宅途中なのだろう。鞄を抱えてぼんやりと駆け寄るベートを見ている。

右手が腰の特殊警棒を摑んでいた。

警備員は走った。

その横に龍頭が並んだ。

ベートは目の前にいた。龍頭が跳んだ。龍頭の足刀がベートの腰へ、警備員の警棒がベートの頭に、打ちつけられた。

小さな爆発音がした。ベートの身体は煙のように霧散し、闇に溶けた。その向こうで荒木がきょとんとした顔で龍頭と警備員を見ていた。

「相変わらずですね、荒木さん」

龍頭はほっと息をついた。

「人工精霊ですな、今のは」

荒木はとぼけた顔で言った。

「人工精霊ですな、じゃないですよ。命が危なかったんですよ」

怪物との戦いの興奮が、まだ収まっていない上気した顔で、警備員は荒木の肩を摑んだ。

「僕が、いや、僕たちがいたからいいようなものの」

「ありがとう、おかげで助かったよ」

荒木は大儀そうに腰《こし》を屈めて、床から何かを拾い上げた。

「あれの目的はこれだな」

それは一枚の石版だった。頑丈な革のベルトが幾重にも掛けられている。それは薄闇の中、淡く緑の燐光を発していた。

「何ですか、それは」

警備員が尋ねた。

「〈プロスペロの書〉だよ。今となっては世界で最も貴重な書物だ。……校長室の結界が破られたのだな」

「さあ、早く警察に連絡して」

龍頭に言われて警備員は背筋を伸ばして「はい」と返事をした。

慌てて走っていく警備員に龍頭は後ろから声をかけた。

「警察には呪禁局に連絡するように指示するんだよ」

「はい！」

小学生のような返事をして警備員は走っていった。

「やれやれ、今日は帰れそうにないな」

荒木は溜め息をついた。

5

「見たか、見たか。本物の呪禁官」

ソーメーは朝から大はしゃぎだった。どんなことであろうと騒動というものが心から好きなのだ。ただし己に影響を及ぼさなければ、だが。

「バッジつけてたよな。五芒星形のやつ」

ソーメーほどでないにしろ、ギアも興奮していた。間近で呪禁官を見るのは初めてだった。

「こら、そこうるさいぞ」

叱られ、ギアとソーメーは教科書に目を戻した。

授業中である。前では教師が近代オカルトの母、ブラヴァツキー夫人の『シークレット・ドクトリン』について延々と解説を続けていた。

本当の騒動は昨夜起こっていた。警察とマスコミが蝿のように群れ、校長室を中心に、鑑識《かんしき》が塵《ちり》一つ逃さずビニール袋に詰めていった。若い警備員と荒木先生と龍頭教官は夜明け近くまで事情聴取を受け、今朝は今朝で二人の呪禁官を相手に同じ話を繰り返していた。

「化け物が盗みに来たものって何なんだ」

授業にはどうしても集中できないらしい。我慢しきれず、ソーメーが小声で聞いてきた。

「噂じゃ本らしいよ」

「本?」

「今世紀最大の秘宝だとか」

「何でそんなものが校長室にあったんだ」

「校長が預かってたらしいよ。知らなかったけど、校長は昔は呪禁官の長官をやってたんだってさ」

「ほんとかよ?」

「さあな。噂だからな」

「……ラーマとはなんだ、針山」

急に教師に指されて、ソーメーはゆっくりと立ち上がった。

「えっ……」

「宇宙の始源、不滅の根源の名だよ」

言いながら教師はソーメーの隣に来た。

「あっ、はい。はあ……それはですね、光、かな」

教科書で後頭部を思いっ切り殴られた。

「聖書のことでも頭にあったのか。それにしても初めに言葉ありきだ。今は神智学《しんち》の授業をしとるんだぞ。話を聞いていない以前の問題だ。後ろに立ってろ」

ソーメーを笑っていたギアに教師は顔を向けた。目があってギアの笑いが凍った。

「おまえもだ。教科書を忘れるな。後ろで授業には参加してろ」

二人は揃って教室の後ろに行った。

「俺の頭は、人の叩きたい欲求を誘うにおいでも発しているのか?」

ソーメーがぼやいた、その時だった。

悲鳴がした。隣の瞑想教室だ。普段であれば、授業中最も静かな部屋だ。

悲鳴は何度も起こった。そして机や椅子の倒される音。

みんなが廊下側に集まった。窓から顔を出し、ドアから外に出る。ギアとソーメーも群《むら》がる生徒の先頭に立って隣の教室を見ようとした。教師は生徒を止めようと声を張り上げたが、隣から聞こえる悲鳴や怒号にかき消されてしまった。

瞑想室から生徒達が必死の形相で飛び出してきていた。血を流している生徒もいる。

逃げろ！　と怒鳴る声も聞こえた。

教室から逃げ出す生徒達は必死だが、廊下に出て様子を見る生徒は逃げ出す素振りを見せない。何が起こったのか興味津々《きょうみしんしん》で瞑想室を見ていた。誰もいなくなった教室から、見たこともない生き物が出てくるまでは。

「何だ？」

後ろから顔を出してきた哲也の目を、ギアは慌てて塞いだ。

「見るな、哲也」

「……遅かった」

哲也の声は震えていた。身体が硬直して動かなくなったようだ。ギアにしがみついてようよう立っていた。

それは腎臓《じんぞう》に似ていた。だがたとえそれがじっとしていても、腎臓と見間違う者はいないだろう。それは仔馬ほどの大きさがあり、刺の生えたキチン質の脚を六本持っていた。ぬめぬめした粘液を垂らす灰色の触手が二本、海藻のように揺れている。一本の触手は教師の腕を摑んでいた。元坊主という密教の教師だ。腕を摑まれ引きずられる教師が、死んでいるのか生きているのかわからなかった。腎臓もどきの怪物が身体をゆすって前進するたびに、触手に振り回されている。少なくとも腕の骨が折れているのは間違いないだろう。腕は本来曲がるはずのないところから曲がっていた。

廊下や教室で見物していた生徒達が、腎臓もどきの姿を見たとたんに逃げ出し始めた。

誰が押したのか非常ベルが鳴った。神経を逆撫《さかな》でするようなその音が、よけいにパニックを誘った。

ギアは固まったままの哲也を抱えて逃げ出そうと

したが、後ろから押されて倒れてしまった。暴走するバッファローの群れの中で横たわっているようなものだ。踏まずに走ろうとする良心的な人間の数は少なかった。背中や尻を蹴られ、脚や腕に足跡が付いた。ギアは頭を抱え、哲也に被さってみんなが通りすぎるのを待った。

すぐに物音がしなくなった。ギアは頭を上げた。その前にポンと坊主頭が転がった。

腎臓もどきが捕らえていた教師だった。失神しているが息はあるようだ。

驚いて跳び起きると目の前に腎臓もどきがいた。

ひっ、と小さく悲鳴を上げ、哲也を引きずって後退る。背中で机や椅子を押し倒しながら教室の隅へと逃げる。

途中で手を貸してくれる者がいた。貢だった。

「すまん」

そういってから、ギアは今朝から貢と一言も口を利いていなかったことに気づいた。気がつきはしたが、今はそんなことを考えている暇はなかった。

ギアの背中が教室の壁についた。これ以上さがれない。

腎臓もどきは触手で倒れた椅子や机をはね飛ばし、絡みとり、紙細工《かみざいく》のように二つに裂いた。まるで駄々《だだ》をこねる子供だ。今のところギアたちに向かってくる気配はなかった。しかしいつ襲ってくるかはわからない。前に女の人工精霊に襲われた時のように、聖なる魔法円を描くだけの時間はなさそうだった。

哲也が歩けさえすれば、今なら逃げられるかもしれなかった。

「哲也、哲也、しっかりしてくれよ」

「あれは、あれは……タコだ。少し形はヘンだけどタコだ。そうだよな、ギア」

「えっ？」初めギアは哲也がおかしくなってしまったのかと思った。が、すぐにその意図を察して言った。

「ああ、そうさ、タコだ。化け物なんかじゃ――」

「それを言うな！」

哲也が叫んだ。腎臓もどきの動きが止まった。触手が床に垂れ、静かに波打っている。どうやら哲也の声に反応したらしい。

腎臓もどきは触手をもたげ、ゆっくりとギアに近づいてきた。

チャカチャカと聞き慣れた音がした。

貢がカッターを手に持って刃を長く伸ばしている。

「何する気だよ」

「やってくるんだ」

立ち上がった貢を、ギアは後ろから羽交《はが》い締めにした。

「離せよ、ギア」

「そんなもので勝てるわけないだろ」

「後ろからカバラ十字でも大日如来の印でも何でもいいから援護してくれ」

「駄目だよ、そんな。ムチャだ」

貢はギアを振りほどこうともがいた。腎臓もどきは目前で触手をゆらめかせている。

腎臓もどきの後ろに二人、男が立っていた。「こっちだ、化け物！」と男の一人が声をかけた。ギアはその男たちを知っていた。校長室に来ていた呪禁官だった。

いったんギアたちに向かっていた怪物は、昆虫のような脚を器用に動かして後ろを振り向いた。

「至高の御名において、父と子と精霊の力において」

一人が朗々《ろうろう》と祈りの言葉を唱え始めた。

「我は悪しきすべての力と種子を追い払う」

腎臓もどきが触手を伸ばし、祈る捜査官に叩きつけようとした。捜査官は何げない仕草でそれを受けた。触手は捜査官の手に握られると動きがとれなくなった。

「我は悪しきすべての力と種子をキリストの聖なる教会の呪文で縛る」

もう一本の触手が捜査官を狙ったが、それもあっさりと受け止められてしまった。

「鎖で縛られるようにしっかりと縛られて、外の暗闇に投げ捨てられ、神の下僕を苦しめないように」

それまで腕の折れた教師の手当てをしていた、もう一人の捜査官が立ち上がった。

ポケットから硬貨を出す。一枚を横から親指と人差し指で挟み、弾き飛ばした。

身動きできなくなった腎臓もどきの身体に硬貨は打ち込まれた。

腎臓もどきは身体が膨張《ぼうちょう》し、皮膚がひび割れ、瞬く間に煙となって消えてしまった。後には硫黄《いおう》のような臭いが残った。

すべてが一瞬の出来事だった。

捜査官の投げた硬貨は呪禁局特製の護符だ。銅製のそれには優れた術者によって五芒星形が描かれている。銃器を持てない捜査官の持つ呪的武器の一つだ。

すげえ。

ギアはただ捜査官に見とれるばかりだった。怪物など歯牙にも掛けない対処の仕方だった。


「大丈夫か」

声をかけられてギアは直立不動になった。

「はい、大丈夫です」

ギアの返事に笑顔で応え、二人の捜査官は気を失っている教師を連れて教室を出て行った。

まだ硬直したままの哲也のことも、朝から様子がおかしかった貢のことも、今のギアの頭の中からは消えていた。

「あっ」

ギアは今腎臓もどきの消えたばかりの床を見て声を上げた。そこに呪禁局特製の硬貨が落ちていた。

ギアは知らぬふりをしてそれを拾い、そっとポケットに入れた。

6

あの腎臓もどきは、瞑想中に誤って生徒が造り出してしまった人工精霊だった。担当の教師はすぐに病院に運ばれた。命には別状なかった。

担当している授業で事故を起こした責任をとって彼が辞職することになったのは、それからずいぶん後の話だ。

この事件は、彼にとって災難でしかなかった。だが、他の者、特に生徒達にとっては、一生に一度あるかないかの話のタネとなった。

ギアにしてもそうだ。

その日、ギアは会う人ごとに、呪禁官の活躍を興奮した口調で話して聞かせた。ギアの頭の中は捜査官の勇姿《ゆうし》で一杯だった。貢がギア達と出会う前以上に暗く、俯いたままで誰とも喋らないことにあまり注意していなかったのはそのためだった。哲也も貢のそんな態度を見ていなかった。三度見せてしまった己の醜態《しゅうたい》に、哲也自身が落ち込んでいたからだ。残されたソーメーは、元もとそのようなことを気遣う人間ではなかった。

その日の午後、貢は授業の途中で気分が悪いと保健室に行った。休み時間にギアたちが様子を見に行ったときには、貢は早退していた。それだけではない。寮に帰ってみると貢の姿はなかった。仕事に行ったのだと、誰も納得していない意見で、それぞれが自らを納得させて夜を待った。だが深夜になっても貢は帰ってこなかった。寮長か、あるいは学校に相談しようという話も出た。しかしバイトが学校に知れることになれば、それなりの処罰を貢は受けることになる。

結局ギアたちは翌日まで待った。翌朝、貢は学校に来ていた。どこに行っていたのか尋ねても、貢はかたくなに口を閉ざしたままだった。それどころかギアたちとほとんど喋ろうとはしなかった。しつこく聞くと、ギアたちを避けるようになった。ソーメーがあいつとは絶交だ、などと言い出した放課後、貢の姿はいつの間にか消えていた。

その夜も貢は帰って来ず、翌日学校で顔を合わすことになった。

家庭内の問題。学校での成績の問題。望月、あるいは彼以外の誰かからのいじめ。貢の態度の変化をギアたちは推測したが、結論はでなかった。その日も、翌日も貢は寮に帰らなかった。学校にいる間も、誰とも一言も口をきこうとしない。

その日の放課後、ギアたちは貢の後をつけることにした。

貢が自転車に乗ったのを確認して、哲也は用意しておいたバイクにまたがった。

「すごいの持ってるねえ」

ソーメーがしげしげと250CCのバイクを眺めている間に、ギアは哲也の後ろにまたがった。

「さあ、行こう」

ギアの言葉を合図にバイクは走り出した。

「おい、ちょっと待てよ」

排気ガスを吹きかけられながら言ったソーメーの台詞に、すでに小さくなっていくギアが振り向いて叫んだ。

「ちょっとは走れよ。ダイエットだ」

貢は途中で弁当屋に寄った。

「あれ買ってから仕事に行くんだろ」

荒く息をつきながら、ようやく追いついたソーメーが言った。古ぼけた自転車に乗っている。

「あれ、そんなものどこで見つけたんだ」

ギアの問いにソーメーは口ごもった。

「いや、そのね。ちょっとお借りした」

「泥棒」

「人聞きの悪いことを——」

しっ、と哲也が唇に人差し指を当てた。

弁当を買った貢が自転車にまたがっていた。

貢はバイト先の工場とは違う方向へ走っていく。

陽は落ちていた。薄闇の中を背中を丸めて自転車をこぐ貢は、親に捨てられた幼い子供のようだった。

貢は小さな児童公園の前で自転車を停めた。まっすぐベンチに向かうと弁当の包み紙を開いた。

ギアたちは後ろからそっとベンチに忍び寄った。

「何してんだよ、こんなとこで」

ギアの声に貢はベンチから飛び上がった。ちょうどつまんでいた鶏の唐揚げが地面に転がった。

「何してんだよ、こんなところで」

ギアは繰り返した。

「ギア……。みんなも」

「仕事はどうなってるんだ」

哲也は貢の隣に腰を降ろした。

「今まで一回も休んだことなかったじゃないか」

「今から、行くところさ」

弁当を乱暴に包んで貢は立ち上がろうとした。隣に来たギアが貢の肩を押さえて座らせた。

「なあ、何があったのか話してくれよ」

「……言ってどうなるもんでもないよ」

貢は弁当の入った白いビニール袋に目を落としていた。

「言ってみれば楽になるぞ。俺も多少は楽になったからな、おまえのおかげで」

哲也が貢の肩をポンと叩いた。

「言ったからって悩みが解決するわけでもないけどな」

そう言ったソーメーの頭を、ギアと哲也が同時に叩いた。

「ほんっと、おまえらって——」

ソーメーが文句を言おうとしたとき、貢がまるで子供のようにぽろぽろと涙をこぼして泣き始めた。

「どうしたんだよ、貢」

ギアは貢の肩を抱いた。

「……僕が悪いんだ」

それきり黙り込んだ。ギアたちは貢が話しくりのを待った。貢は涙を堪えようと、しば上げ、それが収まってから涙を袖た。

「校長室から宝物が盗まれいたのは、ぼくのやったことが原因なんだ
貢は正体不明の男からタリズマンを預かったところから話を始めた。

「こんなことになるなんて思ってなかったんだ。何

度も死のうと思ったよ。何度もね。でもできなかった。僕が死んだら母さんや妹が困るから」

みんなしばらくは何も言わなかった。すべてすんでしまったことだ。今さらどうしようもない。だからといってこのまま黙っているわけにもいかない。ギアたちの力でなんとかできるといった話ではなかった。

「校長に話をしよう」

そう言ったのはギアだった。

「何か良い考えをだしてもらえるかもしれない。呪禁官の長官をやってたらしいし」

ギアは校長の柔和《にゅうわ》な顔を思い浮かべていた。校長なら貢の事情をわかった上で判断を下してくれるだろう。ギアはそう思っていた。そして確かに校長は、そんな気持ちにさせる人柄の持ち主だった。

「それがいいかもしんないな。俺たちが一緒に行って話をしてやるよ」

ほんと！　と貢は哲也の顔を見た。

「大丈夫さ。何とかなるって」

ソーメーがぶよぶよの胸を叩いた。あまり頼りになりそうにもなかった。それでも貢は数日ぶりの笑顔を見せた。

「よし、決定」哲也が立ち上がった。「今から校長のところに行こう」

「今から……ですか」

あっけにとられる貢の腕を哲也が取った。

「でも、校長の家ってどこにあるんですか」

「俺、知ってるもん」

みんながソーメーの顔を見た。

「いや、俺、二年に進級するの危なそうだったから、ウイスキー持って行ったんだよ」

「で、どうなった」とギア。

「インターホンで怒鳴られて門前払い。中にも入れてくれないんだぜ」

「当たり前だ」

頭を叩こうとするギアの手をさっと避けた。

「そういつもいつも叩かれて――」

哲也の平手が額にあたった。ぴしゃりと大きな音がした。

「何だよ」

「さあ、行こうか」

哲也が立ち上がった。唇を尖らせてソーメーも大きな尻を持ち上げた。

7

「よく、話す気になったね」

校長はそう言って湯飲みの茶を啜った。茶はすっかり冷えているようだった。

いつもは笑顔を絶やさない好々爺といった感じの校長だが、さすがに今は笑みもない。

「おかしいとは思っていたんだ。つい最近、どこで知ったのか、石を買い取りたいという男が現れてね。もちろん断ったんだが。……あの石は明日国立呪禁センターに運ばれる。そうだ、確かもうすぐ君たちも見学にいくんじゃなかったかな」

「ちょうど一週間後です。最新呪具の開発状況を、工業魔術師の方からお聞きすることになっています」

緊張した口調でギアが答えた。

「そうか。そうだったね。でだ、そこで日本工業魔術協会《JIMS》規格の呪詛が開発されている。そのためにあれが――〈プロスペロの書〉というのがあれの名前だ――必要なのだそうだ。……ああ、君たちも遠慮せずにお茶を飲んで、お菓子にも手を出しなさい」

「そうですか、すみませんね」と真っ先にソーメーがまんじゅうに手を出した。すかさず哲也とギアの手が飛んできて、ソーメーの掌をぴしゃりと叩いた。

「いいんだよ。わしは糖尿病でね。甘いものは食べられないんだ。それでと、〈プロスペロの書〉の話だったね。〈プロスペロの書〉という名はシェイクスピアの書物からとったものだ。君たちはもちろんシェイクスピアは知っておるね」

ギア、哲也、ソーメーが素早く貢を見た。

「ええ、あまり読んではいないので偉そうなことは言えませんが、〈プロスペロの書〉は『あらし』に出てくる奥義書《グリモアール》のことではなかったですか」

「さすがは我が校の生徒だ」

貢をのぞいた三人がほっと胸をなで下ろした。

「あれは現実に存在する書物だったのですか」

「〈プロスペロの書〉がモデルとした本があるのだよ。それがこれだ。あらゆる奥義書の元本だといえるだろうね。その実体は錬金術の始祖ヘルメス・トリスメギストスの記したエメラルド碑板」

その言葉を聞いて驚いたのは貢だけだった。

「古代エジプトで造られたものだが、これはそれよりもさらに起源が古いかもしれない。つまりエメラルド碑板すら、これのコピーかもしれないのだ。いずれにしろ十三世紀ごろから文献に現れるエメラルド碑板がコピーであることは間違いない。十七世紀にラテン語に訳されたものは孫コピーぐらいだな」

「それはやっぱり高く売れるんですか」

ソーメーの馬鹿な質問にも、校長は叱りもせずに答えてくれた。

「いくらでも払おうという人間がいるだろうね。ここに連絡をしてきた男もそう言った。しかしどれだけの金額を積まれても、これだけは渡すわけにはいかない」

貢が哀しい顔で俯いた。

「君を責めているのではないよ。しかし〈プロスペロの書〉は本来人が手にしてはならぬものなんだ。〈プロスペロの書〉〈ピュタゴラスの石〉〈プシュケーの燈火〉。この三つの神器を集めると神にも等しい力を持つことができる。最終戦争で現れるはずの神の軍勢を自由に指揮できる力をね」

「神の軍勢と言うと、つまり天使ですか」

校長の話についていっているのは貢だけらしい。

「天使なら怖くはないと思うかもしれんが、ヨハネの黙示録で神の御使《みつか》いが地上に与える災厄の凄まじさを知っているね。世界に終わりをもたらすあの力を誰かが得たとしたら、それがどれだけ恐ろしいことか、君たちにも想像できるだろう」

「すみません」

いきなり貢が床に跪き土下座した。

「いや、いいんだよ。君でないにしても、誰かがその男にそそのかされて、石版は盗まれることになっていただろう」

「本当に申し訳ありません」

貢が額を床に摩《す》り付ける。

「椅子に座りなさい。今言ったように、これは君だけの責任ではないんだ」

「僕は……どんな処罰でも受ける覚悟はしています」

「先生、お願いします。貢は、辻井は優秀な生徒です。もし調べていただければすぐにわかると思います。もし退学だの何だのといった処置をお考えなら改めてください。お願いします。彼を失うことはこの学校、いや、国にとっても重大な損失となります」

ギアは早口でそう言うと頭を下げた。

「事情も考えてやってください。辻井くんは一人で妹さんと病気のお母さんの世話をしているんですから。卑劣な男の罠にかかったとしても、それは彼が家族のことを考えて行ったことなんですから」

哲也も頭を下げた。負けじとソーメーが口を出した。

「もし貢が学校を辞めるとなったら、お母さんの病気が悪化するかもしれません。そんなことになったら、校長先生は責任をとって――」

哲也とギアが、ソーメーの口を押さえた。

「彼の事情は知っている。彼の成績もね。しかし罪を犯して何の罰も受けない、などということは許されない」

「しかし先生！」

ギアと哲也とソーメーが、同時に言って机に身を乗り出した。

「辻井貢くん。君が最初にしなければならないのは呪禁局で今回の事情を説明することだ。明朝ここに来なさい。わしが一緒に行ってやろう。次にしなければならないのは、不正に得た金を処分すること。これも明日相談しよう。そして君への処分だが」

四人は生唾を飲んで、校長の言葉を待った。

「校舎の便所掃除でどうだ。毎朝一時間早く起きて、学校中、君一人ですること。期限は二年生の間、毎日だ。これで終わり。さあ、もう遅い。寮に帰りなさい」

思わず四人は両手を挙げて歓声を上げてしまった。

8

緑と風のアミューズメント。そういう名前で開発された広大な土地は、今は取り壊しを待つだけのゴーストタウンだ。開発の中心となっていた企業が倒産したのだ。別の場所で造っていた大規模なテーマ・パークの経営にしくじったからだ。

エコ・タワーは既に外観ができあがっていた。完成すれば展望台とレストランを含む様々な遊戯施設を設けた、それなりに立派な建造物になっていただろう。エコ・タワーと呼ばれるのは、建材のすべてが廃品の再利用によって造られたものだからだ。結局、廃品に技術と金をつぎ込んで、別の形の廃品にしただけのことだった。

その二階。テニスコートが二面はつくれるほど広いそのフロアにベッドが三つ。電気もガスも水も、このフロアに限ってだが、すべて供給されるようになっている。

米澤はゆっくりと歩いていた。何度も反復して筋力トレーニングを繰り返している〈ネコ〉の横を通り、通信機器の置かれているテーブルのそばで雑誌を読んでいる忠の所まで。

二足歩行に拘《こだわ》ったのは〈ロバ〉だ。そのシステムを開発した人間としては当然のことだろう。しかしそれはまだ一度も「行動」では使われたことがなかった。こうやって歩行訓練を繰り返す以外には。

今まで五回の「行動」を起こしてきた。最初はオカルト出版社ホルス書房。初回にしては見事に成功した。二回目が呪具開発を専門にしたP・S・I研究所。所員を全員追い出して建物を爆破した。これで世界科学振興《しんこう》軍〈ブレーメンの音楽隊〉は、一躍有名になった。警察や公安が躍起《やっき》になって彼らを調査し始めたのはこの事件からだ。三回目が呪詛民族博物館の爆破。四回目が呪具販売でチェーン店をつくるはずだった、日本祭具開発の工場爆破。そのどれもが誰一人傷つけることのない、いわば無血テロだ。しかもマスコミには派手に取り上げられながら、〈ブレーメンの音楽隊〉という名前以上の手懸《てが》かりは残していない。警察も公安も、〈ブレーメンの音楽隊〉の母体が科学結社〈ガリレオ〉であることすら突きとめていないようだった。

がしゃり、がしゃり、と重々しい音をたてて米澤は歩く。膝を痛めた老人のリハビリぐらいには歩けるようになった。一歩も歩けなかったのだから、かなりの進歩といえよう。しかしテロを行うのに実用的であるとは言い難《がた》い。米澤にしろこの歩行機械が実際に使用されるとは思っていなかった。それでも歩行訓練を繰り返しているのは、〈ロバ〉への義理などではない。趣味だ。少しずつではあるが上達していく歩行訓練は、米澤にとって若き日に学んだ射撃と同じだった。繰り返し練習し、それが技術の向上につながる。そんな身体と脳のシステムの素晴らしさに、彼は驚き感激する。

だが今彼を動かしているのは、運動する快楽でもなく、技術の向上に対する感嘆でもなかった。不安と怖《おそ》れだ。それから逃れるために、彼は身体を動かしつづけている。

米澤は悩んでいた。

科学する心を忘れたものたちへの正義の鉄槌《てっつい》。オカルトへの怒りは当然あったにしろ、彼のテロ活動を支えているのは、そんな己の主張の正しさだった。そしてその正当性を維持できたのは、〈ガリレオ〉からの指示があくまで設備の破壊や、マスメディアを通じての啓蒙だけだったからだ。

が、十日の「行動」は少し違った。施設の破壊とともに、一人の工業魔術師の殺害も命じられたのだ。それは政府公認の宗教会社であったにもかかわらず、安易に呪符を発行することで沢山《たくさん》の犠牲者を出していた。恋愛成就《れんあいじょうじゅ》の呪符として売り出されたそれは、工業魔術師の思惑《おもわく》を離れ、恋敵《こいがたき》に肉体的精神的な攻撃を行ったのだ。そしてその報告があったにもかかわらず、その宗教会社アクティブ・メディテーション・カンパニーは報告を握り潰し、いたずらにその被害を拡大させた。被害者からの訴えで裁判が行われたが、多くの死者を出したにもかかわらず、直接の販売に携《たずさ》わった数名の社員が刑事罰を受けただけで終わった。

まさしくそれは悪行《あくぎょう》であり、正義の鉄槌を振るうに相応しい相手だ。米澤はそう思っていたし、彼の三人の仲間たちもそう考えていた。特に〈ネコ〉は過去にオカルト団体に騙《だま》された経験があるらしく、激しく憤《いきどお》っての参加だった。

本社への侵入はいつものとおり見事に成功し、すべての責任者である社長と、開発を担当し、事故が起こってからもそんなことは有り得ないと販売を続けさせた工業魔術師を捕らえることは、さして難しいことではなかった。

休日の社屋に二人をおびき出した。わずかながら残っていた社員や警備員たちは、外へと追い出した。後は全裸にされ手首足首を縛られた二人を始末すればそれで終わりだった。

二人は床に顔をすりつけ命乞《ご》いした。震え泣き叫び哀願《あいがん》し、挙げ句の果てに失禁してしまった初老の男たちを見下ろし、米澤は怒りが萎《な》えていくのを感じていた。

この惨めで哀れな二人の初老の男から、命を奪う権利が俺にあるのか。

銃口を向けながら米澤は逡巡《しゅんじゅん》した。
二人のあまりの狼狽《ろうばい》振りに同じように戸惑ってい
た忠から〈ネコ〉が銃を奪い取って撃とうとしなけれ
ば、いつまでもそこで(それこそ人形のように)じっ
と立ち尽くしていたかもしれない。
あれは正しかったのか。
その疑問に、正しかったのだ、と答える自分がある。
そう、あれは正しい行為だったのだと。
しかし、彼が心の底で本当に怯えているのは、それ
を即座に正しいと肯定《こうてい》する己にだった。
〈ネコ〉が銃を男たちに向けると同時に、米澤は腕に
仕込まれた機銃を撃った。短い銃身からは考えられ
ぬほどの正確さで、二人の男の額を撃ちぬいた。三発
ずつ撃ち込んだ弾は正確に額の一つの穴から入りこ
み、後頭部を炸裂させた。
その時米澤は酔っていた。
人を殺すということに。憎むべき神秘主義者を
葬《ほうむ》り去るという行為に。そして行為を終えてみれば、
安眠の邪魔をする一匹の蚊を仕留めたかのような爽
快感すらあった。
もしそれが正当な行為であったにしろ、それを愉し
むことは正しいのか。それを愉しめる者が、それを義《ぎ》
憤《ふん》による行動だと主張できるのか。
考えながら米澤は歩く。今日の歩行訓練は四時間
に亙《わた》って休みなく行われていた。いつも、メンテナン
スのために〈ロバ〉に止められるまで歩きつづけるの
だ。が、今日彼を止めたのは〈ロバ〉ではなかった。
「次の行動が決まったっすよ」
暗号解読機付き通信機の前に陣取っていた忠が
言った。本部からの連絡があると、出張中の父親から
電話が掛かってきた幼子のように、彼は通信機の前に
座りこむのだ。
「先輩」
満面に笑みを浮かべながら忠は近づいてきた。
「〈イヌ〉だ。普段からそう呼んでいないと現場でし
くじるぞ」

「はい。わかりました。えっと〈イヌ〉さん、今度は凄いですよ」

「凄いって何が」

歩きながら米澤は言う。忠もその横に並んで歩いている。

「僕らにかかわりのある相手です」

「誰だ」

「誰だと思います」

「子供のような下らない質問をして気を持たせるのはやめろ。大体おまえは編集者当時から――」

「はいはい、わかりました。でもね、僕を叱《しか》ってる場合じゃないっすよ。今度の襲撃相手は栗原武彦です」

米澤の足が止まった。

「まさか、あの……」

「そうです。深層呪詛理論の提唱者である工業魔術師。下らん策略《さくりゃく》で先輩を、いや〈イヌ〉さんを会社から追い出した、あの糞野郎ですよ」

「奴を……どうするんだ」

「奴の計画を無茶苦茶にするんですよ」

「計画を、か」

平明な声は落胆《らくたん》も安堵も感じさせなかった。感じさせたとしても、その手のことには鈍感な忠がそれに気づくことはなかっただろうが。

「日本工業魔術協会《JIMS》が主導して作成している世界共通呪術コードの開発を阻止する。それが今回の『行動』ですな」

いつの間に戻ってきていたのか、〈ロバ〉が紙片を片手に言った。

「栗原武彦はそのプロジェクトの企画開発室長ですよ。当然のことですがね。彼が提唱した深層呪詛理論がこのプロジェクトの核なんですから。〈イヌ〉君はどうやら、何かこの男と因縁がありそうですね」

「大有りですよ」

嬉しそうに忠が言った。

「こいつに僕たちの人生を無茶苦茶にされたんですからね」

「喋り過ぎだ」

米澤が忠を止めた。

「互いのことは知らないに越したことはない」

「その通りですよ、〈ニワトリ〉君。でなければ、こうやって隠れているにもかかわらず暗号名で互いを呼び合っている意味がない。まあ、しかし、何ですな。最初は暗号名で呼び合うのも恥ずかしいもんだが、すぐに自分の暗号名などは可愛くなってくるもんです。暗号可愛や、可愛や暗号といいましてな」

「それで、具体的にはどうするんだ」

〈ロバ〉の駄洒落を無視して米澤が尋ねた。忠がすぐに答える。

「建物の破壊です。プロジェクトを進めているビルの」

「それは」

どこかと米澤が聞こうとした。

その前に〈ロバ〉が答える。

「一週間後、国立呪禁センターを襲うんですな。国家的プロジェクトの阻止ですからね。今まで以上に慎重にやらねばならんでしょう」

第五章

1

朝からの小雨《こさめ》は、夜になっても降り止まなかった。黒雲が空を覆い、鉛色《なまりいろ》に染まった陰鬱《いんうつ》な昼と区別のつかない月のない夜が訪れた。

霧のような雨は閉め切った窓からもじわりと中に入り込み、寮の部屋は冷たく湿った空気で満たされていた。

「暖房、きいてるのかよ」

毛布にくるまってソーメーは震えていた。

「そんだけ脂肪がついてたら寒くないだろ」

ギアは蒲団《ふとん》の中に肩まですっぽり入り込んでいる。

「馬鹿だね、ギア。この厚い脂肪層が外の熱を中に通さないからよけいに寒いんだよ」

「身体の熱を逃がさないから暑いんじゃあないんですか？」

貢がまじめな顔で聞いた。

「寒がっている場合じゃないぞ」

哲也は二段ベッドの上の縁に摑まり、シャツ一枚で懸垂《けんすい》をしている。

「明日は国立呪禁センターの見学だ」

「寒さには関係ないだろ」

ソーメーが唇を尖らせた。

「見学するのは合成霊体の実験だ。どうするかは知らないが、大きな冷凍室の中で見学するらしい」

ソーメーが即座に言った。

「俺、欠席」

話を聞いただけでぶるぶると余った肉を震わせ、蒲団にもぐり込む。

「俺も欠席しようかな」

えっ！　と貢がギアの顔を見た。

「どうしてそんなこと」

「そんなにまじめな顔をされても困るんだけどね。何だか嫌な予感がするんだ」

「虫の知らせってやつか」

懸垂を終えて、哲也はベッドに腰を降ろした。

「ああ、何か恐ろしいことが起こるような気がして」

「ギアは霊感があるからね」

貢が怯えたような顔をしたのを見て、ギアは慌ててつけ加えた。

「気がするだけだよ。緊張してるからかもね。望月たちのことで、案外今も緊張してるんだろうと思うよ。あれで終わるはずはないって。でもそれは考え過ぎだね。あれ以来望月たちは何もしてこないんだし」

「でも呪禁官の直感って、重要だから」

少し悲しそうに貢が言う。悪い予感に関しては、確かに貢の言うとおりだった。危険を回避する能力は、呪禁官に当然必要とされる。しかしこれだけオカルト現象が実証されているにもかかわらず、予知だけは存在が認められていなかった。もちろん、予言、預言の類は厭というほど報告されていたが、公式に認められたものは一つもない。その唯一の例外が「悪い予感」だった。

「俺の予感なんて信用できないよ。今まで何の役にも立ってないんだから。なあ、ソーメー」

ソーメーがギアの問いにいびきで答えた。

2

麓では冬の気配を感じる程度だが、山中に分け入れば底冷えがする。標高四百二十メートルと、山岳《さんがく》というより丘陵《きゅうりょう》地《ち》と呼んだ方が正しいであろうこの山にしてもだ。

マフラーに毛糸の帽子《ぼうし》、ダウンの入った分厚いジャンパーを着込み、ただでさえ太ったその中年の男は毛糸玉のようだった。男の足元で、これもまた丸まると太った仔犬がまとわりつくように小走りしている。

彼はこの山の持ち主だ。

呪禁官養成学校からここを演習に使わせてもらえないかと要請があったのは、もう十年も前のことだった。それから年に二回、夏冬に演習が行われている。今まで問題が生じたことはなかった。生徒達は礼儀正しく、山を荒らすようなこともない。たまに間違って入ってくるハイキング客や、サバイバル・ゲームをするために入ってくる者たちの傍若無人《ぼうじゃくぶじん》ぶりに手を焼いていたので、よけい養成学校に好感を持っていた。演習が始まる前に、こうして山を見回っているのもそのためだった。

父親から引き継いだこの山は、ブナやクヌギの雑木林が続くだけの、不動産としての価値はないに等しい山だ。男も何かに利用するということもなく、ほったらかしにしてあった。

道の端《はし》に岩が立っている。男はそこで立ち止まり両手を合わせた。二、三歳児ほどの大きさのそれは、良く見ると人形に彫られてあった。風化し、角が取れ、よほど目を凝《こ》らしてみないとわからない。男はそれを石の地蔵だと考えていた。地蔵は道に出没する悪霊を防ぎ、道中の安全を守る神だ。だがこの山の〈地蔵〉は道に限らず、山の中のあちこちにあった。

男はこの山の歴史などに興味はなかった。従ってこの山が、明治時代には修験道《しゅげんどう》の霊峰《れいほう》であったことも彼は知らない。修験道は仏教、道教、陰陽道《おんみょうどう》などが混合された日本の宗教だ。山の自然、木々や滝や岩や川に宿る神を崇め、さらに山自体を神とする非常に原初的な宗教でもある。この石仏も当時の修験道者が刻んだものなのかもしれない。

仔犬が身構えた。宙の一点を睨み、歯を剥き出している。どうした、と頭に伸ばした手をかいくぐって、仔犬は走り出した。

「こら、待て、チビ」

仔犬の名を呼びながら、突き出した腹をゆすり男は後を追った。仔犬は落ち葉を撒《ま》き散らしながら森の奥へとひたすら走る。滅多《めった》に走ったこともない中年の肥満漢《ひまんかん》が、素早い仔犬に追いつけるわけもない。男はじきに仔犬を見失った。

拾ってきた雑種の三代目だ。妻を早くに亡くし、一人娘を嫁に出した男にしてみれば子供のような犬だった。

「チビ、チビ！」

立ち止まり、息を整えてから男は犬を呼んで辺りを見回す。葉を落とした木々が骸骨《がいこつ》のように思えた。幼いときから何度もこの山を訪れているが、そんな感じがしたのは初めてだった。男は仔犬の名を呼びながら歩きだした。太陽の光が弱々しい。地球へと旅する間に力尽きてしまったようだ。

風が吹いた。冷たい風が枯れ葉をきりきりと舞い上げる。その下を黒い影が走った。

「チビ？」

そうでないのはすぐにわかった。黒い影はチビよりもはるかに大きかった。枯れ葉の山を蹴散らして走るそれは、犬でさえもないようだ。

悪寒《おかん》がした。寒いにもかかわらず汗をかいているのは走ったせいではなさそうだ。

犬の声がした。悲痛な泣き叫ぶような声が。

男は一瞬迷った。怖《お》じけついたのだ。男に残されたわずかな獣の感覚が危険を伝えていた。獣であればそのまま走り去ったであろう、大音響の警告だった。だが、男は犬の声がした方へ脚を進めた。

真昼だった。

怯えるべき何物もないのだ。

彼の理性はそう考えた。ここで逃げ出さなければならない何事が起こるというのだ。

男は再び走り出していた。己の怯懦《きょうだ》を振り払うように走っていた。

そしてつまずいた。爪先がじんじんと痛んだ。石だ。地中に埋まった石仏の頭に足をぶつけたのだ。

舌打ちして男は立ち上がった。

頭痛がした。久し振りに全速力で走ったからだ。荒く息をつくと、乾燥した冷たい大気《たいき》が肺を満たして男は咳き込んだ。

犬の声は聞こえなくなっていた。男は辺りを見回した。遠くに見えるのはまな板岩だ。子供の頃に彼のつけた名前だ。ちょうどダブルベッドほどの平たい一枚の岩。幼い彼はその上でよくごろ寝をしたものだった。その岩の上に何かが載っている。

男はまな板岩に向かった。そしてそれを見た。

血塗《ちまみ》れの内臓と毛皮が山と盛ってあった。その頂上には首があった。男のかわいがっていた犬の首が。

「……チビ」

つぶやく男の肩を叩くものがいた。振り向くと長身の男がいた。灰色の外套を着た青年、蓮見だ。唇が紅を塗ったように赤い。その端がきゅっと吊り上がっていた。

「申し訳ないことをしたね」

「おまえは……」

おまえは誰だ。ここで何をしていた。俺の犬を殺したのはおまえか。誰がこんな酷いことを。

言うべき台詞が喉に詰まった。

「私のベートはあまり礼儀を知らないものでね」

「ベート？　おまえの飼ってる犬か」

「犬、みたいなものだよ。ベート！」

枯れ葉の中から黒い影が飛び出した。

「これは……」

「ベート、挨拶しなさい」

黒い小鬼は唇を尖らせて犬の遠吠《とおぼ》えを真似た。

「エクトプラズムで造られた私の可愛い精霊だよ。君のことが好きなようだ。あの仔犬のようにね」

ベートは女の媚態《びたい》のように身体をくねらせて男に近づいた。

長く伸びた鉤爪が男の喉に食い込んだ。

「ここは私のようなものには非常に便利な場所でね。君は知らないかもしれないが、霊的な磁場がここで渦巻いている。ここは太古《たいこ》から特別な土地だったんだよ。あの岩はね、単なる岩じゃない。掘り出してみればわかるが、亀の像になっている。玄武《げんぶ》という神獣をかたどったものなんだ。見えるかな」

蓮見は長く細い指で、遠く南のほうを指差した。

「あそこに大きなビルがある。国立呪禁センターだよ。君も名前ぐらい知っているだろう」

男はその問いに答えることが、生死を分けるのではないかと思えるほどの真剣な表情で頷いた。

「近年建てられる建造物は、ほとんどが霊的防衛のことを考えて造られる。まして霊的な研究をする施設ならよけいにだ。呪禁センターはおそらく国内で最も霊的に守られた建物だろうね。霊的防衛は、侵入しようとするこそ泥相手にも効果はあるだろうが、そちらの方は警備員に任《まか》せたほうが効率的だろうね。しかし私のような存在には非常に効果的なシステムだ。そこで、私はここに来たわけだ。この玄武を破壊するためにね。呪禁センターの北側に通用門がある。その通用門を守っているのがこの玄武の像なんだ。君には少し理解しにくいか」

蓮見は色の薄い瞳で男をじっと見た。獲物を嚥下《えんか》する肉食獣の目だった。


「さて、君は二度と私の邪魔をしないと誓ってくれるかい」

優しく、蓮見は言った。

男は必死になって頷いた。

「それは嘘だ」

蓮見は笑った。

ベートが男の首を摑んだ手に力を込めた。

「私のコートに血が飛んだよ、ベート」

蓮見は少し困ったような顔でそう言った。

3

三つの高層ビルが、正三角形を描く位置にそびえたっている。このビルが別名トリニティと呼ばれている所以《ゆえん》だ。昨夜からの雨は上がったが、陽の光もない。雲は厚く、見上げれば三本の杭《くい》が天の腹へと打ち込まれているように見える。ビルはどれも正五角形で、相互に幾つもの通路で結ばれていた。二階、三階、五階、七階、十一階、十三階……。よく観察すれば、三つのビルは素数《そすう》階毎《ごと》に通路で結ばれていることに気がつくだろう。

これが国立呪禁センターだ。霊的現象を実用化のために開発する研究所であり、神秘学の正しい適用を啓蒙するためのショーケースであり、世界でも有数の呪具所有数を誇る博物館でもある。敷地は広く、庭園や芝生、人工湖から川までがその中に造られていた。

モナドと呼ばれる第一ビルの正面玄関に至る石畳に、少年たちの行列が並んでいる。整然と並んではいるが、どこか浮わついたものを感じさせるのは彼らの年齢のせいか。

「寒いよ！」

ソーメーが奇声を上げた。綿の下着を何枚も重ねて着た上に、学校指定のオリーブ色の戦闘服を着、さらにダウンジャケットを着込んだ上から厚手のコートを羽織《はお》っている。まるで正装した雪だるまだ。

「そんなに着込んでると、汗かいて後でよけい寒い思いするぞ」

ギアの忠告に、ソーメーは唇を尖らせて答えた。

「それはわかってるんだけどさ、でも寒いんだもんな」

「無駄口叩いてないで歩け」

担当教師がソーメーの後頭部を軽く叩いた。

「俺の頭はそんなに叩きやすいか」

ソーメーがぼやいた。

行列はゆっくり進み、ギアたちも正面の入り口をくぐった。

二階まで吹き抜けになったロビーは無駄に思えるほど広い。その中央にうっすらと緑に輝く巨大なモニュメントが建っていた。ユダヤの秘教、カバラに伝わる生命の樹だ。アクリルの塊を幾つも組み合わせて造られたそれは、現代美術のようにも、神秘的な照明のようにも見える。

その前にギアたちは集められた。長々と注意事項が述べられ、その場で解散する。研究所見学の時間が各班（つまりは寮の同室者）毎に割り当てられている以外は自由行動だ。

「どうするどうする」

ソーメーが手渡されていたビル内の案内図を片手に言った。

「とりあえず喫茶店で飯でも食う？」

勢い良くソーメーの後頭部を叩いて、ギアが言った。

「あのなあ、さっき朝飯を食ったとこだろうが。食うことしか思いつかんのか」

「僕は神智学の展示室に行きたいな。確かデュアド棟の七階にあるはずなんだけど」

「ほらな」

ギアは貢の肩を抱き寄せながら言った。

「これがまともな呪禁官候補生の言うことだよ。君には向学心《こうがくしん》というものがないのか」

「君は角隠《つのかく》しをかぶったことがあるかって？」

「……どうやったら、そんなウスラ間抜けな聞き方ができるんだ」

「こうやったら」

ソーメーがにっこり笑って耳に掌を当てた。

「あのなあ」

哲也が声を潜めた。

つられて三人が顔を寄せる。

「今、小鴨を見た」

どこに。言いながら三人は周りを見まわした。

「もういないさ。さっき、あのギフトショップの近くに立ってたんだ」

「しかし、三年生は今日は参加してないはずですよ」

貢が、やはり小声でそう言う。

「そう、三年生は休みだ。自由時間なんだよ」

いつの間にか四人は額をつき合わせるかのように近づいて話をしていた。

「間違いないの？」

そう尋ねたのは貢だ。

「間違いない」

哲也はきっぱりとそう答えた。

「これがどんな意味かはわからない。俺は小鴨しか見ていないし、大賀茂や、望月が来ているかどうかはわからない。しかし、奴らはいつだってつるんでた。今日だけつるんでないとは考えにくいな。まあ、三人が集まったからといって何かを企んでるとは――」

哲也の言葉をギアがつないだ。

「限るね。間違いないよ。少なくとも俺たちはそう思って気をつけていたほうがいい。絶対に四人は離れないことだね」

「俺は思うんだけどさ」

眉間に皺を寄せてソーメーが言った。

「やっぱり飯を食っておかないか」

三人の掌がソーメーの後頭部を襲った。


円陣を組んで相談している四人の横を、巨大なダンボール箱が載った台車を二つ押して、作業服を着た三人の男女が通った。そのまままっすぐロビーを横切り、レストランの横の小さな通路に入っていく。廊下の突き当たりには大きな扉があった。

ドアノブはなく、カードキーを差し込んで開くようになっている。差し込み口の横にはテンキーがあり、暗証番号を入力するようになっていた。

若い男がトランプほどの大きさの金属板を出してきた。自然に残りのものが、彼を囲むように位置を変える。

金属板には短いコードがつながっており、その平たいコードは電卓のようなものにつながっていた。その金属板がカードキーを挿入するスリットに差し入れられる。男は幾つかのキイを、小さな液晶画面を見ながら押していった。それからボタンを押すと、扉が奥へと開いた。三人はそそくさと中に荷物を運び入れた。

扉が閉まると若い男が箱を叩いて言った。

「もういいっすよ、〈イヌ〉先輩」

ひとつのダンボール箱が中から弾けた。金属の頭が、腕が、そこからびっくり箱よろしく飛び出してきた。

「どうだね、〈イヌ〉君。新しい身体は」

「子供に戻ったような気分だ」

米澤の身体は一回り小さくなっていた。それでも二メートルを超えるそれは、金属の巨人と呼ぶに相応しかった。

「〈ガリレオ〉の技術者が総力をあげて開発した新しい身体なんだよ」

「嬉しいね。今度は背広の内ポケットに収まるようにしてもらえないか」

扉が開いた。低いモーター音とともに、米澤は箱から飛び出した。構造は以前のものと変わりない。三輪のモーターバイクの上に人の上半身が載っている。

米澤に続いて〈ロバ〉が、そしてもう一つの箱を押して忠と〈ネコ〉が出てきた。もう一つの箱をそこに置いたまま、四人は廊下を進んでいく。他の所に比べれば息が詰まるほど狭い廊下だ。天井も低い。しかし何よりも狭苦しく感じさせるのは、床にも壁にも天井にも均一に文字が浮き彫りにされているためだ。

「下らん落書きだ」

米澤が呟く。

「これ、なんすか」

忠に問われ、答えたのは〈ロバ〉だ。

「ヘブライ語でしょうな」

「何を書いてあるんですか」

「アブラカダブラですよ。わけのわからない呪文。何の役にも立たないことは、わしたちがこんなところまで潜入していることからもわかりますわな」

「あれはいるの？」

〈ネコ〉が置いてきたダンボール箱を顎で指した。

「もしものためですよ。今回使えないなら、もう開発は中止になります」

答えた〈ロバ〉を見ることなく〈ネコ〉が言う。

「無駄だ」

幾つかの角を曲がりいくつかの扉を越えた。その間誰に会うこともなかった。

扉が見えた。今までの扉よりも遥かに頑丈そうな金属の扉だった。

C－4許可証を持ったもの以外の入室を禁ず。

扉には赤くそう記されていた。

扉の横のスリットに金属板を差しこむと、忠は再びキイを押した。一瞬の後、扉は大きく開かれた。その先に続いているのもまた廊下だ。そしてまた扉。

扉の正面に米澤が立った。

腕から銃身をスライドさせる。

その陰に隠れ、忠が短機関銃を構えた。

扉脇に〈ロバ〉と〈ネコ〉が身を寄せる。忠から金属板を受け取った〈ロバ〉がそれをスリットに差し込む。

米澤の下肢でエンジンが吼えた。

扉が開いた。

米澤がタイヤを軋《きし》ませて中に突入した。

この部屋には警備員がいるはずだった。

だが米澤たちを迎えたのは警備員ではなかった。

広い部屋だ。整然とテーブルが並び、その上にはそれぞれモニターとキーボードが置かれてあった。それだけを見ていると、パソコンメーカーのショールームのようだった。だが子供でもここがショールームではないことを、少なくともただのショールームではないことを知るだろう。

鼻に重く引っかかる臭いは血と糞尿の臭いだ。

そして赤。

一面の赤。

床に泥のようにうずたかく積もっているのは何だ。マネキン工場のように、そこかしこに散乱している腕や脚は。そしてモニターの横に転がっているあれは、驚愕に開いた目で虚空《こくう》を睨んでいる。

何度も悪夢の中で見たその顔。

深層呪詛理論の提唱者にして新鋭の工業魔術師、栗原武彦の血に塗《まみ》れた生首は、大きく開いた口からだらしなく舌を垂らしていた。

「くりはら……」

呟く米澤のその声は明瞭で、感情は感じさせなかった。

部屋の奥の壁はガラス張りだった。その壁に面してコントロールパネルが並んでいる。ガラスの向こうにも部屋があった。それほど大きな部屋ではない。何かの実験を行うための部屋。それをこちらから観察できる部屋。その中央にはダブルベッドほどの大きさのスチールのテーブルがある。そのテーブルを中心に、床に五芒星形が描かれていた。周囲には大天使を示す六つの魔法円が、そして無数のヘブライ語と象徴的図形で五芒星形はうずまっている。

声が聞こえた。奇妙なバイブレーションを伴った重々しく荘厳《そうごん》な声。魔術の知識のさしてない米澤にも、それがヘブライ語の聖句であることがわかった。それも魔術儀式のために唱えられる特別な聖句だ。僧侶が唱える読経《どきょう》の声に似たそれは、今となっては聞きなれたものだ。テレビやラジオで頻繁にその一節が（当然無害な、さして効力のない聖句なのだが）流されている。しかし普段聞きなれたそのような聖句とは、その人に与える力が大きく異なるようだ。街のCDストアで聞こえるその声は確かに清浄な気分にさせることもあるが、ここで聞こえているそれは、はっきりと感じ取れる物理的な力を持っていた。その意味はまるで理解できなかったが、頭の上から押さえつけるかのようなその力は、感じ取れた。

生まれて初めて本物の聖句を聞いているのだ。

米澤は直感的にそう思った。おそらくその場にいた三人も同じことを感じているだろうと。

テーブルを前にして黒い影が立っていた。聖句を唱えているのはその影の人物だ。声からすると男性のようだった。

テーブルには輝く何かが置かれていた。一見ランプのようにも見えるが、そうではなかった。それは水晶だ。水晶の中に輝く液体が閉じ込められている。

〈プシュケーの燈火《ランプ》〉だ。

そうするとその左手に持たれている、淡く緑に輝く石版は〈プロスペロの書〉。右手に持たれた漆黒の石は〈ピュタゴラスの石〉。そしてこの影の人物は――不死者《ノスフェラトゥ》蓮見。

唱える聖句に共鳴するかのように燈火と石版の光は明滅する。そしてその光は蓮見の右手に穿った穴のような、闇よりも濃い黒の石へと吸い込まれていく。

燈火、石版、石、そして蓮見。これらが一つの機械のように、一体の生き物のように、霊的なエネルギーを循環《じゅんかん》させ力を増幅させていく。

生まれて初めて経験する魔術的エネルギーの奔流《ほんりゅう》に、米澤は呑まれてしまっていた。

「……オロ、ウト、スピリトゥム……」

蓮見は天井を見上げ聖句を響かせていた。

そこに闇がある。不可思議な何もかも吸いとっていきそうな闇が天井に生じている。

と、光が走った。落雷に似ているが、雷鳴はない。天空の中心で爆発でも起こったかのように、いくつもの閃光《せんこう》が弾け散った。

小さな室内に暴風が吹き荒れているようだ。蓮見の外套が激しくはためいた。

ここは地下四階の実験室だ。にもかかわらずその天井は失せ、月も星もない暗黒の空が見えていた。閃光に照らされ、青黒い雲が見え隠れする。

「……アサナトス、アグラ、アメン」

ひときわ大きく蓮見は声を張り上げた。

闇に白く輝く光が走った。

夜が裂ける。

開きつつある天の裂け目からは、目映《まばゆ》い光が地上に降りそそいだ。目を開けてはいられぬほどの輝きだ。

その光を背に、何かが降りてきた。羽根を広げ、イナゴの大群のように、無数の飛翔《ひしょう》するものが、遥か上空から地上へと向かってくる。

悲鳴が聞こえた。米澤の真横から。見ると忠が裂けるほど口を開いていた。その腕が持ち上がる。手に持たれているのは短機関銃だ。命中率がないに等しいといわれるその銃が火を噴いた。

止めろ。

そう言うつもりだった米澤は、しかし自身の腕をもたげていた。クロムの輝く腕に銃口が現れる。

そして撃った。

止めろ。

自身にそう叫びながら。

恐ろしかったのだ。人の見てはならぬものを見ている恐怖だった。

ガラスが弾けて散った。まるでバケツで水を掛けたような音がした。

蓮見が振り向いた。

薄笑いを浮かべ恍惚《こうこつ》とした表情を浮かべている。

「ベート」

蓮見は彼の人工精霊の名を呼んだ。その足元から、影がむくりと身体を起こした。ベートは長い尾を波打たせ、四肢を地に着け、跳んだ。

割れたガラスから跳びかかる怪物の正面に、忠がいた。

最初に動いたのは〈ネコ〉だった。横跳びに忠の腰にしがみつき押し倒す。

その上をベートの黒い影が通り過ぎる。

それを目で追っていた米澤が腕を向けた。

遅かった。

テーブルを蹴って、ベートは再びジャンプしていた。

恐怖が米澤を支配していた。

彼は銃口でベートを追った。フルオートで弾丸をばら撒きながら。

忠、〈ネコ〉、〈ロバ〉が慌てて床に伏せた。

ベートは追い詰められた鼠のように跳ね回り駆け回る。火花を上げてテーブルに穴が空く。壁が削られ、モニターが炸裂《さくれつ》する。

そして悠然《ゆうぜん》とそれを眺めていた蓮見にも弾丸の雨は降り注いだ。彼は片手を米澤のほうへと向けた。

そのまま進めば蓮見の肉体を貫いたであろう弾丸は、柔らかな壁に当たったかのごとくその速度を落とし、空中でいったん止まってから、パラパラと床に落ちた。

やはり蓮見は自らの力を過信していたのだろう。

確かに一発の弾丸も彼の身体に届きはしなかった。

しかし、とんでもない方向へと散らばったその一つが——何しろ集弾率が極端に悪いのだ——テーブルの上を直進した。そこに〈プシュケーの燈火〉があった。

水晶の球が微塵《みじん》に砕ける。中に封じられていた輝く液体が四方に散った。

天の扉が急速に閉じていく。ランプ、石版、石、そして蓮見を結んでいた力の場が崩れた。

一瞬の閃光が蓮見を包む。

紛い物の天空一杯に広がりかけていた光の亀裂が止まった。

止まっただけではない。今度は急速に閉じていく。闇の岩盤が光の女神を閉じ込めるように。

蓮見の顔から恍惚の色が去った。

「おまえは——」

怒りに歪んだ唇からは言葉も出せず、蓮見はいきなり米澤に襲いかかった。

すでに光の亀裂は細い糸のようだ。闇の裂け目から飛び出そうとしていた翼あるものの群れは、その目前で扉を閉ざされてしまった。

蓮見は造作もなく米澤の腕を引き抜いた。ただ見つめるしかない米澤の目に、真紅の短剣が閃くのが見えた。次の瞬間、それは彼の腹に突き立っていた。

蓮見が憎しみに燃える目を向けながら聖句を呻る。

米澤の腹で炎が膨らんだ。

音もなくそれは炸裂した。

まるでロケットだ。

炎の尾を引きながら、米澤の上体は遥か後方へと吹き飛ばされた。

「先輩!」

叫び立ち上がった忠に、短剣の切っ先が向けられた。

松明のようにその頭が燃え上がった。

〈ネコ〉の判断が、一番的確だっただろう。

彼女は忠の最期を見ずに走り出していた。蓮見が短剣を向けた時、彼女は部屋の扉の前でそれが開くのを待っていた。見ずとも背後で何かの力が膨れ上がっていくのを感じていた。

扉が開く、その隙間に身をねじ込もうとした時だった。〈ネコ〉は凄まじい熱波に包まれた。

距離が離れていたからか、狙いが外れたのか、炎は彼女の命をすぐには奪わなかった。

指先がマッチのように燃え上がる。髪の毛が厭な臭いのする煙を上げてちりちりと焦げて行く。〈ネコ〉は悲鳴を上げた。悲鳴は唐突に途切れ、炎が口腔から噴き出した。

やがて全身から炎を噴き上げながら、〈ネコ〉は床をぐるぐると回転していた。

〈ロバ〉は床に座りこんでいた。立てなかった。腰が抜けていたのだ。

「クズが……」

呻るようにそう言うと、怒りを顕に蓮見は〈ロバ〉を睨んだ。見つめられると石に変じそうな、おぞましくも凄まじい目だった。そして短剣を〈ロバ〉に向けた。ははは、と力なく笑う。そして言った。

「邪眼一笑。破顔一笑と掛けたんですが……」

次の瞬間、〈ロバ〉の身体が燃え上がった。焼身自殺する高僧のように、その身体が炭に変わるまで彼はびくりとも動かなかった。

じっとそれを見つめていた蓮見の背後で、突如、偽の夜空から輝くものが落ちてきた。まるで流星のようだった。

それは轟音をたてて地表に激突した。テーブルが割れ、床が砕けた。狭い部屋に塵埃が舞い上がった。霧のように視界を閉ざす土煙《つちけむり》の中で、激しく輝くものがあった。

激しい光はすぐに緩やかな燐光に変わっていく。

煙の中から輝く頭部を持ったものが現れた。それは天空の裂け目が閉じる寸前に、この世へと導かれた神の軍勢の一人、天使だった。

地に墜ちた天使は、金色の柔らかな巻き毛を肩まで垂らしていた。顔全体が金色に輝いている。ふっくらとした頬と小さな鼻。これも小さな濡れた唇から、ちろちろと舌を出し入れしている。

生後半年に満たない幼児の顔だ。だがその下にあるのは成人の身体だった。白い衣をまとっているように見える。が、よく見ればそれは皮膚だった。垂れ下がりぶよぶよした灰色の肌だ。

天使には羽根もちゃんとあった。だが鳥の羽根というよりは昆虫の羽根に近かった。透明な剣《つるぎ》にも似た羽根には、静脈のように筋が入っている。トンボの羽根のようだった。しかしトンボは何十枚もの羽根を持ってはいない。ましてこれほどでたらめな方向には生えているわけもない。

蓮見はそれを凝視していた。その顔にゆっくりと笑みが浮かぶ。

「……おまえは智天使《ケルビム》だな。その名は？」

蓮見の問いかけに、天使は桃色の唇を歪め、発情した猫のような声を発した。みだらでおぞましく、快楽と苦痛を同時に感じさせるその声に、蓮見はうなずいた。

「ガブリエル。そうだな。おまえの名前はガブリエルだ」

「ガガ、ガガガーガ……ブリーエールー」

「楽園の管理者にして真理をつかさどる精霊。裁きの天使、ガブリエルだ」

「ガ、ガーブリエールー」

濡れた唇から唾液が溢れ顎を伝っていた。

「まだだ。まだ運は尽きていない」

言いながら蓮見は天使に手を伸ばした。

墜ちた天使はぶるぶるとその羽根をはばたかせた。ばらばらに並ぶ透明な羽根が震える。何百というハチの群れが側にいるような羽音がした。だが生まれたての仔馬のように、立ち上がろうとしてはよろけ、猫のように鳴くだけだ。

「よし、良い子だ。私の手に摑まれ」

蓮見の指が天使の手に触れた。

ぎゅうっ、と絞ったかのように天使の顔が歪んだ。

その桃色の唇が開いた。

耳障《みみざわ》りな高音が聞こえた。天使の鳴き声だった。

蓮見の手が止まった。

天使は一斉に透明な羽根を震わせた。

その身体が宙に浮かぶ。

「ガブリエル」

蓮見が声を掛けた途端、天使は弾丸のような勢いで開いた扉へと向かった。

とっさに蓮見は逃げる天使へと腕を差し出した。

その掌に小さな生き物が蠢《うごめ》いていた。

「道を知らせよ」

蓮見が言うと、それはしゅっと音を立てて掌から消えた。

ベートが項垂《うなだ》れた様子で蓮見の横に来た。瘤のような筋肉を持った逞しい獣が、まるで厳格な父親の前に連れ出された子供のようになっている。

「ベート」

声は優しいが、目は射抜くほどにベートを睨みつけている。

その手をベートへゆっくりと向ける。

指先がその額に触れた。

ベートは震えている。震え、ますます頭を垂れ、今や床にはいつくばっている。

その頭に指が触れた。

と、電撃でも受けたかのようにベートの身体が痙攣した。四肢を小刻みに震わせ硬直している。

「いいか、ベート。ガブリエルを捕らえるのだ。失敗は許されない。わかったな」

小さな悲鳴を上げながら、ベートは床に額を摩り付けていた。

「行け！」

蓮見の指が頭から離れると同時にベートは走った。

その姿が部屋から消えるのを見届けると、蓮見はゴミ処理場のように何もかも粉砕された部屋の中へと手を向けた。

掌を大きく開く。

と、鈴を鳴らすようなか細い音が聞こえた。耳を澄ませ、それからおもむろに蓮見は床に散ったガラクタを取り除いた。そこにあの〈ピュタゴラスの石〉があった。さらにもう一箇所、遺跡を掘り起こすように慎重に廃材を退《ど》ける。そこから石版、〈プロスペロの書〉が出てきた。残された二つの神器を、蓮見は外套のポケットに入れた。入りそうにない大きさのものがポケットの中に消える。

「まだだ。まだ諦めんぞ」

そう一人呟くと、蓮見は低く太く聖句を唱え始めた。

4

惨劇などというものは、開幕前にベルを鳴らしたりはしない。それは唐突に訪れるのだ。無粋《ぶすい》な訪問者のように。

呪禁センターの開館からそれほどの時間は経っていない。平日であれば客の数はさして多くない。が、今日は土曜日。正午《しょうご》を前にして、徐々に客が入りだしていた。まだ混雑というのには程遠かったが。

ギアたちはデュアド棟の七階にいた。

このビルはどのフロアも天井が高いが、ここは特に高いように見えた。それは遠近法を利用した巧《たく》みな演出なのだが、「高み」を神々《こうごう》しいまでに感じさせるのに成功していた。数十人の観客が展示物を見ている。だが、部屋はしんと静まり返っていた。音を消して映像を見ているような気になる。あるいは観客たちも含めて、冷たい絵画の中に封じられているかのような。

静謐《せいひつ》なその空気に、さすがにギアたち四人も口を閉ざしていた。

貢はガラスのケースに入れられた貴重な展示物をじっくりと見て回っていた。アレイスター・クロウリーのサイン入り『トートの書』。「奇跡クラブ」時代にブラヴァツキー夫人の手によってつくられた小冊子、『シークレット・ドクトリン』の第一巻初版。五千万年前に記されたとされる『ナコト写本』の古代ギリシャ版『ナコティア』など、オカルティズムに少しでも関心があるものなら垂涎《すいぜん》である展示物の意味を知っているのは、四人の中では貢だけだといってもいいだろう。

その意味を知らないギアたちも、この部屋の醸《かも》し出す雰囲気にはすっかり呑まれていた。わかりもしない展示物を、かなりの熱心さで見ていく。が、それもそう長くは続かなかった。ソーメー、哲也、ギアの順に興味を失い、貢の後ろからぞろぞろついていく。それにすら飽きかけていた頃だった。

ベルが鳴った。

非常ベルだ。

人を苛立たせるためだけにつくられたような甲高い音が静寂《せいじゃく》を破った。

がらがらとベルに負けない派手な音が聞こえた。

モナド棟につながる通路に防火シャッターが降りてくるのだ。ただの防災用のシャッターではなさそうだった。そこには隙間なくびっしりとヘブライ語の呪句が書かれてあった。何人かの客が慌ててシャッターの向こうへと走った。が、ほとんどの人間はその場で立ちすくんでいた。ギアたち四人も同じだ。お互いに向かい合い、口をつぐんでいる。

シャッターが半ばまで降りた時だった。

その隙間から光が射した。

間接照明だけで仄暗《ほのぐら》い室内が、瞬く間に白く輝く。激しい光にもかかわらず、ギアは眩しさを感じてはいなかった。

物理的な光ではない。

ギアは直感的にそう思った。

光は床ぎりぎりを滑り込み、フロアに入ってきた。

光り輝くその姿が見えた。

天使だ。

鷲《わし》の翼の代わりに透明な昆虫の羽根のようなものを羽ばたかせているが、そして頭上に光輪《こうりん》を頂いてこそいないが、それは紛《まご》うことなく天使だった。

ギアと目が合った。

天使が微笑んだような気がした。そう思っている間に、天使は床と平行に低空を飛行しながらギアへと近づいてきた。

身体が強張ってギアは動けなかった。

逃げろ、と哲也が言った時、わあ、と貢が小さな悲鳴を上げた時、ソーメーが踵を返し走り出そうとした時、天使はギアの首に跳び付き、それを軸とし、くるりと背後に回ると、少女のような細い脚を彼の腰に絡ませた。

気がつけばギアは天使を負《お》ぶっていた。一枚の羽毛を背負っているほどの重みも感じなかった。

「何だ、こりゃ」

「やべっ」

「離せ」

「ひえー」

同時に四人が喋り出した。ギア本人でさえどれが自分の台詞かわからなかった。他の三人もそうだったかもしれない。とにかく四人は動転していたのだ。

混乱はそれだけに留まらなかった。

悲鳴がした。

通路のそばだった。

天使を背負ったままギアはそれを見た。

倒れそうになりながらその場から走り去る人々。

大理石の床に広がっていく血溜まり。呻き声を上げ横たわる男に右腕がない。その右腕を持っている黒い獣――ベート。

ベートはギアを、ギアの背負った天使を見ると、嬉しそうに笑った。そして、拾った枯れ枝を投げ捨てるように、腕を捨てた。

来る。

ギアがそう思ったときにはベートは駆け出していた。長い尾を波打たせ、四肢を地に着け狒々《ひひ》のようにギアへと疾走《しっそう》する。距離はない。

ギアの目前でベートが跳んだ。

貢がギアの身体にぶつかってきた。ともに床へと倒れこむ。

行き過ぎたベートが宙で半身を捻り、着地と同時に再び跳びかかってきた。

ねじくれた大木《たいぼく》の根のような腕が貢に伸びる。その時ギアがポケットに手を入れたのは偶然でしかなかった。

指先に触れたものがある。

あれだ。

それが何であるのか、言葉になる前に行動していた。

それを摑み、投げる。

思わず秘められた神の名、ヤハヴェを口にしながら。

それ——呪禁官が持っていた硬貨——五芒星形を刻んだ護符は、ベートの横腹に当たった。

火花が散った。

押し潰したようなベートの絶叫。

ギアは呪禁局の造った魔術武器の凄まじいばかりの威力を知った。

ベートは車にでも撥ね飛ばされたかのように後ろに吹き飛んだのだ。

「逃げよう」

言ったのはソーメーだ。哲也の背後に回って彼に両手で目隠しをしている。

「いいか。後ろ向くなよ」

言いながら手を離した。

同時に走る。貢とギアがそれに続く。

ベートは床に大の字になっている。気を失っているのかもしれない。

四人は階段へと向かっていた。エレベーターは動かないであろうと考えたからだ。が、階段の手前にもシャッターが降りていた。

そこでようやく、ギアは背後の輝きを思い出した。

「おまえ」

首を後ろにひねりながらギアが言う。空をとんでいた時ほどではないが、それでも全身が草臥《くたび》れた電球ほどには輝いている。

「そこから降りろよ」

手を伸ばして天使を降ろそうとした。貢と哲也がそれに加わった。天使は甘える猫そっくりの声を上げて抵抗する。細い腕や脚はその弱々しい外見とは裏腹に、鋼《はがね》のようにからみついたまま動かない。

「もう来るよ」

身体を揺すりながら言ったのはソーメーだ。

「逃げようよ」

どこに、と聞き返される前にソーメーは走り出していた。特別展示会場を横の通路に折れる。三人が後を追う。その先はトイレで行き止まりだった。ソーメーの姿がない。中に消えたとしか思えない。ギアはトイレに飛び込んだ。広く清潔なトイレの中央で、ソーメーが棒立ちになっていた。そしてその正面に望月が、その後ろには大賀茂、小鴨が立っていた。

「なんだ、そりゃ」

最初に口を開いたのは望月だった。笑いが中途半端なまま止まっている。背中に天使を背負ったギアを見て、冗談にすべきかどうか判断がつかないのだろう。

「来るよ。あれが来る」

うろたえたソーメーが、呟きながら個室に入ろうとした。

「逃げてんじゃないよ」

小鴨がソーメーの衿を後ろから摑んで引いた。尻餅をついたソーメーの身体がとぷんと揺れた。

「違うって、違うって」

喚《わめ》くソーメーの腹を大賀茂が踏みつけた。ピンで留められた虫のように仰向《あおむ》けで手足をばたばたさせながら、なおもソーメーは違うってと叫び続けていた。

「おまえらにかかわってる暇はないんだ！」

哲也が大賀茂に殴りかかろうとした。その時背後から軽くポンと突かれた。哲也は拳を握ったその姿勢のままで、人形のようにそのまま前に倒れた。哲也の背中には道教で使う呪符が張られてあった。

「禁人《きんじん》だ。いわゆる金縛りの術ってやつだ」

薄笑いを浮かべて望月が言った。

「もうちょっと後でご面会といきたかったんだがな。まさかそっちから飛び込んでくるとはな。で、そりゃなんだ。土産物屋《みやげ》で買ったのか」

嘲笑った。目の前のギアたちの慌てぶりを前にして、余裕が戻ったようだ。

「化け物が来るよぅ」

ソーメーは半ばべそをかいていた。

「そんな話に俺が騙《だま》されるとでも思ってるのか」

望月が呆れたように言った。

「騙す気ならもっとまともな嘘をつけよ、デブ」

「ここにいたら、みんな死んじゃうんだってば」

ソーメーの泣き声を聞きながら、ギアはトイレの入り口を見つめていた。すぐにあれがやって来る。今更逃げようはない。それならどう戦うか、なのだが。

頭の中では警告が鳴り響いているだけで、一向に考えはまとまらない。

「おまえら……本物の阿呆か?」

心ここにあらずといったギアと貢を見ながら望月が言った。

「そのとおりだよ」

声がした。

トイレに入ってきたのは長い外套の男――蓮見だった。

貢が小さく声を洩らしたが、聞いたものはいなかった。

「ここまで来るのにちょっと手間取ってしまった。誰の悪戯か、呪句の書かれた扉がそこら中で閉じていてね。歩いてここまで来なければならなかったんだ」

蓮見は仰々しく頭を下げた。

「わざわざ捕まえてくれてありがとう」

その背後から顔を出したのはベートだった。蓮見の腰を摑み、恥じらう子供のように望月たちを見ていた。

「こいつだよ」

貢だった。固く両の拳を握り締めていた。

「学校に侵入して〈ピュタゴラスの石〉を奪おうとし

たのは」

苦々しげに言って唇を噛んだ。

「その節は君にもいろいろとお世話に――」

わあっ、と叫び声を上げたのは貢だ。

叫びながら蓮見に突進していた。何をしようと考えたわけではない。頭より先に身体が反応していた。

動きかけたベートを蓮見が止める。

その身体に貢がまっすぐ頭からぶつかっていく。悲鳴に似た喚き声を上げながら。が、貢は蓮見の身体に触れることすら叶《かな》わなかった。

蓮見はその肩を掴んでいた。それだけで貢の動きが止まってしまった。

指先が皮膚に食い込む。五本の杭を肩に打ち込まれたようなものだった。

これほどの痛みを、今まで貢は感じたことがなかった。

怒りと痛みと自責と情けなさで涙が流れた。

「貢！」

ギアが叫ぶ。

蓮見は肩を掴んだ片腕だけで、貢の身体を持ち上げた。見る間に貢の爪先が地面から離れる。呻き声が漏れた。

「もっと早く楽にしてあげれば良かったかな」

言うと、片腕で易々《やすやす》と貢を投げた。棒切れのように貢の身体はキリキリと宙を舞い、奥の壁に叩きつけられると床に落ちた。壊れた人形のように手足がバラバラの方向を向いていた。

「何だ、おまえら」

望月は蓮見を下から上まで順に睨みつけた。

それを無視して蓮見はギアに手を差し伸べた。

「さあ、天使を返してもらおうか」

どこからか赤い柄の短剣を取り出した。その場にいる誰もが、霊的能力の低いソーメーでさえ、蓮見の中で膨れ上がる霊的な力を感じていた。それは、それを感じるだけで力を奪いとっていくほどに強烈で、禍々《まがまが》しいものだった。

「出《い》よ《で》」

望月が呼んだ。それに応じて現れたのは真っ白の大きな犬――望月の人工精霊だ。

犬は蓮見を睨みつけ、低く唸った。

目を蓮見の方へと向けたまま、望月はしゃがみこんだ。うつ伏せになって呻いている哲也の護符を一気に剥がす。

そしてギアに言った。

「逃げろ」

「えっ……」

「何を企んでいるのか知らないが、どうせろくでもないことに違いない。まず呪禁局に連絡をとれ。俺たちが時間をかせぐ」

「どうして」

「どうして?」望月は不思議そうな顔をした。「俺たちは呪禁官養成学校の生徒だぞ。俺も、おまえもな」

ソーメーの腹から大賀茂が足を離した。ポケットを探り、小さなナイフを取り出す。

呪詛が解け、立ち上がりかけた哲也の目をギアが塞いだ。

「見ちゃ駄目だ」

「……ややこしいのがいるのか」

「いる」

ここでまた哲也に意識を失われたらどうしようもない。ギアは貢を見た。気を失っている。そう思いたかった。せめて動いてくれれば。声でも出してくれれば。だが貢はびくりとも動かなかった。

「行け!」

望月が叫ぶ。

白い犬が蓮見へと跳びかかる。

迷う間はなかった。

ギアたち三人が走り出す。

すべてが同時だった。

蓮見が持つ短剣の切っ先が犬に向いた。と、同時に望月の犬は炎を噴き出して燃え上がった。

絶叫したのは望月だった。自らが造った人工精霊を破壊されると、その力は直接造ったものに及ぶ。望月は痛みに横腹を押さえしゃがみこんだ。

人工精霊は一瞬にして跡形もなく燃え尽きた。

その時ギアたちは蓮見の横をすり抜けようとしていた。

そうはさせまいとベートが動く。その腹に青白く輝く塊が叩きつけられた。

動きが一瞬止まる。

そのわずかな隙に、ギアたちはトイレから逃げ出した。

瞬時それを目で追って、ベートは振り向いた。激怒していた。遊びを邪魔された子供の怒りだ。捲れあがった唇から太い牙がのぞいていた。低く唸り声を上げる。赤く濁った目で邪魔した相手を探る。それはそこにいた。大賀茂だった。

子供でなくとも泣き出しそうなその恐ろしい憤怒の顔を、蒼褪めながらも彼は睨み返した。血に塗れた腕をベートへと突き出している。大賀茂は自らの腕をナイフで傷つけ、滴る血で掌に神咒《しんじゅ》を記していたのだ。

血の神咒をひと舐めすると、血の混ざった唾を地に吐き、再び腕をベートに伸ばす。

掌から霧のような塊が飛び出した。人魂《ひとだま》に似て尾を引いている。

それはベートに向かい再び矢のように飛んだ。

召鬼法《しょうきほう》。

鬼を呼び出す道教の方術だ。本来なら犬や猿などのはっきりした形を持った鬼を呼び出せる術なのだが、大賀茂にはまだそのような力がなかった。だから鬼としての形ももたない塊の気を、弾丸のようにベートにぶつけようと考えたのだ。だがそれはベートにたどり着く前に、あっさりと蓮見の短剣に払われた。

大賀茂の召喚した鬼は、水に溶かしたミルクのように大気に拡散して消えてしまう。

「ベート、追え」

蓮見の命令は絶対だった。再度刺すような視線で大賀茂を睨んでから、ベートは踵を返してギアらを追った。

「小賢《こざか》しい」

吐き捨てるように蓮見が言う。その身体をさらに鬼が襲う。それもまた腕の一振りで霧と消えた。

小鴨だった。小鴨は血に染まった腕を蓮見へと向けていた。

蓮見が鼻で笑った。短剣を大賀茂の胸に向ける。

大賀茂は震えていた。人工精霊を一瞬にして燃やしつくした剣が、今、大賀茂に向いているのだ。それでもしっかりと仁王《におう》立《だ》ちになり、血の神咒を舐め、唾を吐き、蓮見へと鬼を差し向ける。

小鴨がそれを援護する。

が、そのすべてが蓮見に払われ、大気に消えていた。

面倒な顔こそ見せていたが、蓮見に効果はないようだった。

「下らん術だ。学校ではそんなことしか習っていないのか」

蓮見の力が津波《つなみ》のように大賀茂に襲いかかった。

大賀茂の身体が瞬時に火柱に変じた。悲鳴を上げるその口腔から炎は流れ込み肺を焼く。飛び上がり、地に倒れ、狂ったように転げ回った。

慌てて駆け寄った小鴨が脱いだ上着で火を叩き消す。

「九天応元雷声普化天尊《キュウテンオウゲンライセイフカテンソン》」

呪句を唱えるものがいた。

望月だ。

道術の経文、十字経だった。親指を嚙み切り、滴る血で掌に護符を書く。それが済むと親指の血を舐め、歯嚙みした。

十字経は雷法の経文、雷を使役《しえき》するという道教の呪法だ。

「キュウテンオウゲンライセイフカテンソン」

幾度も幾度も経文を唱え続ける。その額に汗が滲んだ。経文、呪句、聖句。それらはただ口にすればいいというものではない。同時に瞑想のためのヴィジョンを頭の中で描き、神経を集中させなければならない。それだけで極端に体力を奪う精神集中力を必要とする。

　雷鳴がとどろいた。悪霊がそれだけで退散するという神聖な雷鳴だ。

　だが、蓮見は薄笑いを浮かべてそれを見ていた。

「キュウテンオウゲンライイセイフカテンソン、キュウテンオウゲンライイセイフカテンソン、キュウテンオウゲンライイセイフカテンソン！」

　唱える望月の指先からスパークが散った。

　轟音とともに周囲が白光に包まれる。水を撒き散らしたようにコンクリート片が吹き飛んだ。

　蓮見の真正面に大きな穴が穿たれていた。

「下らん。実に下らん。授業では習わない呪術を私が教えてやろう」

　蓮見は掌を地面に向けた。

「エホバ神《かみ》土の塵を以て人を造り現気《いのちのいき》を其《そ》の鼻に嘘《ふ》き入れたまえり人即生霊《すなわちいけるもの》となりぬ」

　蓮見の足元で大理石の床が弾けた。コンクリートの下地が剥き出しになった。それが勃起《ぼっき》するかのように伸び上がり、ごろりと転がる。

　節のある太い触手が四本、それから飛び出るとばたばたと床を打った。そしてその細長い大型犬ほどもある土塊《つちくれ》は、四本の触手で身体を起こした。その正面にぽっかりと口が開いた。出鱈目《でたらめ》に突き出た釘のような牙が見えた。目も鼻もない。その代わりに口の真上に、輝く文字が浮き彫りにされている。

　ＥＭＥＴＨと読めた。

　怪物は一体だけではない。二つ、三つと、床が弾け、土の怪物が現れてくる。たちまちのうちに数十の土人形が床から生まれた。

「下らんことで時間を取った。まあ良い。〈プシュケーの燈火〉を失った以上、贄《にえ》が必要になったからな。おまえたちも名誉ある死を選ぶがいい」

　掌を下へ向け、蓮見は望月に背を向けた。待て、と呼びかける望月など知らぬ顔でトイレから出て行く。

その周囲の床が弾け飛び、むくむくと奇怪な人形が生まれ出た。幾十もの土の怪物が、咲く花のように蓮見の行く先に生まれた。

後を追おうとした望月に、焼け爛れた身体を横たえる大賀茂に、その身体にすがりつくように覆い被さっている小鴨に、無数の土人形は一斉に襲いかかっていった。

5

「でも、どうするよ」

走りながらソーメーが言った。既に息が上がっている。

「貢が」

ギアが言いかけるとすぐに哲也が怒鳴った。

「言うな！」

ガラスケースの並ぶ通路を走りながら哲也は言う。

「後で助けに行く。しかし今逃げなければ助けに行くこともできないんだぞ」

「でも、どうするよ」

ソーメーがまたもや情けない声を上げたとき、哲也がこっちだ、と角を曲がった。

緑に輝く非常出口のサインを見て、ギアは納得した。防災用の扉が閉まっても、脱出するための出入り口は残されている。そうでなければ建物を救うために人を見殺しにすることになる。

果たして通路の先には扉があった。それにもまた呪句が書かれていた。

哲也はノブに跳びつく。

が、ノブは動かなかった。

ギアも力を貸し、何度も扉を押し、引く。

ソーメーが扉を叩いた。

派手な音を立てるがそれだけだ。扉は開かない。

「何でだ！」

哲也が拳を扉に打ちつけた。

非常ベルはいつの間にか鳴り止んでいた。

駄目だよ、と呟いたのはソーメーだ。

ギアの背後で退屈そうに天使が声を上げた。

ほう、ほう、と嘲るような声がする。

ソーメーが小さな悲鳴を上げた。

哲也が振り向く。慌ててギアはその目を塞ごうとしたが遅かった。哲也は身体を強張らせてそれを見ていた。

ほうほう。

ベートは唇をすぼめてそう言うと、歯を剥き出しにして笑った。

大きな音をたてて哲也が床に倒れた。ソーメーがすすり泣く。ギアは両手を握り締めて、ただ立ち尽くすだけだった。

ベートはわざとゆっくりギアたちに近づいてきた。

その時だった。

「誰かそこにいたら退け！」

ギアの背後、非常扉の向こうから声がした。館内放送のように平板な男の声だ。

「警告はしたぞ。カウントは三だ。三、二、一」

ゼロ、の声をかき消してくぐもった爆発音がした。

とっさにギアはソーメーにかぶさり床に押し倒した。

その上を紙切れのように鉄の扉が飛んだ。

ベートがひょいとそれを片手で捕らえる。

立ち上る白煙の中から、銀に輝く巨人が現れた。下半身の巨大さに比べると、上半身が貧弱だ。それでも二メートルは超えている。

銀の巨人は床に伏せたギアを見て言った。

「天使を背負うのが流行《はや》りか」

米澤だった。

破壊された駆動部の代わりに、無理やり二足歩行機を接続してある。

「こんなところにいやがった」

米澤はジイジイと音をたてて、ベートに焦点《しょうてん》を合わせた。

ベートが鉄の扉を投げた。回転しながら喉元に迫るそれを、米澤は床に叩き落とす。

「化け物、食らえ！」

銃口が火を放つ。

無数の弾丸がばら撒かれた。

壁が砕け、床が弾けた。

が、ベートの姿はない。

「上！」

叫んだのはギアだ。

米澤が反射的に銃口を上げる。

蝿のようにベートは天井に張りついていた。

再びの銃声。

その間にギアは哲也の身体を非常口のほうへと引きずって行く。

起き上がろうとしたソーメーにギアが怒鳴った。

「扉だ！」

ソーメーは目の前に落ちている厚い鉄の扉を指差した。

「そう、それを持ってくるんだ」

天井から雨のようにコンクリート片が降ってくる。

ソーメーは扉を摑み、文句も言わずずるずると非常口へと運んだ。

銃声がやむ。

塵埃が沈むと、またもやベートの姿が消えていた。

「クソ！　蝿みてえな奴だ」

ベートを追おうと米澤がぎこちなく脚を踏み出した。

悲鳴が聞こえた。そして怒声が、さらには絶望的な叫び声が聞こえた。廊下の向こうでなにかが行われているのだ。

ベートが暴れているのか。

悲鳴と意味不明の絶叫が重なり合い、阿鼻叫喚《あびきょうかん》という言葉を連想させる騒音がひとしきり続いた後、岩をこすり合わせるような音が聞こえてきた。

ぎし、ぎし、と鳴るその音は、次第に数を増し、奥まった非常口へ続く廊下へと響いてきた。

米澤が身構える。ギアはひたすら哲也を運ぶ。

ソーメーがやっとのことで扉をかってそれがあった場所まで引きずってきた時だった。

廊下の角から顔がのぞいた。

顔？

それが顔というのならフロントから見た自動車の方がよほど表情豊かだ。その「顔」には大きく開いた口しかなかった。やがてそれは全身を現した。細長い岩の塊に、黒光りする太い四本の触手を生やした怪物だ。一匹ではない。十四、二十四。通路を埋めるほどの土の怪物が、ない目で米澤の方を見ている。

「また新手《あらて》の化け物か」

米澤は下を向き、息を吐いた。唾を吐きたかったたからだが、彼の口腔に唾など湧かない。

銃を正面に向ける。

「クソ！　オカルトなんざぁ、ろくなもんじゃねえ！」

いきなり短機関銃を連射した。

初速度だけが自慢の銃は、あっという間に全弾を打ち尽くしてしまった。弾丸は土人形の身体を削りはしたが、その数がさほど減ったようには見えなかった。

「こっちです」

背後で呼んだのはギアだ。

「早く非常口に」

感情のこもらない舌打ちという奇妙なものをしてから、米澤は後退った。

非常口の向こうには階段がある。下の踊り場に哲也は寝かされていた。

「早く」

ギアに急かされ、米澤は階段までさがった。

「これを」

外れた扉をギアが起こす。

「手伝ってください」

米澤は素直に扉を起こし、それで出入り口を塞いだ。

さわさわと触手を蠢《うごめ》かせ、土人形たちが襲ってきたのとそれは同時だった。

扉の向こうでは怪物たちが押し合いへし合いして

いるようだ。ぎしぎしと身体をこすり合わせる音がする。触手が何度か扉の隙間から入りこもうとしたが、先端をまさぐるようにばたばたと動かしただけに終わった。

「ここの防災扉は、火災などのための用心以上に、霊的な災害のことを考えて呪句が書かれているんです。霊的なものはそこを越えることができない」

そこまで説明して、ギアは尋ねた。

「あなたは、何者ですか」

米澤は振り向き答えた。

「科学者だよ」


「ゴーレムか……」

正面から突進してきた土人形から体をかわし、望月は呟いた。触手が顔面を狙う。身体を沈め、彼は間一髪でそれを避けた。

小鴨も必死だ。右や左から跳んでくる触手を避けるにも限度があった。この土人形たちの動きがベートほど素早くないのが幸いといえば幸いだ。とはいえしなる触手が何度も二人を打ち据《す》えていた。服が裂け、皮膚が弾ける。

ゴーレム。それはユダヤ神秘主義、カバラの秘法によって生まれる生きた土人形のことだ。その姿は岩の巨人として描かれるから、目の前の怪物とはかなり異なる。だが望月がこれをゴーレムと判断したのには理由があった。

ゴーレムは不死身だ。まともに闘っていては勝ち目はない。ゴーレムを倒すには一つしか方法がないのだ。

「額の文字を、最初の文字を消せ」

小鴨に怒鳴りながら、望月は腕に触手を巻きつけてきた土人形の、その触手を摑みさらにそれを引き寄せた。大きく開いた口が喉に迫る。

望月はその時、すかさずナイフで額の一部を削り取った。と、土人形は水を撒いたようにばさりと地に落ちた。それはもう生物の形を成していない。単なるひとやまの土塊だ。

ゴーレムの額にはEMETH（真理）の文字が刻まれている。この最初の文字Eを消せば、METH（彼は死せり）となる。言葉によって生まれたこの怪物は、言葉によって土に還《かえ》るのだ。

これがゴーレムを倒す唯一の方法だった。

触手から逃れ、摑み、蹴り、投げ、そしてひたすら額の文字を削る。望月も小鴨も懸命だった。しかしゴーレムの数はあまりにも多過ぎた。床に土塊が幾つも山を作り、それを蹴れば砂塵が吹き上がる。もうもうたる砂煙に咳き込んだ小鴨の背中に、土の人形が取りついた。その重みで前に倒される。目の前に大賀茂が倒れていた。黒く焦げた皮膚が裂け、ピンクの肉がそこかしこで顔を出している。そこから黄色い粘液がだらだらと流れていた。閉じた瞼が開くことはないだろうと思えた。

既に刃が欠け、先端の折れたナイフから手が離れた。

覆い被さったゴーレムが大口を開いた。頭を叩きつけるようにして小鴨の喉を狙う。

砂塵がさっと血に染まり、一瞬朱色《しゅいろ》の霧が漂った。

小鴨の絶叫はすぐに途絶えた。

望月も体力の限界だった。

動きが鈍《にぶ》り、土人形たちの攻撃を避け切れなくなっていた。

既に諦めがあった。

がつっ、と右足首に衝撃があった。痛みがそれに続いた。今までに経験したこともないような痛みだった。気がつけば右肩から棒のように倒れていた。

トイレの床で死ぬのはイヤだと考えたのも一瞬だ。

幾本もの触手が望月を押さえ込み、それから刺に似た牙が頭に突き立った。

頭蓋が音をたてて砕けるのに、さほどの時間は掛からなかった。

土の怪物たちが生まれる少し前。

貢は冷たい床に横たわっていた。時が経つほどに痛みは増していた。肩の骨は砕けているようだった。足は関節から奇妙な角度にねじれている。呼吸がまともにできない。息を吸うだけでも激痛が襲った。肋骨も折れているかもしれない。

あまりの痛みに、貢は嘔吐していた。吐瀉物《としゃ》に血が混ざっていた。それが口の中の傷によるものか、それとも内臓を傷つけたからか、貢には判断できなかった。だが、生死にかかわる傷を負っていることは彼にもわかっていた。しかし彼にはどうしようもなかった。腕一本まともに動かせないのだ。

寒気がした。震えが止まらなかった。このまま死ぬのだと思った。この痛みも、そして訪れるかもしれない死も、貢は己に与えられた罰だと思っていた。結果的に貢が手引きして学校に侵入した魔術師。そしてその魔術師によって、今も友人たちが危機に曝《さら》されている。

怒声が聞こえた。そして岩と岩が擦れるような不快な音が。貢はゆるゆると目を開いた。朧《おぼろ》に見えるのは奇怪な岩の怪物たち。そしてそれと戦っているのは、望月たちだった。

手出しすることもできず、貢はただそれを見つめていた。何かすべきことがあるはずだ。そうは思いはするのだが、何も思いつかぬまま時が過ぎる。望月たちは懸命に戦っていた。しかしあまりにも敵の数は多かった。

意識が薄れつつあった。

死のうとしている。

友人たちが戦っているのに、何も手を下すことなく僕は死のうとしている。

小鴨が倒れた。じっと貢はそれを見ていた。見続けることが彼の受ける罰であるように。

いや、違う。

僕一人が罰を受けて済むような問題ではないのだ。今、目の前で倒れようとしている友を救わねば。

そう、友を。

同じ志を持った同志を。

ともすれば意識が失せそうになる。貢はそのたびに、あえて痛みに意識を集中させた。必要ならばわざと身体を動かしもした。身体を捻じるだけで胸に杭《くい》を打ち込まれたような痛みを感じた。

　こんなところで眠りに就くわけにはいかない。ギアが、哲也が、ソーメーが、友人達の命が危ないのだ。

　なんとかしなければ。

　そうは思っていたが、貢には自分の身を救うことさえできないのだ。

　それでも貢は考えた。たとえ己を救うことができなくても、ここからギアたちを支援できる方法があるはずだ。いや、ある。せめてギアの側に行くことができれば、何かの助言ができるはずだ。呪法でも格闘術でも彼らには劣るが、知識はいくらか持っているはずだ。

　身体が動かなくても考えることは可能だ。学校で学んだ何かを使えばギアたちに協力できるはずだ。協力できるに違いない。何かを使えば。

では何を……。

　そうだ。

　貢はついそう口に出し、咳き込んでしまった。胸が裂けそうに痛んだ。しかし貢の唇には笑みが浮かんでいた。

　方法はある。動かずにギアたちのもとに行く方法が。

　貢は動く方の腕を使って身体をゆるゆると動かした。東を向くためだった。絶え間ない痛みが、かえって貢の意識を覚醒《かくせい》させた。

　人差し指と中指を伸ばし剣をつくる。カバラ十字の術式をするのだ。

「……汝《アテー》に、御国《マルクト》と……力《ヴェ・ゲブラー》と栄えとは《ヴェ・ゲドゥラー》……」

　聖句を唱え指でつくった剣を動かした。最後に、折れた腕をもう片方の腕で無理やり動かして、胸の前で両手を組んだ。傷口に焼けた鉄棒を突き入れたような痛みに、悲鳴を上げそうになった。それを堪えようと歯を噛みしめた。奥歯がガリッと音をたてて欠けた。

「永遠《レ・オラーム》に。アーメン」

最後の聖句を唱えて、カバラ十字の術式が終わった。これで周囲を霊的に清めることができたはずだ。だが貢には自信がなかった。ギアに比べれば、貢は霊的な力がないに等しいのだ。

が、不安は儀式を行うのに最も大きな障害となる。成功した己の姿をイメージしようとした。

大丈夫だ。僕はきっとできる。すべてやりおおせてみせる。

貢は改めて意志を固め、頭の中に光の玉を思い描いた。

ここからが本番なのだ。

光球のイメージを、腰の辺りに集中させた。苦しいながらも呼吸を整える。ゆっくりと、落ち着いて、少しずつ呼吸を繰り返す。そして上昇するイメージを思い描いた。夢の中で経験した、飛ぶ感覚。それを足先から膝へ、腰へ、胸へ、頭へ、とリアルに再現していく。

不意に浮遊感がした。自分の身体がどんどん上昇していく。

気がつけば、真上から自分の身体を見下ろしていた。成功だ。貢は肉体からアストラル体、つまり幽体を遊離《ゆうり》させることに成功したのだ。

今まで貢は瞑想によって神秘的な体験をしたことがなかった。それがこんな最悪の条件で成功したのは運が良かったと言えるだろうか。けれども最悪な条件、肉体的にも精神的にも追い込まれた状態だったからこそ成功したのかもしれない。

理由などどうでも良い。幽体離脱に成功したのだ。それだけで貢には充分嬉しかった。

だがその喜びは長くは続かなかった。

望月が倒れていた。

喉が大きく開き、大量の血が流れていた。霊体である貢は、血と同じに流れ出て行く望月の生体エネルギーが見えた。

既に助かる様子はない。

急ごう。

貢は思った。

ここで無力感に浸っている場合ではない。そう思い直した。

とにかくギアたちの向かったほうへと進もう。

貢はさらに上昇した。天井に背中が当たった。このまま突き抜けて上昇できる。貢はそう思っていた。アストラル体に通常の意味での質量はない。それは物質というよりも概念に近いものなのだ。ところが、現実には天井を抜けることはできなかった。

はじめは自分の実力を疑った。つまり霊的能力が足りないから壁を抜けることができないのだと。だがすぐにそれが間違いであることに気がついた。アストラル体はアストラル体だ。それは物理的な何かでは有り得ない。そうであるのなら、貢は物理的な天井に阻まれて上昇できないのではない。そこには霊的な障壁《しょうへき》があるのだ。

ここは国立呪禁センターだ。多くの呪具が置かれてある。また、地下には霊的な実験を行う研究所も設置されている。当然何らかの霊的災害が起きることを考慮に入れて建てられているはずだ。ならばここも霊的に封印されていておかしくない。恐らく四方の壁に、何らかの結界を作り出す仕組みがあるに違いない。

貢はそう思い、天井ぎりぎりの宙を飛んだ。無重力空間を進む宇宙飛行士のようだ。ゆっくりとしか前に進まない。急いではいるのだが、まだ自在にアストラル体を操ることができないのだ。

貢の抜け出た肉体から、それを見下ろす彼の霊体まで、長く銀の糸のようなものがつながっている。アストラル体でできたこれは、どこまでも長く伸びて、貢の幽体と肉体が完全に離れないようになっている。これを絶たれることは、幽体が二度と肉体に戻れなくなることを意味する。つまりは死ぬことと同義なのだ。

幽体離脱の前にカバラ十字の術式を行うのは、邪霊や悪しき気にこのアストラル体の糸を断ち切られぬようにするためだった。

銀の糸をひきずり、苛立つほどの速度で貢はギアの消えた廊下のほうへと向かった。

そしてその廊下から走り出てきたギアたちとすれ違った。

ギア！

声を掛けたが通じるはずもない。

いや、唯一ギアが貢の名を呼んだ。

聞こえたのか。そう思ったのも一瞬だ。ギアたちは速度を変えることなく走り去って行った。緩《ゆる》やかに旋回し後を追おうとする貢の下を、今度は黒い影が通り過ぎた。

ベートだ。

貢にはベートの発する黒々とした邪悪なオーラが渦巻くのが見えた。見ただけで吐き気を催《もよお》すような不快なオーラだった。

その姿もたちまちのうちに消える。

焦《あせ》りだけがつのるが、貢は風に流される風船のようにしか進むことができなかった。実際は存在しない手足を、ばたばたと動かして貢は前に進む。

その背後から波のように気の塊が押し寄せてきた。

貢はタールの海に似た粘るうねりに翻弄《ほんろう》された。

そして見た。

奇怪な歩く岩と、その中央にいる蓮見の姿を。蓮見が呪句を唱えると、怪物たちは床や壁から無数に生まれ出てきた。生まれた怪物たちは、このフロアに閉じ込められた人たちに次々と襲いかかっていった。

それは地獄だった。

生きながら経験する地獄そのものだった。

皆安全な場所を求めて散り散りに走る。土の怪物たちがそれに容赦なく襲いかかる。触手を絡め、押し倒し、強靭《きょうじん》な顎で肉を噛み骨を砕く。悲鳴が、断末《だんまつ》魔《ま》の絶叫が、わんわんとフロアに響いた。血と肉と臓物が床に壁に飛沫のように飛散する。

貢には、粉砕される肉体から抜け出る魂の姿が見えた。それは突然の死を受け入れるどころか、何が起こったのかさえわからず部屋の中を逃げ回っていた。乳白色の塊が尾を引いて部屋の中を飛ぶ。混乱した乳色の魚の群れが右往左往《うおうさおう》しているかのようだ。その白い霊体に、思い出したかのように苦悶《くもん》の表情を浮かべた顔が現れる。

吐くべき何物もないにもかかわらず、貢は何度も突き上げてくる嘔吐感に苦しめられた。それでも霊体をかき分け、ギアたちのほうへと進んでいった。

悠々と脚を進める蓮見に貢が見つからなかったのは、この無数の霊体が障壁となったからだろう。

懸命に進むうち、少しはコツを掴んだのだろうか。貢は蓮見を追い越して先へと向かうことができた。

爆発音がした。

それに続いて銃声が立て続けに聞こえた。

目の前の角から、凄い勢いでベートが飛び出てきた。土の怪物はベートを仲間と認めているのか、襲いかかろうとはしない。床を埋め尽くすそれの背を踏み越え、貢の下を通り過ぎていく。振り向くと、何事か蓮見に報告しているようだった。

銃声の聞こえる通路へと貢は折れた。

機銃を撃っているのは銀色をした巨人だった。SF映画に出てくるロボットそのものだと貢は思った。鏡のように磨かれたクロムメッキの下肢は太く強靭で、上体はそれに比べると華奢《きゃしゃ》な少年のようだった。腰の部分はコードやパイプが乱雑にはみ出し、一部は明らかに普通の針金や金属テープでつながれてあった。正確につなげていないのか、上体は少し横に傾《かし》いでいた。

銃を連射するそれを、怪物たちは遠巻きにしている。さすがにその弾幕の向こうへは進めないようだ。実体のない貢はさらに巨人へと近づいた。

銃撃は唐突に終わった。

と、巨人の背後から声がした。早く来いと急《せ》かしているその声は、間違いなくギアの声だ。

ギアはソーメーとともに外された扉を持ち上げようとしていた。呪句が書かれたそれを見たときに、彼らの意図がわかった。あれで怪物たちを封じようとしているのだ。

銀のロボットが後退る。

今は霊体である貢も、扉を閉じられてはそこから先に進めなくなる。

貢は必死になって手足をばたつかせ、なんとか扉が閉まるまでにその向こう側へと滑りこんだ。

6

モナド棟からデュアド棟に向かう途中、龍頭は七階の通路に閉じ込められた。

非常ベルが鳴り響いた時、彼女はそれほど気にしてはいなかった。何かの誤報であろう。そう高を括《くく》っていた。慌てて走り出す人々を横目に、デュアド棟へとゆっくりと歩いていた。その龍頭の横を、黒い影が通り過ぎた。四つ足で駆けるその姿は犬のようにも見えたが、あまりにも速く駆け去ったので、龍頭もその姿をしっかりと確認したわけではなかった。

だが胸騒ぎがした。

もしやあれは養成学校にもぐり込んだ怪物なのではないか。この非常ベルは再び〈プロスペロの書〉が盗まれたために鳴らされているのではないのか。

そこまで考えた時には走り出していた。棟に抜ける出入り口は防災シャッターで閉ざされていた。

館内放送はない。おそらく火事などの災害ではないだろう。そう考えたからこそ龍頭は慌てなかったのだが、あの怪物のせいであるのなら館内放送がなくてもおかしくない。呪具が盗まれました、などと放送があるはずがない。おそらく警報が鳴ると同時に警察と呪禁局に連絡がいっているだろう。

今から龍頭にすべきことはないかもしれないが、しかし目の前に犯人がいるのを黙って見過ごすこともない。

シャッターを叩いたり、度を失い係員を呼び叫ぶ人をなだめ、防火シャッターの開閉スイッチを探した。扉横の柱にあったそれはすぐに見つかった。が、プラスティックのカバーを破ってそのスイッチを押しても、扉は開かなかった。

たまたま故障しているのか、それともこれもあの怪物と関係があるのか、それは龍頭にもわからない。

諦めて開くのを待つか。

そう思い始めたとき、シャッターの向こうで悲鳴が聞こえ始めた。

思わずシャッターに手を掛けて引き上げようとしたが、さすがにこれは無理だった。下にわずかな隙間ができただけだ。

悲鳴はますます激しくなっていく。助けを呼ぶ声が聞こえると扉の前にいた人たちがゆっくりと後退り始めた。

どん、と何かがシャッターにぶつかった。

シャッターと床の隙間から触手を伸ばすように血が流れ出てきた。

龍頭の背後で悲鳴がした。

恐慌が波紋のように広まり、一斉にみんなが扉から離れようと走り出した。瞬く間に龍頭は一人取り残されてしまった。

その足元に赤く血溜まりが広がっていく。

深く息を吐き、龍頭は再びシャッターの下の隙間に指を掛けた。

大きく深呼吸して息を整える。調息だ。呼吸がゆったりとできるようになると、吐く息を口の中に溜めて歯噛みする。それから噛んだ息を呑む、胎息法によって気エネルギーを体内に満たしているのだ。

ころあいを計り、龍頭は腕に力を込めた。

一気に上腕部が倍ほどに膨れる。

みしっ。

音がした。

シヤッターがわずかずつではあるが持ち上がっているのだ。

噛み締めた奥歯から声にもならぬ声が漏れる。

こめかみに血管が浮かんだ。

みるみる顔が紅潮《こうちょう》する。

と、シャッターがたわみ始めた。

龍頭の持つ中央の部分だけが歪み、持ち上がりだしたのだ。シャッターの隙間から、悲鳴だけではなく濃い血と臓物の臭いが漏れてきた。

そこから龍頭は一気にシャッターを撥ね上げ、その隙間に身体を滑り込ませた。背後でがしゃりと大きな音をたて、再びシャッターが閉じた。

その音が龍頭には聞こえなかった。

悲鳴も怒声も消え、一切が音を失っていた。

土塊の怪物がいた。無数の怪物が人を襲い、戯《たわむ》れに肉を引き千切り、骨を砕き、内臓を引きずり出していた。

あまりにも凄惨《せいさん》な光景に、さすがの龍頭も立ちすくんでいた、
が、龍頭に呆然としている暇などなかった。


土の怪物たちが、新しい犠牲者を求めて迫ってきたからだ。

たちまち喧騒が甦る。逃げ惑う人々の叫びとショーケースが割れる音。倒され砕ける展示物。

怪物たちは目の前に迫っていた。

龍頭は血溜まりを蹴って、地獄へと突入していった。


幽体となった貢が最初に気づいたのは、ギアの背に負った天使の背中から垂れている白い糸のようなものだった。糸はぼんやりと燐光を放っているようだ。貢のアストラル体の紐《ひも》と似ているが、それよりも光は弱く、暗い力のようなものを感じる。天使の光の中にあって、そこだけはくすんだように見えた。

その糸は天使の背中に貼りついた真っ黒な虫の尻から出ていた。よく見れば糸はそこから長く伸び、ギアたちが今来た道の方へと延々と続いている。

貢はそれの正体を悟った。後を追って来て良かったと思った。

ギアが頭を、ソーメーが足を持ち、哲也を運んで下へと降りている。その後から老人のような足取りでついていく米澤が、貢の霊的視力には金属の塊に埋められた中年の男に視《み》えた。半透明の男の姿はほんのりと赤みを帯びている。怒りを持つ霊体であることを貢は察したが、そこにギアたちへの悪意は感じなかった。とりあえず敵ではなさそうだ。貢はその男のことは無視して、天使に取り付いている糸のことを優先することにした。

(ギア!)

叫んだつもりだったが、現実の声にはならない。霊感があれば感じとれるはずだが、ギアにも聞こえていないようだ。あるいは聞こえているが空耳だとでも思っているのかもしれない。

貢はギアの横に並んで、一語一語はっきりと口にした。

(蠱毒《こどく》だ、ギア)

ギアはおかしな顔をして辺りを見回した。

「誰か何か言った?」

「言わないよ」

ソーメーは息が上がってしまっていた。犬のように舌を出して呼吸している。

「あんたは?」

「いいや」

米澤は素っ気無く答えた。

「気持ち悪いな」

「何が?」

質問するのもソーメーは大儀そうだ。

「コトクとかコドクとか聞こえたんだけど」

(蠱毒、ギア。蠱毒だ)

「わあ!」

ギアが立ち止まった。後ろからついてきていたソーメーが立ち止まれず、手にした哲也の身体でギアを押した。ギアが二、三歩段を踏み外す。

「あ、危ないよ」

言ったのはソーメーだ。ギアは落ちかけたことなど気にせずに言った。

「今、はっきり聞こえたよ。コドクって」

「一人で寂しいのか」

「違うよ」

「ほら、立ち止まらずに歩けよ。化け物がすぐに追いついて来るぞ」

「確かに聞こえたんだ。耳元でコドクって」

ぶつぶつ言いながらギアは脚を進めた。

(よく聞いてください。僕は貢だ)

「貢?」

思わず口に出して聞き返していた。

(蠱毒です。蠱毒で位置を知られているんです)

「おい、みんなちょっと待ってくれ」

ギアがまた立ち止まった。

「いい加減にしろよ」

ソーメーは本気で怒っているようだった。

「貢の声が聞こえるんだ」

「貢の声?　おまえ、それは、まさか」

ソーメーの顔が蒼褪めた。

(死んだわけじゃありません。幽体離脱したんです)

「幽体離脱したんだって」

「幽体離脱?　そんな器用なことが貢にできるのか?　霊的な力もないのに」

「下らん。実に下らん」

米澤が言った。

「そのようなことに惑わされる人間ばかりだから、こんなことになるんだ」

「こんなことって?」

ソーメーが聞く。

「化け物に襲われるんだ」

「それってあんまり関係ないんじゃないですか」

言ったソーメーに、米澤は腕の銃を突きつけた。

「下らん戯言《ざれごと》につきあっている暇はないんだ。おまえら、そこを退け。俺は先に行く」

「科学者さん」

ギアが言った。

「俺は」

一瞬〈イヌ〉と名乗るべきかと思ったが、それが何か卑《いや》しいことのように思えて、米澤は本名を名乗った。

「俺は米澤だ」

「米澤さん、あなた〈ブレーメンの音楽隊〉のメンバーでしょ」

「……違う」

感情のない声に助けられていたが、それでも彼の動揺は明らかだった。

「防犯システムをいじって建物を外部から遮り、その間に仕事を済ませる。〈ブレーメンの音楽隊〉のいつものやり方だ。メンバーの中にロボットがいると報道されていました。それがあなただ」

「で、そうだとしたら」

「あなた方の行ってきたことはテロ行為です。何人もの死傷者を出してきた違法行為です。ここであなた方が何をしようとしていたかはわかりませんが、いずれにしろ犯罪行為であることに違いはありません。私たちは第三呪禁官養成学校の生徒です。今から呪禁局に連絡しようと思っています。あなたの犯罪行為をそれで反故《ほご》にできるとは思いませんが、私たちに協力することはあなたの義務だと思います」

（ギア、かっこいいね）

貢の声が聞こえた。

米澤は黙っていた。反論なら山ほどあった。つまりは米澤の武器で援護してくれという申し出だ。本来なら懇願《こんがん》すべきじゃないのか。そう思うのだが、その愚かしいほどの真っ当な正義感は、米澤が最近感じていた迷い——あるいはそれを罪の意識といっても間違いではないだろう——に直接訴えかけてきた。

いや、それ以前に、彼は既にここから無事逃げ出すことを諦めていた。どん底から生還して得た新しい仲間をすべて失った。有体《ありてい》に言えば、米澤はやけくそになっていたのだ。今となっては蓮見に対しての憎悪だけが米澤を動かしているのだった。

「ちょっと待ってろ、と、そう言いたいわけか」

その思いとは別に冷静な声で米澤は言った。

「わずかな時間です」

米澤にそれだけ言うと、ギアは頭に手を当て、内から聞こえる声に耳を澄ませた。

「貢、それで、どうしたんだ」

(ギア、僕の言うことをよく聞いてくださいね。奴らはその天使を追っています。これは間違いない。そして奴らは天使の所在をつきとめるために、蠱毒を使った)

「蠱毒——、聞いたことはあるけど」

蠱毒とは虫を始めとして、犬や猫の獣や蜥蜴《とかげ》や蛇など様々な生き物を呪具として使う、中国の呪法だ。

(天使の背中に虫がしがみついています。もしかしたら肉眼では見えないかもしれませんが——)

「ソーメー、ちょっと哲也を降ろそう」

言って自ら哲也を階段に降ろした。

「ソーメー、天使の背中に何かくっついてるか。つまり、虫みたいなものが」

「いいや」

ソーメーは天使の背中に顔を近づけて言った。

「何にもない」

「あるわきゃねえだろ」

米澤は呟いた。

「じゃあ、触ってくれ。触ったらわかるかもしれない」

ソーメーはおずおずと天使の背中をまさぐった。

天使が赤ん坊のような声で鳴いた。が、邪魔をするわけでもなくされるがままにしている。

「なんだこれ」

慌てて手を離す。

どうやらそれが手に触れたようだ。

「あったか。それを取ってくれ」

「取れって言われても……」

文句を言いながらも、ソーメーは再びそれに触れた。

ぐにゃりとした感触のそれを、二本の指で摘《つま》み上げる。

確かに蠢《うごめ》く何かを指で感じていた。

泣き出しそうな声を上げる。

「気味悪いよ」

貢には黒い芋虫《いもむし》のようなものが身体をくねらせ、無数の足をわらわらと動かしているのが見えた。

「何だよ、こりゃ」

見えない何かを摘んだ指を、ギアの前に差し出した。

(蠱毒ですよ)

「それが蠱毒だそうだ」

(ちゃんと学校で教わってますよ)

「貢に怒られた」

ギアが悲しそうに言った。

(別に怒ったわけじゃないです。蠱毒には相手を呪い殺したり、動けなくさせたりと、いろいろな使い道があります。あいつは蠱毒を発信機のように使ったんだと思いますよ。この虫と奴とは霊的な糸で結ばれていて、ギアの位置を奴に知らせていたんだと思います。術を見破ればこっちのものですよ。さあ、呪詛返しをしましょう)

「どうやって？」

(まずは道術の呼吸法、調息を始めてください)

ギアは貢に言われるままに呪詛返しの法を始めた。

調息に始まる胎息法で気を体内に満たす。それが済むと、右手の親指の腹を少し嚙み切り、滴る血で左の掌に魔除けの神咒を書いた。

その手に見えない蠱毒を摑みとった。そして一気に握りつぶす。

ギョ、といやらしい声で虫は鳴き、掌の中で潰れた。

(これで大丈夫なはずです)

「これで大丈夫だって」

「そういや、貢。貢は大丈夫なのか」

ソーメーの質問に貢は答えた、

(ええ、僕は大丈夫です。そんなことより早く逃げないと。この位置はすでにあの男に知られているはずですから)

「大丈夫だってさ。それより早く逃げろって」

「貢がいると有り難いね。いろいろ知ってるから」

ありがとよ、とソーメーは見えない貢に手を振った。

見当違いの方角だった。

さすがに龍頭は元呪禁官だった。怪物の額に刻まれたＥＭＥＴＨの意味にすぐ気がついていた。書物に記されている姿とは異なるが、これがゴーレムであることを知れば、すべきことは決まった。

跳び、走り、滑り込み、蹴り、殴り、怪物たちの動きを牽制しながら、着実に手にしたナイフで最初のＥの文字を削り取っていった。望月や小鴨とはスピードが違った。

触手を振りまわし跳びかかってくる怪物が、腕の一振りで土塊と化す。

背後から摑みかかってきた怪物を、身体を捻ってかわした。頭上を過ぎる一瞬に、龍頭のナイフが閃く。たちどころに土の塊となって、それはぼろぼろと龍頭に降りかかってきた。土煙を上げるそれから逃れた龍頭目掛け、新たな怪物が間を置かず襲いかかってくる。

龍頭に休む間などなかった。ひたすら怪物たちを土塊に変える作業が続いた、そこかしこに土砂が山を成している。

永遠に続くかと思えた攻撃が急にやんだ。

肩で息をつきながら、龍頭は正面を見た。怪物たちが左右に避けて道を開けている、一人の男を通すために。

どこかで見たことがある。

龍頭は長い外套を着た男の顔を見ながら考えた。

「おまえ、どこかで私と会わなかったか？」

「ずいぶん昔の話だ」

蓮見は答えた。

ベートが一歩前に出た。

「おまえはガブリエルを頼む」

すねたような顔でベートは蓮見を見た。

「先に行ってくれ。私はすぐに追いつく」

蓮見に一礼してベートは走り出した。

「多少は君も成長したか」

蓮見は短剣を手にした。

怪物たちは周囲を囲み、襲い掛かってくる気配はない。どうやら蓮見自身が龍頭と闘うつもりらしい。

「あの時は気絶しかかっていたが。失禁しなかったのが救いだな」

切っ先を向けられる前に、龍頭は一歩踏み込んでいた。それだけで間合いが驚くほど縮まった。

ナイフが蓮見の腹を狙う。

蓮見がそれを拳で払った。払われた腕がじんと痺れた。

間を置かず、蓮見は踵で龍頭の膝頭《ひざがしら》を蹴った。

当たれば確実に膝頭を砕く蹴りを、わずかに脚を動かすだけで龍頭はよけ、一歩退く。

二人は何事もなかったかのように、初めに対峙した位置で立っていた。

「今、思い出した」

龍頭は静かに言った。


胸の奥で熱い塊がふつふつと沸き立っていた。それは今にも炸裂して、龍頭の身体をばらばらにしそうだ。

龍頭の中で膨れ上がっているもの、それは怒りだ。

「おまえはあの時の——」

「思い出してくれて私も嬉しいよ。改めて自己紹介しようか。私は蓮見。君と会ったときは男娼をしていたがね。今は〈星の知慧派教会〉の首領《チーフ》だ。私を知るものには不死者《ノスフェラトゥ》と呼ばれているがね」

龍頭が地を蹴った。

怒りが身体を動かしていた。肘と膝が、足刀と掌底が、そして鈍く輝くナイフが、爆発したかのように蓮見を襲った。

だが、そのどれもがかわされ、無効にされていく。

そして龍頭は見た。

息つく暇もない攻撃の最中、蓮見が笑っているのを。

「上達がない」

蓮見の声を聞いた時、大口径の銃で撃たれるのにも似た衝撃を胸に感じた。

強風に翻弄される木の葉だ。

宙で二、三回身体が舞い、龍頭は地に叩きつけられた。

「化け物」

吐き捨てるように言って、蓮見を睨みつける。

「言っただろ。私は不死者《ノスフェラトゥ》だ。人ではない」

蓮見は軽く腕を振った。

触れられたわけではない。なのに龍頭の身体は再び後ろに弾き飛ばされ、壁に背中を打ちつけた。鈍い音がして、壁に罅《ひび》が入った。

濡れた布のように、ずるりと床に落ちる。

二度と立ち上がれそうには見えなかったが、やがて龍頭は、ゆらり、と立ち上がった。ナイフは遠くに飛ばされてしまったようだ。あざける蓮見の目を見据え、彼女はゆっくりと深呼吸をした。道術の呼吸法、調息だ。

龍頭の身体に気が満ちていく。

次の瞬間、龍頭の姿が消え、そして蓮見が呻いた。

龍頭の拳をその顔面で受けたのだ。

龍頭の間合いからは大きく離れていた。決して一歩では届かないと蓮見は判断していた。

龍頭が〈身体を延べた〉のだ。

蓮見の油断《ゆだん》だった。

時をおかず、蓮見の首に紐が巻きついた。鋼を縒《よ》った細いロープだ。あっという間もなく蓮見の身体が持ち上がる。

正拳を打ち付けた勢いのまま通り過ぎ、すれ違う寸前、蓮見の首にロープをかけたのだ。そのまま背中に担ぎ上げる。

壁に叩きつけられた時、肩甲骨が折れていた。しかしその痛みも今は感じていなかった。

龍頭は勝利を確信した。

ロープは容赦なく首に食い込み、のけぞった蓮見には反撃の余地はなかった。腕でも脚でも、この位置から有効な攻撃は不可能だ。これは数秒で頸骨《けいこつ》を折り、敵を確実に葬る格闘術の一つだ。

だが蓮見は、それほど簡単に葬り去られる男ではなかった。

龍頭は背中に異様な熱さを感じた。焦げ臭いにおいがする。

背中に焼けた鉄板を押しつけられているようなものだ。我慢できず龍頭はロープを離した。

振り返り見ると、蓮見の身体は炎を上げて燃えていた。燃えながら龍頭を見ていた。その手に短剣が握られている。蓮見は我と我が身を炎の短剣で突いたのだ。

「私は不死者《ノスフェラトゥ》だ。忘れたのか」

人の形をした松明が龍頭に歩み寄った。

「終わりだ」

呟き、蓮見は燃え上がる掌を龍頭に向けた。

炎は鞭となって龍頭に伸びた。

龍頭の身体は、枯れ枝より容易く音を立てて燃え上がった。己の焦げるにおいが鼻腔に流れ込む。凄まじい熱気とともに。

龍頭は叫んだ。その叫びまでもが燃え尽きるほどの炎の勢いだった。

死は確実と思えた。

しかし龍頭の身体が炎に包まれたのはほんの一瞬でしかなかった。骨の一片に至るまで焼きつくすと思えた猛火は、忽然と失せた。

白昼夢から目覚めた思いだった。だが炎は夢でも幻覚でもなかった。

全身の毛という毛が燃え落ち、炭と化したシャツが身体にへばり付いていた。皮膚は茹《ゆ》で上がったかのように真っ赤になっている。しかし思ったよりもダメージは少なかった。

蓮見が胸を押さえて、身体を海老のように曲げている。

この時、貢とギアの呪詛返しが成功したのだ。

呪詛、呪術の類は、その仕掛けた相手に見破られ術を絶たれると、仕掛けた本人に還ってくる。

還ってくる呪詛の力は、送った呪詛の力と呪詛返しを行った術者の力によって決まる。蠱毒とはいっても、蓮見の使った術はそれほどの力を必要とするものではないし、貢やギアが実力ある術者とも思えなかった。蓮見の受けた衝撃もそれ相応のものだ。

だがそれでも、凄まじい炎を操る力は一瞬とぎれた。痛みを耐え蓮見が顔を上げたとき、すでに龍頭の姿は消えていた。

7

「じゃ、ビルから出なければならないんですか」

ギアは落胆して言った。

これから何をするのかと尋ねられたので、外部に連絡するつもりだと答えた。すると米澤は、電話線をはじめ、あらゆる通信手段は使えないと言った。ブレーメンの音楽隊〉がそのようにしたのだと。

「そうだな。コントロール・プログラムを書き換えない限りここからの通信は不能だ」

ゆっくりと降りる米澤に合わせて、ギアたちは階段を降りていた。

「一階まで行くのかよ」

ソーメーの息は上がってしまっている。

「一階に行っても素直には出られない。扉はすべて俺たちがプログラムしたタイムスケジュールに従って開いたり閉じたりする。一階の扉が開くのは……八分二十秒後だ。きっちり一分間開いている。そして閉じたら、二度と開かない」

「一階の扉は全部が一斉に開くんですか」

一階まで降りるのに掛かる時間をギアは考えた。五階まで降りてきている。一階まで八分あれば余裕で脱出できるはずだ。

「デュアド棟の正面出口だけだ。時間までにそこから出るに越したことはないが、もし間に合わなくても出口を破壊して出ることは可能だ」

「破壊した方がいいでしょうね。囚《とら》われたままの他の人たちも早く外に出さなければ」

「問題が一つある」

「まだあるの」

涙声で言ったのはソーメーだ。

「警報が鳴ったから、もう警察とかには連絡がいってるんじゃないの」

「そんな馬鹿なことを俺たちが自分の手でするとと思うか。警報を鳴らすと同時に防災扉を閉めただけだ。警告無しで扉が閉まるよりは、パニックを抑えられると考えたんだ」

「んな、余計なことを考えなくても……」

とほほほ、とソーメーは文章を読むように言った。

「で、もう一つの問題だ。すぐにすべての防災扉が開く。非常口の鍵もだ。もしあの男や怪物たちの動きをクソ呪文で妨げていたとするのなら、その時怪物どもはビルの中を自由に動けるようになる」

ギアが溜め息をついた。

「奴らはいったい何者だ。何をしにここに来た」

今度は米澤の方から質問した。

「何者かはわかりません」

答えたのはギアだ。

「でも、目的は……多分、神の軍勢を呼び出すためでしょう」

「神の軍勢？」

「なんでも、この世を滅ぼすだけの力を持っているとか」

「もしかして」

米澤は金属の指で、ギアの背中を指差した。

「こいつがそれか」

天使は自分が話題になっていることに気づいたのか、不機嫌そうに鳴いた。

「そうなんじゃないでしょうか。見た目ではわからないけど」

ギア自身も、それがこの世を滅ぼす天使であるとは思い難《にく》かった。

「つまり俺がそのなんたらとかいうランプを壊した

から、神の軍勢を呼び出せなかったわけか」

「あなたは世界を救ったんですよ」

米澤は鼻で笑おうとして失敗した。

「とにかく奴がその役立たずを呼んだだけで終わったのは間違いないようだがな」

「これが役立たずであるとは思えません。それなら彼が執拗にこれを追い回す理由がない。これがいる限り、きっと神の軍勢を呼び出すチャンスはあるんですよ。そうでないのなら、この天使自体がそれ相応の力を持っているか、ですね」

「時間だ」

米澤が言った。

「五階でフロアに戻ったほうがいい。まっすぐ階段を降りていたらすぐに追いつかれる。さあ、早く。ドアが開く」

先頭を歩いていたギアは頷き、扉を開いた。

ベートは歯を剥き出しにして扉を睨んでいた。そうしたところでどうなるものでもない。呪句が書かれた扉は、相変わらずベートの侵入を拒んでいた。精霊である彼には扉を越えることができないのだ。

周りをゴーレムたちが所在《しょざい》無さげに歩き回っている。それらにしても扉を越えることができないのに変わりはない。苛立たしい顔で扉を見ていたベートが、急に歯を剥き出して笑った。

ひょい、とそばにいたゴーレムを抱える。生きた岩だ。かなりの重量があるはずなのだが、ダンボール箱を持ち上げでもするかのように簡単に抱え上げた。そしてそれを頭より上に掲げ、投げつけた。扉にである。

呪句の力は霊的な生き物には絶大な効果を示した。爆音とともにゴーレムが砕け散ったのだ。

キイキイと声を上げてベートは小躍りした。砂埃が晴れてみれば、扉はわずかに斜めに傾いでいる。しっかりと取り付けてある扉ならそうはいかなかっただろう。しかし、今扉は立て掛けてあるだけなのだ。

ベートは次の獲物を捕らえた。四本の触手をばたばたさせはするが、ゴーレムにベートを攻撃する意思はないようだ。

再び投げる。

爆音。

また少し扉がずれた。隙間が開きつつある。

逃げ回るゴーレムを捕まえ、ベートはさらに二度、その身体を扉に叩きつけた。

砂塵が去った時、扉はたわみ、床に転がっていた。

ベートはその上をジャンプすると、階段へと抜けた。

蠱毒の白い糸は階下へと続いていた。迷わず手を床につけ、四つ足となってベートは駆け下りた。

糸はベートを階下へと導く。

が、突然その糸が消えた。淡い燐光を四散してなくなってしまったのだ。

勢い余って次の踊り場まで駆け下り、ベートは立ち止まった。四方を見回すが、糸を見つけることはできない。当然だ。蠱毒は貢に発見され潰されたのだ。

途方にくれた顔で、ベートはしばらく佇んでいた。そして迷いつつ、さらに下へと降りていった。へしゃげた鼻をひくつかせながら。


恐る恐る扉を開き、ギアは中を覗いた。比較的狭いその部屋はロビーだ。受付の前のソファーに腰を降ろした観客は、諦め顔で時折時計を眺めていた。

少なくとも怪物に襲われてパニックを起こしている様子はない。防災システムの故障程度と考えているのだろう。

ギアたちが中に入ると、彼らはいっせいにそれを見た。金属の巨人と、気絶した人間を二人で運んでいる少年となると、どう考えても人目を引く。

大半がソファーから立ち上がった。

ギアは大声を張り上げた。

「聞いてください。私は呪禁官の訓練生です。扉は開いていますので――」

背中に天使を背負っていることなど忘れていた。

慌てず脱出するように勧告するつもりだった。それを館内放送が遮った。

「国立呪禁センターからのお知らせです。コントロールセンターの故障により、一時的にビル内の防災扉が閉じておりました。が、現在職員が復旧作業を続けております。扉はすべて開かれておりますので、ご面倒をおかけしますが、速やかにビルから退出願います。職員の方々もマニュアルに準じてお客様を誘導願います。館内の皆様には大変ご迷惑をおかけしております。復旧作業は九分どおり完了しておりますが、念のために速やかなビルからの退出をお願いいたします。繰り返します」

どこかで聞き覚えのある声だとギアは思った。かなり年配の男の声だ。アナウンスの専門家ではなさそうだった。訥々《とつとつ》と一語ずつ区切って喋っている。言っている内容は、おそらく事実ではない。パニックを起こさずに観客や職員を外に出すための方便だろう。と、いうことは今ここで何が起ころうとしているのか、多少は気づいている人間がいるということだ。

客たちが職員に導かれ、ギアたちの脇を通って非常口へと向かっている。動き出したエレベーターに乗ろうとして注意されている者もいる。注意されれば素直に従っているのは、余裕があるからだろう。化け物が迫っていると知っていたらこうはいかない。

(来るよ)

貢のその声が聞けるのはギアだけだ。

「何が」

つい声に出して返事してしまう。

(さっきの怪物が、すぐそこまで)

悲鳴が聞こえた。

非常口前で順番を待っていた者たちの間に動揺が走る。

「離してくれ」

ぶっきらぼうなその声を、ギアは最初貢の呼びかけかと思った。しかしそうではなかった。

「早く離してくれ」

そう言っているのは哲也だ。

ソーメーがほっとした顔で哲也の脚から手を離した。ギアも手を離す。

「すまん、悪かった」

「ほんとだよ、重いんだから」

愚痴をこぼすソーメーの頭をギアが叩く。しかしその音にもあまり元気がない。

「いや、いいんだ。ソーメーの言うとおりだ。迷惑を掛けた」

暗い顔で立ち上がり、哲也は言った。

「あまり気にすんなよ」

ギアが肩を軽く叩いた。

「あれからどうなった。……これは、なんだ」

米澤を見た。

「これじゃない、この方は、だ」

米澤が自ら訂正した。

「ロボット……」

「人間だよ。米澤さんだ。詳しいことは後で説明するよ。とにかく――」

ひときわ大きく悲鳴が上がった。

非常口の前に並んでいた人たちがわらわらと散った。

逃げ出そうとしたソーメーの腕をギアが掴む。

(下に行ったよ)

へっ、とギアが間の抜けた声で聞き返した。

(この階より下に行っちゃったんだ。蠱毒を潰したから、僕たちを見失ったんだよ。一階で待ち構えるつもりじゃないかな)

「通り過ぎて行ったらしいよ」

「へっ?」

ギアと同じような声をソーメーが上げた。

「貢が霊視したら、もう怪物は下に行ったらしい。多分一階で待ち伏せするつもりだよ」

ほっ、と息を吐いてソーメーは言った。

「じゃあ、この階でじっとしていようか」

その時だ。ギアの背中で天使が鳴いた。発情した猫のような声が延々と尾を引く。

「やめろ、やめろよこら」

ソーメーが天使の口を塞ごうとした。

（来た……）

「来たって……まさか」

（戻ってきたよ、あいつ。凄い速さで）

「来るぞ」

ギアが身構えながら言った。

「あいつが戻ってくる」

「エレベーターだ」

米澤が言った。

「今ならエレベーターが動くのに間に合うかもしれない」

「でも僕たちだけが逃げるわけにはいかないよ。あの岩の怪物も来ているはずだ。先にこの階の人間を逃がすべきでしょう」

「そりゃあ正論だけどさ」

ソーメーは泣き出しそうな顔で言った。

（それが変なんだ）

「何がだい」

（岩の怪物の気配が下まで伝わってこない。二階上で止まっているんだよ。その……誰かが結界を張ったみたいに）

「ビルの防犯設備かな」

（さあ、それは僕にはわからないけど。とにかく誰よりも早く一階に下りて、外に出られるように入り口を開け、それから外部に連絡をするのがいいと思う。結局それが一番大勢を救うことになるはずさ）

「わかった」

「何がわかったんだよ」

ソーメーが不安な声で尋ねた。

「あの岩の怪物はどういうわけか下りてきていないらしい。だからとにかく僕たちが一階に行くのが先決だってことさ」

「うじゃうじゃ迷ってる暇はないぞ」

言ったのは米澤だ。

「行くぞ、時間がない。すぐにエレベーターは動かなくなる」

さっさと歩き始めた。

「よし、行こう」

ギアが呼び掛け、三人は米澤に並んだ。

「先に行け。俺は走れない」

「しかし」

渋るギアを、犬を追うように片手で払う。

再び非常口の近くで悲鳴が上がった。

「ほら、来たぞ」

「行こう、ギア」

ソーメーに手を引かれ、ギアはエレベーターへと向かって走った。

人の列が左右に分かれ、開いた道をベートが駆けてくる。手を地面につけ、猿のように四つ足で走ってくる。

米澤は機銃を出してベートへと向けた。

銃弾がもうないことは知っていた。別の武器もあるのだが、これだけの人が怪物の背後にいては使えない。それでも多少の足止めになるかと銃口を向ける。

目算はあっさりと外れた。ベートは怖れることなく真正面から駆け寄ると、米澤の目の前で跳んだ。

黒い影が頭上を越える。

それから何事もなかったかのように、少年たちの後を追った。米澤は関節を痛めた老人の足取りでエレベーターへと向かった。

8

慌ただしくエレベーターを呼び出すボタンを押しているソーメーは、今にも泣き出しそうだ。周囲には誰もいない。悲鳴を背に、天使を背負った少年が現れたときに、みな逃げ去ってしまったからだ。

「もうやめろ」

哲也が言った。

「苛々する」

遅かったのだ。階数表示のパネルも明かりが消えている。時間に間に合わなかったのだ。

「駄目か」

ギアが溜め息をついた。

(ソーメーの禁術は?)

「わっ! 急に話しかけないでくれよ、びっくりするから」

「おまえだよ。急に話し出したのは。びっくりするだろう」

ソーメーに言われてギアは心外な顔をした。

「仕方ないだろ。貢がいきなり話しかけてきたんだから」

「貢は生きてるのか」

哲也の顔が少しだけ明るくなった。

「ああ。霊体になっていろいろと教えてくれてるんだ」

「それで何だって」

「ソーメーの禁術はどうかって」

「俺の禁術。ああ、俺の禁術」

ソーメーは顔の前で激しく手を振った。

「駄目だよ、駄目、駄目。俺の禁術は虫専門だから」

「車を動かすこともできるはずだって言ってるよ、貢が」

「そんな……」

俯くソーメーの肩を摑んでギアが言う。

「禁術は無生物でも意のままに操れるはずだって。呪符の書き方は貢が教えるから」

「でも、どうやって書くのさ。筆もないのに」

「さっき俺がやったのを見ただろ。血で書けばいいんだよ」

「血で……。できないよ」

「やればできる」

哲也が確信を持っていった。

ほら、とポケットから小さな折り畳みのナイフを出してきた。

「とにかくやってみろよ」

「もっと痛くない方法ないの？」

「血が一番有効なんだってさ。早くしろよ」

「来た！」

ギアが叫んだ。

そして哲也の目を塞ぐ。

「ソーメー、早く」

頷き、ナイフを親指の腹に当てた。

「あの怪物か」

哲也が尋ねた。

ギアは答えなかったが、目を塞ぐ理由はそれしか有り得ない。

ベートは見る間に近づいてくる。貢の指示をソーメーに伝えている間はなさそうだった。

「やばい、逃げるぞ」

そう言ったギアの手を哲也は引き剥がした。

視線は床に向けている。

「俺が時間を稼ぐ。早くしろよ、ソーメー」

無理だ、と再び哲也の目を塞ごうとしたギアに貢が言った。

（ちょっと待って、ギア）

「何だよ、こんな時に」

（早くソーメーに呪符の書き方を教えるんだよ）

「何を言ってるんだ。哲也がやられちゃうよ」

（やられないさ。そう思ったから戦おうとしてるんだ。信じようよ、ギア）

哲也はしっかりと正面を見据えていた。

駆け寄ってきたベートが、何を思ったのか脚を止める。哲也を見て首を左右に倒した。首の骨を鳴らす仕草にそっくりだった。獲物を前にして余裕ができたのだろうか。

その時哲也が何度も頭の中で繰り返していたのは、大日如来の真言でも神の名を呼ぶ聖句でもなかった。

「あれは」哲也はその言葉を口に出して言った。

「人間だ」

ベートが唇のない口を開く。血の色の口腔に、刺のような細かく鋭い牙がびっしりと生えている。細長い舌が別の生き物のようにのたうっていた。

軋むような嫌な声で鳴く。

その間も、哲也は同じ文句を繰り返し呟いていた。

「あれは人間だ。あれは人間だ。ちょっと色は黒いが、あれは人間だ。しっぽはあるが、それでも人間だ。間違いない。あれは人間なんだ。ちょっと変わった人間なんだ。人間だ。人間だ。人間だ。人間だ。人間だ。人間だあ！」

最後に絶叫し、哲也はベート目掛けて走った。その瞬間、哲也は相手が霊的な存在であることを忘れていた。

「で、俺はどうすればいいわけ」

親指をしゃぶりながらソーメーが尋ねた。

「早く書けよ」

貢の指示をギアが伝える。ソーメーは言われるままに、エレベーターの脇の壁に呪符を書いていった。書き終わるまでに、二度、また親指を切らねばならなかった。

「早く」

ギアにせっつかれ、ソーメーが神咒を唱え始める。これだけはソーメーも貢に教えられずに言えるようだった。

(次はギアだよ)

「僕にもできることがあるかな」

(まず、あそこの自動販売機で何かを買って)

「……どういうこと」

(そのナイフを聖別して魔術武器にするんだよ。そのために聖水を造るんだ)

「……わかった。やってみる」

ギアは小銭をポケットから掴み出し、自動販売機でポカリスエットのペットボトルを買った。その間もソーメーは必死になって神咒を唱えている。早くも頬が紅潮し、汗が噴き出していた。

「まずはカバラ十字の祓いからかな、先生」

(そのとおり)

真正面から哲也はベートに突っ込んでいった。ベートはへらへら笑いながら避けようとはしない。身体ごと突っ込みながら掌を顔へ。だがそれをあっさりかわされ、逆にベートの正拳が脇腹に決まった。

とっさに急所ははずしたが、それでも内臓がばらばらになるような重い衝撃があった。

痛みが、哲也のスイッチを切り替えた。身体が喧嘩モードに変換される。こうなると相手が化け物であろうと何であろうと関係ない。頭ではなく肉体が反応していく。

再び顔面に掌底を。ほぼ同時に体重のかかった前蹴りがベートの膝を突く。顔面は避けられたが足刀は見事に膝に決まる。常人であれば間違いなく折れているはずだ。だがもちろんベートが常人であるはずがない。

何事もなかったかのように一歩後退る。

哲也は左手を前に出し牽制《けんせい》しながら、ベートとの距離を保った。右手は後ろに隠されている。背中のベルトに挟んであるのは六角レンチだ。国立呪禁センターに来て、小鴨の姿を見たときから、武器を探していた。展示作業をする時に使ったのを忘れていたのか、廊下の端に他の工具と一緒に置いてあったのを失敬してきたのだ。それはもう、喧嘩を始めるときの癖のようなものだった。

ベートが地を蹴った。

横の壁に脚をつけ、角度を変えて哲也に飛びかかる。意表をつく攻撃だったが、哲也はよく相手の動きを見ていた。派手な動きにごまかされず、飛びかかるベートの頭にレンチを振り降ろす。

確かな手応えがあったが、同時に腹に鋭い痛みを感じた。

ベートは一回転して立ち上がると、鋭い鉤爪を一本ずつ舐めた。

あの鉤爪が哲也の腹を裂いたのだ。皮膚が裂け、赤い筋肉が見えた、と思うとみるみる血が溢れてきた。

濃厚な血の臭いを哲也は嗅《か》いだ。傷口を指で探り、死に至るほどの傷でないことを確認する。

その血に塗れた指を舐める。

やれるじゃないか。

哲也は笑みを漏らした。

いつもの喧嘩とおんなじだよ。怖くも何ともねえや。

「来いよ、猿」

哲也はベートを手招きした。

その頃エレベーターの前では呪文と神咒がユニゾンしていた。ギアもソーメーも負けじと声を張り上げている。

「あらゆる不幸の力、あらゆる悪の迷妄と手管《てくだ》が追い払われるように、我らが救い主イエス・キリストのために。アーメン」

神の名のもとに聖別されたポカリスエットを聖水の代わりに使っている。そのポカリスエット、いや聖水に指を浸し、ナイフをその指で撫でた。

「至高の御名において、父と子と精霊の力において、我は悪しきすべての力と種子《たね》を追い払う――」

ソーメーは顔どころか、酒でも飲んだかのように全身を真っ赤にして神咒を唱え続けていた。

元々移り気で飽きやすいソーメーだ。今までにやったこともない長時間の精神集中に、頭の芯が熱くぼーっとしてきた。ふっと意識が遠のくことがある。気絶してしまえば何もかも終わりだ。

ソーメーは自らの腿《もも》をつねって薄れようとする意識を保とうとした。

モーター音がした。

見上げればパネルに明かりが点っている。最上階から階数がカウントダウンされていく。

よし、やった、と念のために神咒を唱えながらソーメーはガッツポーズをつくった。

ほぼ同時にギアが叫んだ。

「できた！」

聖別したナイフを持って、ギアは前に出た。

「哲也！」

叫び、ナイフを投げる。

聖別されたナイフが宙を飛んだ。

哲也はベート相手に苦戦していた。苦戦、などというものではない。ボクシングならタオルが投げ込まれているところだ。それでも哲也は、この喧嘩が楽しくて仕方なかった。十回に一回は拳が入る。二十回に三回は蹴りが決まる。たとえその間に顔が歪むほど殴られていても、哲也は嬉しかった。

怖くなんかねえぜ。

そう思うと笑みさえ浮かんだ。そこにギアの声がした。

宙を飛ぶナイフが見える。ベートの目もそれに向かう。

その一瞬の隙にレンチをベートの顎に叩き上げた。

ベートが頭をのけぞらせる。

ナイフが哲也の足元に落ちた。

拾うと見せかけたが、これはフェイントだ。身体を屈めかけた哲也の背中目掛け、ベートは肘を打ちつけようとした。

その時、屈んだ哲也はナイフではなく、ベートの足首を摑んでいた。

背中に肘が触れる瞬間、哲也は足を思い切り引いた。バランスを崩し、ベートが後ろに倒れる。それが起き上がる前に、哲也はナイフを手にしていた。

慌てて立とうとするベートの喉に、哲也のナイフが吸い込まれた。

柄までねじ込み素早く離れる。

ベートは柄を持って金《かな》切《き》り声を上げた。傷口から黒い煙がもくもくと噴き上がり、肉の焦げるにおいが辺りに立ち込めた。聖別された魔術武器の力だ。

「哲也、ソーメーがエレベーターを動かしたぞ！」

ギアの声だ。とうとう成功したらしい。

哲也はしばらく悲鳴を上げるベートを見てから、エレベーターへと走った。

馬鹿馬鹿しくも甲高いベルの音がして扉が開く。

中からどろどろと赤黒い何かがあふれ出た。

ギアの口から悲鳴が漏れる。

慌ててその場を跳ね退いた。

臓物だ。そして切断された腕、脚、頭。からみついた頭髪が打ち上げられた海藻のようだ。

それと一緒に、血塗れの岩が一つ、転がり出てきた。

周囲に血と肉片を弾き飛ばしながら、ミミズそっくりの節のある触手をばたつかせる。

ゴーレムだ。

四本の触手を使って起き上がると、疲れ切って床に座りこんだソーメーに襲いかかった。ソーメーは悲鳴を上げるだけの気力もない。

そこに哲也が跳びかかっていった。

ソーメーにへばりつくゴーレムを引き剥がそうとする。

岩の怪物が大口を開いた。

（文字を消すんだ）

貢が言った。

「文字を消すんだ！」

ギアが伝える。

その意味を即座に汲み取れたのは、日頃の勉学の成果というべきか。

哲也はレンチをゴーレムの開いた口の上にある文字に叩きつけた。何度も何度も。

文字は削り取られた。

途端、内部から粉砕されたかのように、岩が砕けソーメーの身体に降りかかる。

「怖くねえよ」

哲也が一人呟いた。

脇腹の傷から流れる血は一向に止まる気配もなかった。その顔は見事なくらい腫れ上がり、鼻が横に曲がっている。だがその顔には満足げな笑みが浮かんでいた。

ベートの咆哮が聞こえた。まだ死んではいないのだ。

血と内臓でぬかるむエレベーターにギアがソーメーを引きずり込む。

哲也は声のするほうを見て身構えた。

喉にナイフをつきたてたままのベートが立っていた。かなり弱ってはいる。今までの敏捷《びんしょう》さはもうない。がに股で脚を引きずるように歩いてくる。

「哲也、来い！」

ギアが一階のボタンを押す。

「退け！　坊主」

ベートの背後で叫ぶ者がいた。

米澤だった。

立て膝でベートのほうを向き腰を下ろしている。

立てた脚の腿から、太い筒が飛び出していた。

ベートが振り向いた。

血の色をした目を見開き、牙を剥き出して吼える。

くぐもった発射音がした。

哲也がエレベーターの中に頭から飛び込んだ。

筒から煙を噴き上げ飛び出したそれは、放物線を描いてベートの前でバウンドした。

思わずベートはそれを両手で受け取った。

閃光が広がった。

そして爆音。

ビル全体が揺れた。

三百もの榴弾《りゅうだん》がベートの身体を貫き、かき混ぜ引き千切り吹き飛ばした。

四散したそれがタールのように周囲に付着した。

筒が腿に収納される。

「科学の力を思い知ったか」

言って米澤はエレベーターへと向かった。

9

「ついた……」

開いた扉から一階のフロアに足をつけ、ギアは呟いた。

途中何度かエレベーターは停まった。動いているのを見つけて、乗り込もうと考えた者がいたからだ。しかし血臭とともに扉が開き、解体された人体を踏み付けて立っている金属の大男と、背中に天使を背負った少年を見たとたん、例外なく悲鳴を上げて逃げて行った。

玄関前のフロアに大勢の人間が佇んでいた。運悪く逃げ出すことのできなかった人たちだろう。

「米澤さん、あれを壊すことができますか」

中庭に面した出入り口は、全面ガラス張りだ。防犯や防災を考えて、金槌《かなづち》で殴った程度では割れないであろうということは想像できる。いや、出入り口前に座りこんでいる人の中には手に金属パイプを持っている者がいた。そんなことはもう試した後なのだろう。

「皆さん！」

ギアが大声で呼びかけた。

「今からガラス扉を爆破します。そこから避難してください」

「最低二十メートル離れろ」

ボリュームを上げたのだろう。米澤の冷静な声が大きくフロアに響いた。

誰も玄関前にいなくなってから、米澤は入り口に向かって立て膝をついた。腿からランチャーが突き出る。

発射された榴弾は、掃き出し窓を窓枠ごと吹き飛ばした。

爆音にソーメーがびくりと身体を震わせた。

「わあ、なんだ、なんだ」

「一階に到着さ」

ギアが言うと、ソーメーはほっと息をついて立ち上がった。

塵埃が収まると、米澤が、そしてソーメーを引きずりながらギアが、哲也が、破壊した窓から中庭へと抜け出た。それを見てから、一階に集まっていたみんながそこに殺到した。それほどの人間がいたわけではない。何事も起こらないとなれば、騒動はすぐに収まった。

「ここに公衆電話はあったっけ」

ギアが言うと、隣に立った米澤が答えた。

「中庭の電話も使えない。とにかくここから離れることが――」

どう、と衝撃が走った。

米澤の姿が消えた。

見れば腰から再び二つに裂けた米澤が、大風に飛ばされるゴミ箱のように床を転がって行く。

何が起こったのかわからず呆然とそれを眺めていたギアの背中から、天使が引き剥がされた。

天使は首の後ろをその男の腕に摑まれ、ぶらぶらと身体を揺らしていた。

情けない鳴き声を上げる。

悪戯を見つかった猫だ。

「おまえは……」

「逃げきれると思ったか」

長い外套が風にはためいていた。


蓮見だった。

逃げるか戦うか、一瞬躊躇したギアに、蓮見は片手を振った。虫を払うような仕草だった。事実彼にしてみればうるさくつきまとう虫を払うような気分だったに違いない。

気の塊、蓮見の放ったエネルギー波は大気を裂いてギアに激突した。米澤の身体を二つに裂いた力が腹に叩きつけられた。砲弾を腹で受け止めるのと同じだった。悲鳴の代わりに血反吐《へど》が噴き出した。

後ろに吹き飛ばされ、鞠のように床を二、三度バウンドして横たわる。

「ギア！」

哲也が走りよって、ギアの上体を抱き上げた。完全に気を失っていた。

「図に乗んじゃねえよ！」

そう怒鳴ったのはソーメーだった。

「よせ、ソーメー」

哲也の制止の言葉も耳に入らないようだった。

ソーメーは蓮見に摑みかかろうとした。

それを見ようともせず、蓮見は腕を振った。

ろくに狙いもしなかったエネルギーの砲弾はソーメーの脚に命中した。

つまずいたかのようにソーメーが倒れた。右脚が関節と関係なく折れ曲がっていた。

ひいぃ、とかすれた悲鳴を上げ、ソーメーは起き上がることができない。

哲也が走った。

駆け寄った哲也は、渾身《こんしん》の力を込めて蓮見の脇腹に正拳を叩き込もうとした。

蓮見にその手首を摑まれた。さほど力を入れている様子はなかった。だが手首は生木が折れるような音をたてた。

哲也の顔が蒼褪めた。

手の雫《しずく》を払うように、蓮見は哲也を投げ捨てた。

そして後ろも見ず、中庭の中央に向かった。そこに敷かれたタイルには五芒星形が描かれている。

蓮見は天使をそこに降ろした。

「おまえの力を貸してくれ。ここは三つの五芒星形に守られた結界だ。ここでおまえの力を借りれば、たとえ〈プシュケーの燈火〉を失っていても神の軍勢を呼べる。いいか。始めるぞ」

外套のポケットから〈プロスペロの書〉と〈ピュタゴラスの石〉を出した。そして頭上を見上げ、蓮見は聖句を唱え始めた。瞬く間に頭上を黒雲が覆う。突如夜が訪れたかのように闇が周囲を包んだ。

「オムニポテンス、アエテルネ、デウス、クゥイ」

空に電光が走った。黒の天空に光の亀裂が入る。

天上の異世界に通じる扉が再び開こうとしていた。

その時、聖句を唱える蓮見に近づく者の姿があった。中庭にいた人間は皆どこかに避難し、がらんとしたそこを、ゆっくりと歩み寄って行く。

焼け焦げた迷彩のパンツ。上半身にはかろうじてオリーブ色だったとわかるTシャツの欠片が張り付いているだけ。背中も両手も赤くただれている。頭にはまばらに毛が生えているだけで、ほとんどスキンヘッドだ。

その手はしっかりと鉄パイプを握り締めている。

それは中庭に立つと、聖句を唱える蓮見へとまっすぐ走った。

その姿がふっと消える。

次の瞬間、蓮見の後ろに立って鉄パイプを振り上げていた。

「喰らえ！」

叫びパイプを振り降ろす。

蓮見は上体をひねっただけでそれを避けた。その間も聖句を唱え続けている。

「インフォルマト、エト、ドケアト」

いったん降ろしたパイプを蓮見の顎へ振り上げる。

蓮見は二の腕でそれを受け、摑んだ。摑んでパイプをねじる。

スキンヘッドの人物は一転して地面に投げ落とされた。

哲也はその人物の正体に気づいた。

「龍頭……教官」

頭髪も眉も睫毛《まつげ》もないその異様な顔。しかし間違いなく龍頭のものだった。その右頰に、それだけは古い傷跡が縦に走っていた。

（ギア、ギア、起きて、ギア）

頭の中で呼ぶ声がした。もう少し眠らせてくれ。

ギアはその声に向けて懇願した。

（ギア、僕だ。貢だよ。起きるんだ。今ならあいつを倒せるかもしれない）

「貢……」

（そう、貢だ。龍頭教官が戦っている。協力するんだ）

「どうやって。もう僕たちは戦えないよ」

（戦えるさ。諦めたらおしまいだよ）

「どうやって」

（密教でどう？）

「密教？」

（霊縛法、知ってる？）

「少しは」

（僕も手伝うよ）

霊縛法。文字どおり悪霊を縛りつけ動けなくしてしまう法だ。悪霊のみならず、人間をも身動きできなくさせる密教の呪法の一つだ。

ふらりとギアは立ち上がった。

身体を動かすとぎしぎしと軋む音がするようだ。立ち上がれたことだけで奇跡のような状態だった。

（内縛印から）

ギアは指を内側に両手を組んだ。

「哲也、不動金縛りだ。真言を知ってるか」

「おう」

「唱和してくれ」

「わかった」

哲也がギアの呼びかけに応じて立ち上がった。

（始めるよ。ノウマクサンマンダ・バサラダンセン——）

「ノウマクサンマンダ・バサラダンセン・ダマカラシャダ——」

ギアは真言を唱え始めた。哲也がそれに合わせて唱和する。

「ソワタヤ・ワンタラタカンマン」

（次は剣印）

ギアは両手の人差し指を立て、その先を合わせた。

「オン・キリキリ」

（続いて刀印）

「オン・キリキリ」

「ノウマクサンマンダ・バサラダンセン・ダマカラシャダソワタヤ——」

真言を続けたのはソーメーだ。身体を起こし、座り込んだままで転法輪印《てんぽうりんいん》を組んでいる。

三人揃っての霊縛法が始まった。

その時、米澤は腕で床をじりじりと這っていた。電気系統が故障しているらしく、その腕もまともに動かない。それでもまっすぐ彼が向かっているのは、壊れたマネキンのように横たわっている彼の下半身だ。

ようやく脚にたどりつく。

まだ火花を散らしている腰の切断面へと回り込む。

そして不自由な手をそこに差し入れ、何かを操作した。

小気味良い機械音とともに、ランチャーが飛び出してきた。

米澤は脚を抱えて狙いをつける。

目標は蓮見。


龍頭は適当な間合いを取り、身体を延べることで攻撃、退避を繰り返していた。

蓮見は聖句を唱え続けている。その間、別の呪法を使うことができない。執拗な龍頭の攻撃に、さすがの蓮見も苛立ってきていた。

ギアが最後の印、外縛印を組んだ。

「――バサラダンセン・ダマカラシャダソワタヤ・ウンタラタカンマン」

不動金縛りの法は完成した。

蓮見はギアたちの行う霊縛法など気にもしていなかった。そんなものは身体を一振りすれば振り払うことができると考えていた。確かにそれは事実だろう。普段の蓮見であれば。だが今は、神の軍勢をすべて召喚しようと儀式を続けている最中だった。ほとんどの力がその儀式に費やされていた。

儀式は完成寸前だった。

天空の扉は開き、暖かみのない目の眩《くら》むような光が、真昼のように周囲を照らしていた。

その光を背後に、天使の群れが下降してくる。

蓮見は一瞬前まで前方に立っていた龍頭が、背後へと回った気配を感じた。

鉄パイプが空《くう》を切る音がした。狙いは頭だ。真上から頭蓋を叩き割る勢いでパイプが振り降ろされる。

ほんの数十センチ身体をひねれば避けられるはずだった。だが、不動金縛りの法が瞬時の動きを鈍らせた。

頭だけは横に振った。鉄パイプは肩に叩きつけられ、肩の骨を砕き、勢い余って真下に振り降ろされた。

「退けえええ！」

米澤が叫んだ。

ちらりと米澤を見た龍頭は、一瞬にして状況を把握した。

身体を延べる。

榴弾は大きく円を描いて、蓮見の真横に落下した。一度弾んで天使の足元に転がる。

爆発が起こった。

爆風がうつ伏せになった龍頭の身体を襲う。幾つかの榴弾が背中に食い込んだ。

閃光が収まっても、中庭は真昼の明るさを保っていた。目も眩む光を発しているのは天使ガブリエルだった。

「馬鹿め、取り返しのつかぬことを」

蓮見は肩を押さえ、光り輝く天使から後退った。

千の蜜蜂がはばたくような羽音がした。ガブリエルが、そのいびつな透明の羽根ではばたいていた。


背中から持ち上げられるようにガブリエルは立ち上がった。その手に、黄金に光るものを握っている。

黄金のラッパだ。牧神が手にしているような朝顔の花の形のラッパだった。

蓮見は顔を歪め、天を仰ぎ叫んでいた。

「儀式は中断された。そして天使は目覚めた。しかもいまやそれを統治するものはいない。黙示録が始まる。神が不在のままに裁きが始まる。すべての終わりだよ。おまえたちの無知のおかげでな。一生おまえたちのしたことを悔いるがいい」

天使がラッパを口に当てた。頬が膨らむ。

それは音と呼べるものではなかった。物理的な力を持ったエネルギーの奔流だ。

ギアも哲也もソーメーも、そして龍頭も両耳を押さえた。

ぽとり、とギアの頬を濡らすものがあった。雨かと思った。しかし雨にしては生温かい。指で触れるとぬるぬるしていた。

ポツリポツリと降っていたそれが、一斉に激しく地を打った。生臭い臭いが辺りに立ち込めた。

それは血だ。空から降ってくるのは大量の血だった。

（黙示録だ）

「何だって」

（ヨハネの黙示録、第八章ですよ。第一の御使いがラッパを吹き鳴らした。すると、血の混じった雹《ひょう》と火が現れて、地上に降ってきた）

血に続いて拳大の火の玉のようなものが降ってきた。それは血だまりの中に落ちるとじゅうと音をたて、蒸気を噴き出した。

蓮見は落ちてきたそれを素手で受けた。

「見ろ、終末の始まりだ」

蓮見の手の中にあるもの、それは石だ。しかもその石は赤く焼けていた。蓮見が手を閉じると、焼けた石は黒い砂となって落ちた。

「逃げろ！」

叫んだのは龍頭だ。哲也が座ったままのソーメーに肩を貸して元いたビルへと向かう。ギアも痛みを堪えて建物へと急いだ。

米澤が鰐のように身体を揺すって這っていく。

龍頭を除けば、まともに走れるものはいない。その龍頭にしたところで、本当は動き回れるような身体ではないのだ。

蒸気が立ち込め、周囲を厚い雲の壁で閉ざした。その中を灼熱の石が赤く輝き、降ってくる。たんぱく質の焦げる臭いが、鼻腔の奥に突き立った。

あちこちで悲鳴が聞こえた。

助けを呼ぶ声もする。

意味不明の叫び声も上がった。

焼けた石の直撃も受けずに、全員がビルにたどり着けたのは、神のご加護といえるのだろうか。そこには疲れ果てた顔の人々が、ただ空を見上げ、佇み、座りこみ、横たわっていた。

駆け込むと同時に座り込んだソーメーが言った。

「これはここだけなのか。この周囲だけなのか」

(地の三分の一が焼け、木の三分の一が焼け、また、すべての青草も焼けてしまった)

貢はそれに答えるように、黙示録の一節を呟いていた。ギアはあえてそれをみんなに話そうとはしなかった。

「この建物、いつまで保《も》つかな」

コンクリートの柱にもたれて哲也が呟いた。どこかでガラスの割れる音がする。今この時、ビルの内部で火災が発生していても不思議ではない。

ギアは中庭を見つめていた。降りしきる焼けた石。土に染み込んだ血。それの焦げる異臭と押し寄せる熱気。絶望的な悲鳴。爆発音と、水蒸気に見え隠れする火柱。

この世の終わりがあるとするならまさしくこれだ。

「あいつはこれをどうやったら止められるのか知っている」

自分に言い聞かせるように呟いたのは龍頭だった。

その手に鉄パイプを握り締めたままだった。

音がした。先ほどの天使の鳴らすラッパの音《ね》に似ていた。あの声と同じく、力《エネルギー》そのものを感じさせる声だった。ただ違ったのは、天使の鳴らすラッパの音が暴力的な溢れる力を叩きつけてくるような音だったのに、この音は静かで、どこか心休まる。

風が吹いた。冷風だ。蒸気が波に押し流されるように消えていく。

焼けた石も、血の雨も、今は降っていない。鼻をつく臭いも風が運びさっていった。

蒸気が消えると、街のあちこちで火の手が上がっているのが見えた。どれだけの範囲で焼けた石が降ったのかはわからなかったが、かなりの広範囲に亙《わた》って被害があったのは間違いないだろう。

「あれ……」

ギアは見ていた。中庭を歩く男を。長身で痩せた男は、背を曲げひょこひょこと散歩でもするように歩いている。

「あれは……ヒナだ」

ソーメーが言った。間違いない。中庭を散歩でもするかのように横切っている男は、学校で最も軽んじられている老教師、荒木義二だ。

「あっ、危ない」

ギアが立ち上がった。胸と背中を襲う激痛を堪えて荒木教師の元へと脚を進める。そして、走り出していた。老教師を救いたい一心で。

哲也が、ソーメーがそれに続いた。

「先生、隠れて！」

口々に警告しながら荒木に駆け寄る。

何を勘違いしたのか、老教師はギアたちに手を振って応えた。

龍頭の姿が荒木の横に不意に現れた。

しばらく遅れてギアが、哲也が、ソーメーがそれに追いついた。

そして知った。この不可思議な音が、老教師のすぼめた唇から発していることを。


蓮見の隣に立っていた天使がきょとんとした顔で周囲を見回した。親とはぐれた幼児そのものだった。

そして不意に、するべきことを思い出したようにゆっくりと空を見上げた。

幾枚もの羽根が動き始めた。

何百という蜂が飛び回るような音だ。

羽根の動きは激しくなり、背中に半透明の膜が張られているように見えた。

天使の足が地上から離れていく。

「待て、ガブリエル」

伸ばした腕が空を切った。

天使は空へ飛んでゆき、やがて消えた。

蓮見はただそれを見つめていることしかできなかった。

天使の消えた空から、目を引き剥がし、蓮見は荒木を見た。

「おのれ」

怒りで声が震えていた。

蓮見は折られた肩を押さえ、荒木を睨んだ。

「おまえか、達人《アデプト》荒木」

「アデプト?」

ギアたち三人が声を揃えた。

「先生は伝説の人だよ。呪禁局創成期の呪禁官。最大にして最後の魔術師と呼ばれていた」

龍頭が誰に言うとなく言った。

「あのヒナ、いや荒木先生が」

痛みも忘れてソーメーが言った。

音が唐突に止んだ。荒木教師は身体から芯を抜き取られたように倒れそうになった。

慌てて龍頭が肩を支える。

「まさかおまえが嘯《しょう》を使えるとはな」

口惜しげに蓮見は言った。

「嘯とでもゴーティとでも何とでも呼べばいい、不死者《ノスフェラトゥ》よ」

嘯、日本ではウソフクなどと呼ばれる。口笛で鳥獣の物真似などをする中国古代の技芸だ。だがもっと古い時代には、霊魂、鬼、精霊などを召喚し、雨や風などの自然現象さえ自由に操ることができたと言われる呪法だ。そしてゴーティもまた、今ある神よりも古い起源の神のために唱える聖句。決して人には発音できない音として発せられるという。いずれにしろ超古代にあった秘法によって、荒木教師は天使の引き起こした大惨事を収めたのだ。

「〈星の知慧派教会〉首領《チーフ》、達人新宮が殺されたと聞いた時からおまえではないかと思っていたんだよ。ところで、ちょっと教えてはもらえないか」

「達人荒木に教えを乞われるとは光栄だね」

「二つの世界がある。それはともに相容《あいい》れぬ世界だ。その二つの世界の間には不可視の皮膜がある」

「それはたとえだね」

「もちろん。それは手に触れることのできる皮膜などではない」

「それで」

蓮見は先を促した。

「二つの世界の間でその皮膜は揺れている。ほんのわずかな揺らぎだが、それは一つの世界、つまり我々のいる世界にささやかな風を起こす。それが霊的な力の正体だ。違うかね」

「ほう、流石は達人だ。人にそのようなことを知られていようとは思ってもみなかった」

「どのようなことが起こったのかはわからない。それは人の触れることのできない事象なのだろう。が、とにかくその皮膜が破れた。小さな穴が空いたのかもしれない。それまでの力を微風《びふう》とするなら、それは嵐にも等しい力を巻き起こした。それが今の社会だ。どうだね」

「あれから、よくもそれだけのことを知り得たものだ。感心したよ」

「漏れでた力は、やがて等分の力によって押し返される。それも事実か」

蓮見は小さく頷いた。

「おまえはもう一つの世界より漏れ出《いで》た力。その力が人の形を得たもの。これはどうだ」

蓮見は答えない。ただじっと痩せ細った老人を見ている。

「……答えたくないか。ではこれはどうだ。やがて霊的な力はその効力を失うのだな。おまえはそれを妨げようとして――」

「私はおまえのような魔術師の味方さ」

「おまえに味方をしてもらうぐらいなら、魔術師であることを捨てた方がましだよ。さあ、あまり長く生きるのも辛かろう。私が聖句を唱えてやる。おとなしく召されるがいい」

「以前のようにはいかんぞ、荒木。おまえは忘れている。あの時とは違う。おまえはもう若くはないのだ。今のおまえを見てみろ。聖句を唱えただけで、一人で立つこともできないではないか」

「やってみないとわからないぞ」

荒木は両脚を開き、両手を前に出してホルスのサインの体勢をとった。

龍頭が、ギアが、哲也が、ソーメーが、それぞれに身構えた。

「おまえたちには相応しい相手を紹介してやろう」

蓮見が粉でも振りまくような仕草をした。

（気をつけて。使い魔だ）

霊体である貢の目には、四体の猿のような生き物が見えていた。だがギアたちには何も見えない。

使い魔、日本では陰陽道で式神と呼ばれる。召喚されたものの命令どおりに動く異界の生き物だ。鳥や獣の姿をとることもあるが、その多くが不可視の身体を持つ。

いきなり哲也が殴り倒され、ソーメーが身動き取れなくなる。後ろから羽交い締めにされているのだ。

（右から来た）

貢の言葉に、とっさにギアは左によけた。右頬から血飛沫《しぶ》く。使い魔の長い爪で頬を裂かれたのだ。

ギアも哲也もソーメーも、とうていこれ以上戦える身体ではなかった。たちまちの内に使い魔に押さえられ、殴られ、肉を裂かれる。

その間に蓮見は一歩で間合いを縮め、一振りの剣のような回し蹴りで荒木を襲った。

かばうべく動こうとした龍頭の首に、鞭のような腕が巻きついた。

龍頭の目前で荒木はまともに蹴りを受ける。痩せた荒木の身体はサッカーボール並みの勢いで撥ね飛ばされた。

「先生！」

虚勢を張ってはみたものの、荒木は天空の裂け目を繕うための呪法で、体力をあらかた使い果たしていた。

二転三転して地に伏せたまま動かない。

蓮見が歩み寄る。

龍頭は見えない敵の腕を摑み、ジャンプして真後ろに背中から落ちた。首に絡んだ腕の力が緩む。間髪入れず腕を引き剥がし、不可視の怪物を地に叩きつけた。

二度、三度、と龍頭は怪物を投げ、振り回し、叩きつける。その間も決して手を離さない。

相手が動かなくなったのを確認して、龍頭は蓮見に突進した。

やにわに振り向き、蓮見は腕を振った。

エネルギー波が龍頭の胸に衝突した。カウンターで気の塊を受けた龍頭は、その場にうずくまった。

蓮見が笑った。

「まただな。これで二度目だ。おまえが大事にしている人間を目の前で殺されるのは」

ギアは怪物に仰向けに押し倒され、その下でもがきながらその台詞を聞いていた。

龍頭の目の前で父は殺された。蓮見が言っているのはそのことだろうか。そうであるなら、どうしてそんなことを知っているのだ。当時の報道では父の死だけが知らされていた。誰といた、などということは報道されなかったのだ。

感情というものは、考えている以上に肉体に影響を及ぼす。ギアの全身を襲う痛みも疲労も、わき出る感情に押し潰されていく。

「貢、敵の顔は俺の近くか」

(そうだよ)

ギアは頭を急にもたげた、額が使い魔の顔面にぶつかった。不利な体勢からの頭突きではあったが、それでもギアを押さえつけている力は弱まった。

吐き気を催す胸の激痛に耐え、ギアは思い切り身体を起こした。

「ノスフェラトゥ!」

叫び、後ろから蓮見の脚にタックルした。力足らず、足首を摑んだだけだった。

それをあっさりと振り払うと、蓮見は踵でギアの頭を踏みつけた。

頭蓋がみしっと鳴り、顔が土の中に埋まった。

「教えてくれ」

顔をねじって必死で喋り続けた。

「おまえが殺したのは葉車という名の呪禁官か」

蓮見は怪訝な顔で振り向いた。

「後でそういう報道があったような気がするが……」

蓮見は脚を頭からどけた。

ギアは蓮見を見上げた。

「そう言えば、おまえはあの男に似ているな。私が殺した男に」

父親を殺したのはこの男だ。

そう思ったとたんに身体に震えがきた。憎悪が癌《がん》細胞のように身体の中で増殖していく。

怒りと憎しみがギアの身体の中でコントロールできないほど膨れ上がっていく。

身体が震える。寒くて仕方がない。身体から熱が急速に奪われていくのを感じていた。

憑依が始まろうとしていた。

ギアに悪霊が憑依する鍵は恐怖だ。しかし恐怖は怒りと同質のものだ。恐怖は簡単に怒りに転化し、怒りが恐怖に変わることもままある。

ギアには細胞の一つ一つが賦活《ふかつ》されていくのがわかった。脂肪がたちまち燃焼してエネルギーに還元されていく。己の身体が原子炉《げんしろ》にでもなったかのようだ。

震えるギアを、蓮見は怯えているのだと勘違いしていた。

見上げるギアの顔を爪先で蹴り上げようとした。

手加減のない蹴りだった。

顔面に迫った蓮見の爪先を、ギアは口を開いて待った。その口の中で、剃刀のような牙が育っていた。

ギアは蹴り上げる爪先を噛み切った。

蓮見が長々と絶叫した。

その間にもギアは獣へと変形していく。

骨がみしみしと音をたてた。指先から尖った鉤爪が伸びる。大きく湾曲した背骨がシャツを破り、獣毛に覆われた逞しい背中が現れた。今まで彼を苦しめていた痛みは消え去っていた。

ギアは両手をついて身体を起こした。変形した脚から靴が脱げ落ちた。すでに直立できない身体になっていた。

ギアは蓮見を睨み、咆哮した。憎悪が炎となって蓮見の身体を焼いた。

「止めろ」

蓮見は後退った。焼けた石が降るのにも平然としていた男が怯えていた。それだけの力を、かつてはギアであったその獣は持っていた。

狼とも虎ともつかぬその巨大な獣は、形を持った怒りそのものだった。

膨れ上がった背中が、粘液を散らしながら弾けた。

巨大な翼が広がった。

黒い皮膜の、蝙蝠のような翼だ。

ギアは一声吠えて蓮見に飛びかかった。

一歩下がってのけぞった蓮見の腹を、その鋭い爪が裂く。

外套ごと肉が裂け、血がほとばしった。

蓮見は後ろに倒され、脇腹を押さえてのたうちまわった。

太く逞しい四肢で、ギアは蓮見に近づいていく。

「止めろ！　止めてくれ」

哀願する蓮見に、呪術を使う気力はなかった。

優美とも思える姿勢で、ギアが跳んだ。

蓮見の身体に覆い被さる。鮫《さめ》の牙にも似た爪が蓮見の両の肩を押さえた。

開いた口腔が喉に迫る。

ずらりと並んだ小指ほどの牙が、喉の肉を嚙み千切った。

血飛沫があがった。

蓮見の端正な顔が、醜く歪んだ。

悲鳴はあがらなかった。その代わり、絶叫の形に開かれた口から、光の球が飛び出した。それは弾かれたパチンコ玉のように円弧を描き空へと飛ぶ。

それこそが不死者《ノスフェラトゥ》の正体だった。蓮見という人間は、その光の球の入れ物にしか過ぎない。不死者《ノスフェラトゥ》は光り輝く力《パワー》そのものなのだ。

かつて龍頭が戦った蜘蛛のような老人は、この力に操られていた。そして老い、用なしになった肉体を捨

て、それは幼い男娼、蓮見に乗り移ったのだ。

だが、ギアがそんなことを知るはずもない。父の敵である蓮見こそが、彼の憎悪の対象だった。

彼は動かなくなった蓮見の身体を、しばらく弄《もてあそ》んでいた。やがて蓮見は原形さえとどめぬ肉塊に変わり果てた。

ギアは顔を上げた。

そこに荒木がいた。

意識が戻ったらしく、ぼんやりとギアを見ていた。

ギアは興奮が収まらなかった。その怒りは方向を見失ってなお、彼の身体の中で燃え盛る炎となって暴れていた。憎悪が汗となって全身から流れる。

ギアの目に映った老教師は、次なる生け贄でしかなかった。

唸り声を上げて荒木に近づく。

(駄目だ、ギア！　それは荒木先生だ)

頭の中の貢の声も、ギアには理解できなくなっていた。

止めろ、止めるんだ、そう叫ぶ哲也たちの声も聞こえない。

ギアは咆哮した。

顎から唾液が滴った。

荒木へと跳躍すべく、ギアの頭が下がった。

その時だった。

荒木はギアへ、まっすぐ腕を伸ばした。

その腕の先で、ギアに向けて掌が開かれた。

蓮の花が開くように優雅な動きだった。

目には見えないが、そこから春の陽射しのように暖かい波動が流れてくるのをギアは感じた。

怒りと憎悪が、瞬く間に音を立てて蒸発していく。

「眠るがいい」

老教師の言葉に、ギアは目を閉じた。

「何もかも終わったんだよ」

その言葉が優しく身体の中にしみ入ってくる。

巨大な獣は血と殺戮を忘れ、優しいまどろみの中に身を任せた。

終章

救急車と消防車とパトカーが狂ったように走り回ったあの日。悪魔の大惨事、などと報じられたあの日からすでに二カ月経っていた。

「しかし何だよね、ソーメーも運が悪いよな」

胸を分厚いギブスで押さえられ、ロボットのようになったギアが言った。

「まさかあいつだけが死んじゃうとは思わなかったもんな」

「勝手に殺すなよな」

両脚を吊られ、お産する豚のような姿勢でソーメーが言った。

「笑わさないでくださいよ。笑うと全身が痛むんですから」

ひと月前まで集中治療室にいたなんて思えない元気さで貢が言った。ただし全身ギブスに包まれツタンカーメンの、ミイラのような有り様だが。

「知ってるか。あの米澤って男」

複雑骨折して固定された腕を身体に縛り付け、哲也は無事だった腕で腕立て伏せをしていた。

「あいつさ、結局罪にはならなかったらしいぜ。なんだか〈ガリレオ〉っていう科学団体が弁護士雇って不起訴に持ちこんだんだってさ」

四人とも生きているのが不思議なような状態で運ばれて二ヶ月。その間に年が変わってしまった。

ギアのベッドの横に広い窓があった。ギアは首だけねじって窓の外を見ていた。この二カ月間、ずっと眺めていた景色だ。

瓦礫《がれき》と化した家が所々にある。ようやく最近、取り壊しが始まったところだ。街並みも変わっていくに違いない。

何もかもが変わっていく。

望月も、小鴨も、大賀茂も、今はもういない。いなくなればいいのに。何度もそう思ったギアが、今一番感謝しているのがこの三人だった。養成学校で、最も多くのことをこの三人から学んだような気がしていた。

荒木は教師を辞めてしまった。彼はあの時の怪我で半身不随《ふずい》になっていた。ギアは彼から葉書を受け取っていた。以前から積み立てていた金で養老院に入るという。これからは年金暮らしで読書と魔術研究と、そしてこれは内緒だが、という断り付きで、降霊術に励むと書いてあった。

龍頭も学校を辞めた。彼女は呪禁局に戻ったという。その気持ちはギアにも少しだけ理解できるような気がした。きっと何かが吹っ切れたのだ。

荒木も龍頭も、ここことは別の病院に運ばれ、今でもそこで療養中だ。

この二人の教師から、ギアは呪禁官というものが一体どんなものなのかを学んだ。それはただあこがれを感じる呪禁局の花形ではなく、かといって単なる職業の一つでもなかった。

貢もソーメーも哲也も、それぞれに変わっていた。あの夏休みの野外演習からあの日を経て、おそらくみんな決定的に変わったことがあるはずだ。

ギアにしてもそうだった。

呪禁官に対する幼いあこがれは、今はない。父親がどのような気持ちで呪禁官という仕事を続けていたのか、それがわかるような気がしている。

大人になったのだ、などと言えばすかさずソーメーにからかわれそうだったが、それでもギアが父親に一歩近づいたのは間違いないだろう。

ギアは窓の外を眺めていた。

変わりゆく街の頭上に視点を移せば、空一面の青が見える。地球が生まれたときから変わらずあるだろう不変の大空が見える。

ギアは自らが変わりゆくことで、永遠に変わらないものを見つけたような気がした。

了

針山宗明の受難

1

「顔色悪いよ」

久しぶりに寮に現れたソーメーを見るなりギアは言った。

続けて部屋に入ってきた貢は思わず「わっ」と声を上げた。それから恐る恐る訊ねる。

「あの、大丈夫？」

「大丈夫だけどね」

ソーメーは弱々しい声で答えた。

続けて入ってきた哲也は、一瞬身体が強ばって動けなくなった。

「ま、まさか」

呟《つぶや》く哲也にギヤは違う違うと手を振った。

「幽霊じゃないよ」

苦笑いしてそう言ってから、じっとソーメーの顔を見て付け加えた。

「たぶん」

ソーメーは痩《や》せていた。いや、やつれていた。あのぷるんぷるんの脂肪ではち切れそうになっていた肌は萎《しぼ》み、細かな皺《しわ》が寄っていた。頬は痩《こ》け、目の下には黒々と隈《くま》ができている。

「何があったの」

不安そうな顔で貢が訊ねる。春休みに入って一週間。ソーメーを見なかったのはたった五日。その間の激変だ。

「下痢《げり》じゃないの？　下痢だよ、下痢。腹下《くだ》してるだろ」

哲也が言った。

「医者に行かなきゃ」

貢が言うと、ギアは首を振った。

「あり得ない。ソースのついた面を下にして落ちたピザをなんの躊躇《ちゅうちょ》もなく口に入れて平気なこの男が、腹など壊すわけがない」

「じゃあ何か心配なことでも」

貢が言い終わる前にギアは否定した。

「それもあり得ない。明日人類が滅びるという日でも、揚《あ》げたてのコロッケとメンチカツのどっちを先に食べるか悩む人間に、食事以外の心配などあり得ない」

「あのなあ、いいかげんにしろ」

ギアに抗議するその声にいつもの力がない。大きく溜め息をつくと、折れるように椅子《いす》に座り込んだ。

「何があったんだ」

さすがのギアも心配になって訊ねた。

「ダイエットだよ、ダイエット」

「ダイエット?」

三人が声を合わせた。ソーメーはこの世で最もその言葉が似合わない男だ。

「春休みに入る直前、全生徒が健康診断を受けただろう。あれの結果が出てさあ、校医に呼び出されたんだよ。それで……痩せないと死ぬよ、って言われちゃって」

げっそりとした顔でソーメーは言う。すかさずギアが言った。

「確かに普通の人間なら死にたくなるほどデブだかしらな」

「いや、そう言う意味じゃない」

「で、絶食してるの? 無理なダイエットは肥満《ひまん》より身体に悪いよ」

貢が心から心配そうな顔でそう言った。

「有り得ん」

またギアだ。

「こいつが食うことを諦《あきら》めるわけがない。いつものようにたらふく食べて運動もせずに痩せられないかなあと寝ながら考えただけに違いない」

「さすが親友。恋人以上に俺のことを良くわかっている」

「恋人なんかいないじゃないか」

「じゃあ、おまえが恋人でいいよ」

「……やっぱり心配するだけ馬鹿らしい相手だった

な」

「最初から心配もしてないだろうがよ」

「そうだけどね。で、どうやったらそんな不健康に痩せられるんだ」

「科学の力を借りたんだよ」

「科学！」

ギアと貢と哲也が声を揃えた。

「おまえみたいな人間が安易に科学に流れるんだよ。まさか科学カルトみたいなのに入信したんじゃないだろうな」

蒼褪《あおざ》めた顔を覗き込んでギアは言った。

「しないよ、そんなこと」

「じゃあ何をしたの」

この場にいる人間の中で、たった一人だけ心からソーメーのことを心配している貢が訊《たず》ねた。

「化学《ケミカル》ダイエットだよ」

貢とギアは互いに顔を見つめあった。

「それがなんだかわかんないけど、ダメな方法だってことはわかる」とギア。

「ダメってわけじゃないだろう。実際体重は落ちたしさ」

「だからその落ち方が問題なんだってば。化学ダイエットってどんなことするんだよ」

「だいたいこんなの服《の》んでるんだけどね」

ソーメーはポケットからビニール袋を取りだしてきた。中に色とりどりのカプセルや錠剤《じょうざい》がごちゃごちゃと入っている。

「ちょ、ちょっと待って」

貢がその袋を見て言った。

「何種類の薬服んでるの。っていうか、これまさか一回分？」

「そうだよ。これを一日四回」

「馬鹿か」

ギアが呆《あき》れ顔で言った。

「馬鹿じゃない」

きっぱりとそう言うと、袋からざらざらと薬を出してテーブルに広げ、解説を始めた。

「これがオルリスタットのカプセルね。脂肪の吸収をきっちり阻止する薬ね。それでこっちがＰＰＡ。食欲を抑制《よくせい》して脂肪を燃焼させるんだよね。これがヨヒンビン。脂肪を分解して再吸収を阻止するんだよ。それからこっちはフェンフルラミン。やっぱり食欲抑制剤だね。で、こっちは――」

「この薬はどこで手に入れた」

哲也に睨《にら》まれ、ソーメーは目を逸らす。

「どこでって、いろいろと……」

「医者の処方箋《しょほうせん》がいる薬ばっかりだよな」

「よくご存じで」

「こっちのはエフェドリンだろ」

「そ、そうだけど」

「これが何か知ってるのか」

「喘息《ぜんそく》の薬だよね。食欲を抑えるって――」

「自殺行為だ」

「えっ？」

「今時化学薬品なんていう時代遅れのブツを扱う人間は少ないけどな、それはほとんど覚醒剤《かくせいざい》と同成分だよ。田舎行くと薬屋を名乗って売ってる人間がいるってきいたが、そんなもん、この時代に誰が買ってるんだって思ってたんだが、まさかおまえがなあ。これ、しゃれになんないぞ」

哲也は薬をかき集め、袋に入れるとゴミ箱に捨てた。

「あああ」

ソーメーが慌《あわ》てて拾おうとするのを、ギアが止めた。

「ああじゃないよ。哲也、それ、本当なの」

ギアに訊かれ、哲也は頷《うなず》いた。

「所持は合法かもしれないが、ソーメーが手に入れた手段はかなり問題だ。が、それ以上にこんなもん服んでたら、本当に死ぬぞ」

「ソーメー、本当に身体大丈夫なの。身体の調子、おかしいことないの」

貢に聞かれソーメーは笑いながら答えた。

「大丈夫大丈夫。ただ手が震《ふる》えるんだよね、最近。それになんだかふらふらして身体が怠《だる》いし、毛が抜けるし」

「死んじゃう。ソーメーが死んじゃう」

貢が悲鳴を上げた。

「おまえが馬鹿だって事は充分わかった」

うんざりした顔でギアは言うと、ソーメーの肩を抱いた。

「なあ、もう少しまともなダイエットをしろよ」

「まともって、何。どういうのがまともなわけだよ」

唇《くちびる》を尖《とが》らせる。無理矢理瘦せた為に皺が口の周りに細かく寄って、まるで肛門《こうもん》だ。

「ソーメー、ＢＭＩって知ってる」

貢が訊ねた。

初めて聞きました、という顔でソーメーは首を振る。

「Body mass index の略でね、体格指数って呼ばれる、肥満の指針になる数値のことなんだよね。ソーメーって身長何センチだったっけ」

「百八十」

「あからさまな嘘だよな」

すかさずギアが突っ込んだ。

「わかる？」

「百七十ないだろう」

「百六十八」

「体重は？」

「九十二キロ」

「それはさば読んでないか」

「これは本当」

「ＢＭＩは体重を身長の二乗で割ったもの。単位はキログラムとメートルね。だからソーメーの場合のＢＭＩは三十二・六」

電卓で計算しながら貢が言う。

「ということは肥満二度。まあまあの肥満体だね」

「まあまあってどういうことだよ」

「ソーメーの場合は理想体重六十二・一キログラムだよ。つまり三十キロぐらいは落とさないとね。それで今は何キロなの」

「七十四キロ。頑張っただろう」

「でもそれは哲也の言うみたいに身体を壊すだけだよ。死んでも良いの？」

ぶるぶると頭を横に振った。

「わかった」

そう言うと哲也はシャツを脱いだ。いきなり上半身裸になった。見事に引き締まった身体だ。ノミで刻んだように腹筋が六つに分かれている。

「俺がダイエットの基本を教えてやろう」

どういうこと、とソーメーは周囲を見回す。ギアと貢が目を逸《そ》らせた。

「いいか、話は簡単なことだ。摂取《せっしゅ》したカロリー以上に運動でカロリーを消費すれば良いわけだ。つまり、動け」

「ええと、あの、俺も脱ぐの？」

哲也は当然という顔でソーメーを見た。

「なんでこうなんだよう」

言いながらカーディガンを脱ぎ、トレーナーを脱ぎ、ネルシャツを脱ぎ、長袖《ながそで》の肌着《はだぎ》を脱ぎ半袖の肌着を脱ぎ、最後にタンクトップを脱いだ。

「どんだけ着てんだよ」

呆れ顔でギアが言うと、情けない声で寒いんだもんと呟いた。その肥満体型はほとんど変わることなく、ただ皮膚《ひふ》だけが萎《しお》れてたるんでいる。それがさらに情けなさを倍増させる。かつては肥満していたお爺《じい》さんのような身体だ。

「さあ、おふざけはここまでだ」

哲也がまっすぐソーメーの顔を睨みながら言う。

「いや、全然ふざけてないんですけど」

そういうソーメーの顔に哲也は顔を近づける。ほとんど額がくっつきそうだ。

「いいか、死にたくなかったら俺の言うとおりにしろ」

「ちょっと、変なスイッチ入っちゃってないかい」

ギアがそう呟いた。

2

「それじゃあ、早速トレーニングを開始する」

ソーメーも哲也も、授業で使う学校指定のジャージ姿だ。寮の前の駐車場に集合したのは早朝五時半だ。

「気を付け！　私が教官の吉田軍曹である」

ソーメーが「えっ」と声を上げる。ギアが貢と顔を見合わせた。やっぱり変なスイッチ入ったままだ。目でそう言い交わす。

「あの、哲也……」

ソーメーが質問をしかけたとき、哲也は普段の十倍ほどの声量でこう言った。

「話しかけられたとき以外は口を開くな。口でクソを垂れる前と後に『サー』と言え。わかったか」

「サー、イエッサー！」

えええええっ、とギアと貢は声をあげた。言わせる方も言わせる方だが、なんでソーメーはそこまで即座に順応出来る。

「もっと大声出せ！」

「サー、イエッサー！」

「そのふにゃふにゃの身体はなんだ。貴様は女か」

「サー、ノーサー！」

「いいや、それは男の身体じゃない。今日から貴様のことはお嬢ちゃんと呼ぶ」

「サー、イエッサー！」

「いいか、ダイエットは肉体強化だ。基礎体力のないものにナイスバディは作れない。さあ、鉄アレイを持て」

「サー、イエッサー！」

いつの間に用意したのか、ソーメーの目の前に五キロの鉄アレイが置かれてあった。いつも哲也がトレーニングをするときに使っているものだ。

「腕を伸ばして前で持て。上げる。下ろす。上げる。下ろす。いち！　にい！　いち！　にい！　お嬢ちゃんは厳しい俺を嫌うだろう。だが憎めば憎んだ分だけ学ぶのだ。お嬢ちゃんが俺の訓練に生き残れたら——その時は貴様が立派な男になったということだ。その時の貴様は筋肉に命を捧《ささ》げるダイエットの戦士だ。美しい肉体に祈りを捧げる筋肉の司祭《しさい》だ。だがそれまではウジ虫だ！　豚だ。微笑み豚だ！　地球上で最低の生命体だ！　休むな、続けろ！　いち！　にい！　いち！　にい！」

ソーメーは必死の形相で鉄アレイを持ち上げては降ろす。

腕立て伏せと鉄アレイの上げ下ろしで、その日一日が終わった。ギアも貢も、これが哲也の単なるおふざけだろうと、その時は思っていた。しかしソーメーは、これに懸垂とスクワットに、走り込み一日二キロを加えたトレーニングを、なんと一週間続けたのだ。確かに哲也に強制されているとはいえ、貴重な春休みを使って、あの人一倍怠《なま》け者のソーメーが、である。

いや、もちろんそれを熱心に指導する哲也も哲也だ。そして文句を言いながらもほとんど毎日見学に行くギアと貢もどうかと思える。何か不可思議な熱気に突き動かされての一週間だった。

そしてその日も駐車場でギアと貢はソーメーたちの到着を待っていた。

遠くから歌声が聞こえてきた。間違いない。哲也とソーメーだ。

——日の出と共に起き出して

哲也がそう歌うと、続けてソーメーが同じように歌う。

——日の出と共に起き出して

また哲也。

——走れと言われて走り出す

そして同じようにソーメー。

——走れと言われて走り出す

ものすごく単純なリズムだ。

ギアも貢も映画などで聞いた事がある。

ミリタリーケイデンスと呼ばれる、軍隊が訓練するときに歌う行進曲だ。

ずっと歌は続いている。哲也、ソーメーと同じ歌詞を繰り返し続ける。

――俺たちゃ天下のダイエッター　俺たちゃ天下のダイエッター
――筋肉つくりゃ世界一　筋肉つくりゃ世界一
――俺の筋肉　俺の筋肉
――貴様の筋肉　貴様の筋肉
――具合良し　具合良し
――すべて良し　すべて良し
植え込みの横に座り込んでみていたギアたちの前にやってきて歌が止まった。

「よーし、今日はここまで」

「サー、イエッサー！」

「寮に入って筋トレ開始」

「サー、イエッサー！」

駆け足で寮に入っていく二人をギアと貢がついていく。

「で、なんなんだよ、ダイエッターって」

ギアが言うと貢が首を傾げる。

「それより、なんかソーメー、ふらふらでしたよ。顔色も悪かったですけど、大丈夫ですかね」

「大丈夫だろう。ある種不死身だからな」

「ホントですか。確かにあのハードな訓練を一週間は続けてきたわけですからね、でもどう見ても今にも倒れそうですよ」

「アレぐらいでちょうど良いんだよ。今まで運動サボりすぎなんだから」

部屋に入ると、二人はさっさとジャージを脱いで上半身裸になった。

「それより、あれはどういうことだろうね」

ギアが言う。

「あれって？」

貢が訊ねる。

「ソーメーは一週間半端《はんぱ》なく身体を鍛《きた》え上げていたよね」

貢が頷《うなず》く。

「それなのに、どうしてあんなだらしない身体のままなんだ」

確かにそうだ。

薬を止めたら一日で元の身体――つまりはそこそこの肥満体――に戻ったのだが、それがまったくそのままなのだ。つまり以前のソーメーの身体と変わらないのだ。これだけ運動しているのだ。もうちょっと筋肉が出来ていてもおかしくない。急激に身体を動かすと、骨の動きについてこれない脂肪が数秒遅れてびょ～んとついてくる、あのだらしない肥満体はまったくそのままだ。

「さあ、早速今日はスクワットだ」

仁王立ちの哲也が言った。

「サー、イエッサー！」

直立不動でソーメーが答える。

「もう貴様は呪禁官として恥じることのない肉体を手に入れようとしている」

「サー、イエッサー！」

「お嬢ちゃんは筋肉を愛しているか」

「サー、イエッサー！」

「俺たちの商売はなんだ、お嬢ちゃん」

「呪禁官！　呪禁官！　呪禁官！　呪禁官！」

「よし、お嬢ちゃん、かかれ」

スクワットが始まった。

「脚幅《あしはば》は肩より少し大きく。背中を丸めない。太腿《ふともも》に力が入っているか」

哲也はスクワットを続けるソーメーの腿の裏をぴしゃりと叩いた。

「サー、イエッサー！」

「膝《ひざ》を曲げすぎない。また背中が丸くなってるぞ。お前は海老《えび》か。太腿が床と平行になるまで、よし、そこだ。そこで五秒キープ。さん、しい、ご、良し、元の姿勢に戻れ。最初からだ。膝を曲げてそこで五秒」

と、その時突然ごほっ、と咳き込《せ》みソーメーがその場に跪《ひざまず》いた。

その手をじっと見ている。

掌《てのひら》に血がついているのだ。

己の掌を凝視《ぎょうし》しながら仰け反ると、ソーメーはそのまま後ろ向きに倒れてしまった。

貢が悲鳴を上げた。

「死んじゃう。ソーメーが死んじゃう」

「ヤツはあれぐらいじゃ死なないね」

ギアが言う。

「だって血反吐《ちへど》、吐いてるよ」

「危険になったら内臓を吐いてでも逃げ出す男だ」

「ナマコじゃないんだから」

「いや、ほぼナマコと同等。タコよりは劣《おと》る。それがソーメーだ」

ギアが無茶苦茶を言ってもソーメーには何の反応もない。

哲也が、倒れたソーメーを見下ろして言った。

「ちょっとやり過ぎたな」

その通りだと貢は思った。

3

「このままじゃあ痩せる前に死んじゃうよ」

ベッドに横になってソーメーは言った。

あれからすぐにソーメーは立ち上がった。血反吐を吐いたように見えたのは、ただ単に走っているときに唇を噛《か》んで血が流れただけだった。そしてその血を見て、貧血《ひんけつ》を起こして倒れてしまったのだ。あの後、寮の食堂で背脂《せあぶら》だらけのラーメンを掻《か》き込んで、すぐに元気になった。

「こいつは死なない」

ギアが断言《だんげん》した。

「だから心配したら損なんだってば、貢」

さすがの貢も頷いた。

「でもね、それでも痩せないと長期的には身体を壊すのは事実でしょ」

「そうそうそうなんだよ、貢君」とソーメー。

「だらだらして横になって、食いたいものをたらふく食って痩せる方法ってないのかよ」

世の中間違っとる。

そう言ってソーメーは憤慨した。もちろん誰も同意はしない。

「しかし、あれだけ運動して、筋肉らしい筋肉がまったくつかないというのはどうなってるんだ」

哲也は、巨大な氷嚢《ひょうのう》のようにベッドに横たわるソーメーを見て言った。ベッドの上にウォーターベッドを載《の》せたようなものだった。

「体質だよね。どうしようもないよね。それはそれとして腹減ったなあ。なんかないの。胃にがつんとくるような脂っこいもの」

「どうしてもこいつに協力しないと駄目か」

哲也がソーメーを睨みながら溜め息交じりに呟いた。

「やっぱりあれしかないですね」

貢が言った。

「あれって？」とソーメー。

「だからですね、ぼくたちは何者かと言うことを考えてください」

「何者かって、何が」

今度はギアが訊ねる。

「だからですね、ぼくたちは呪禁官候補生。魔術の専門家ですよ」

三人が頷いた。

「それがなんでダイエットになると突然科学的にとか合理的にとか言い出すわけですか」

ギアが言う。

「ふむふむ、なるほど。だいたいわかってきたけど」

「わかりますよね。そうです。ここでこそ魔術を使うべきでしょう」

「正論だね」

ギアが言った。

「で、どうするの」

ソーメーが他人事のように訊ねた。

「餓鬼《がき》です。餓鬼を憑依《ひょうい》させるんですよ」

餓鬼。それは六道《ろくどう》地獄の一つ、餓鬼道に棲《す》む亡者《もうじゃ》だ。精神的にも物質的にも欲深いものが落ちる地獄で、餓鬼となった亡者はそこで永遠の飢餓に苦しむ。そんな場所が本当にあるのかどうかは立証されていない。しかし正式に召喚《しょうかん》すれば餓鬼が現れるのは事実だ。

「餓鬼に憑《つ》かれた者は、何を食べても飢えが満たされず痩せていくのだといいます。まさに魔術的ダイエットですよ」

「それはいいかも」言ったのはギアだ。

「たぶん欲深いという一点で、ソーメーとも相性の良い化け物だしな」

「面白い面白い」

「さっそくやろうか」

「やろうやろう」

「決定！」

「賛成！」

「いや、ちょっと、待て、早まるな。おまえたち、餓鬼ってもうそれは確実に化け物だよね。それを俺に憑依させるってことだよね。それってどうなの。大丈夫なの」

戸惑《とまど》うソーメーを置き去りにして早速準備が始まった。

おのおの必要な道具を揃え、みんなで養成所裏にある小川の岸辺に集まる。貢が参考にしている『仏説救《ぶっせつぐ》抜焰口餓鬼陀羅尼経《ばつえんくがきだらにきょう》』には、儀式を本堂内陣では行わないこととあるのだ。

時刻は既に夕暮れへと近づいていた。

「施餓鬼《せがき》会と同じ考えでいいのかなあ」

シンプルな箱壇《はこだん》を設置しながらギアが訊ねる。

「大丈夫なはずだよ」

作業の手を休めず貢が答える。

「でも盂蘭盆《うらぼん》とは別物なんだよね」

日本における盂蘭盆会とは先祖供養《くよう》の日、要するにお盆だ。そしてその原型となるのが、餓鬼道に落ちた亡母《ぼうぼ》への供養伝説に由来する施餓鬼会だ。今からギアたちが行おうとしているのがその施餓鬼会であり、これをすれば成仏《じょうぶつ》したさに餓鬼道の亡者が集まってくる。その中の一体をソーメーに憑依させようというのが今回の作戦なのである。

「本来は毎夜する修行みたいだけど、それは許してもらおうかなと思って。たった一回だけだけど、上手くいけば餓鬼がたくさん集まってくるはずなんだよ——あっ、三界万霊牌《さんがいばんれいひ》はそこに置いてください——集まればその中の一つぐらいはソーメーに取り憑くんじゃないのかな」

「そんないい加減な」

ソーメーが抗議する。その肩をギアはぽんぽんと叩いた。

「あのくそまじめな貢がだよ、こうして適当にやっても物事は前に進むことを知ったわけですよ。この成長を共に祝えないのかね、君は」

「祝えねぇよ。単に俺のときだけ手を抜いてんじゃないのかよ」

「まあ大丈夫ですよ。何の考えもないというわけでもないですから」

貢は五如来《にょらい》の名を記した五色《ごしき》の紙を並べる。

「えっ、そうなの？　さすが貢」

「……考えがあると言い切れるほどでもないですけどね」

ギアが笑った。

「あのねえ、貢。君はそんなこと言うような子じゃあなかったよね」

「なんでだよ。いつもと変わらない正直な貢じゃないか」

「供物ってこれでいいのか」

哲也がコンビニで買ってきた菓子を並べながら言った。

「それでいいけど、哲也は本当に大丈夫なの」

貢が訊ねる。実際に餓鬼が現れたときの事を言っているのだ。

「ああ、心配するな。すっかりオバケ嫌いは治った」

哲也は貢に微笑んで見せた。

準備を進めている間にどんどん日が暮れてきた。

計画通りだった。餓鬼は夜に行動するため、施餓鬼法は日が暮れてから行うのだ。

そしていよいよ月明かりの中、邪《よこしま》な施餓鬼会が始まった。

餓鬼を脅《おど》かさぬように灯明《とうみょう》を点《とも》さない。鐘《かね》を鳴らさない。数珠《じゅず》を摺《す》らない。真言《しんごん》を声高《こえだか》に唱《とな》えない。そして作法《さほう》が終了したとき、すぐに後ろを振り返ってはいけない。

午後六時半、静かに静かに作法は始まった。

貢が資料を片手に陀羅尼《だらに》を唱える。校舎内にある図書館から勝手に持ってきた資料だ。ソーメーたちの影響でどんどん考えが柔軟《じゅうなん》になってきた貢だが、もともとはくそ真面目《まじめ》な男だ。自ら言いだしたこととはいえ、勝手に資料を持ち出すのは荷が重かったようだった。手間取った挙げ句、焦《あせ》ってばさばさと資料を床に撒《ま》き散らし、慌《あわ》ててかき集めて走り出てきた。

そのあまりの慌てぶりに、資料を返すときは俺がやるからとギアが慰《なぐさ》めたほどだった。

しかしいざ儀式が始まると、その顔がぎゅっと引き締まった。朗々《ろうろう》とした声で真言を唱える。

――ナウマク・サラバ・タタァギャ。

貢に続きギアたちも唱和する。

――ター・バロ・キテイ・オン・サンバラ・ウン
同じ陀羅尼を七回繰り返し、次に四如来の名号を称えていく。

多宝《たほう》如来の名号に始まり加持《かじ》が続く。

――ナウボ・バ・ギャバテイ・ハラ……。

貢の声が止まった。薄闇《うすやみ》の中、必死になって文字を目で追おうとしているようだ。すぐに続きを唱え始めた。しかしフタダンだのグウルだの、まったく聞いたことのない呪句が続いた。何とかギアたちも唱和《しょうわ》しようとするのだが、おいつけない。

不意に闇が重みを増した。

夜気に腐臭《ふしゅう》が混ざる。

いよいよ餓鬼が現れたのか。

そう思いギアは拳《こぶし》を固める。固めた掌を汗が流れる。汗が溜まる。

ソーメーが声を上げそうになり、ギアは慌ててその口を塞《ふさ》いだ。ふがふがとソーメーはもがく。手べちょちょ、と言ったのだがその抗議はギアに届かない。

闇の奥に何かがいる。

ギアは耳を澄ませた。

哲也が唾《つば》を飲む音が大きく聞こえた。

荒い息。

大勢の視線。

周囲の闇の中に潜む者たちの気配《けはい》がじわじわと押し寄せてくる。

「えっ……」

それまで真言を唱えていた貢が、おかしな声を漏《も》らした。

「どうした」

ギアが小声で訊ねた。

「どうしよう」

いつも以上に貢は情けない声を洩らす。

「途中から違う資料の呪文を読んでた」

「違うって……何を読んでたの」

ギアが訊く。貢は薄闇の中でその文章を読み上げた。

「……屍食教典儀《ししょくきょうてんぎ》」

ええっ！

思わず三人は大声を上げてしまった。『屍食教典儀』とは、フランス人貴族であるダレット伯爵《はくしゃく》が書いた異端《いたん》の書物だ。降霊術《こうれいじゅつ》、人肉嗜食《じんにくししょく》、屍体性愛《したいせいあい》などの背徳《はいとく》的な儀式と教義が書かれているという。そんないかがわしい稀書《きしょ》を、簡単に学生の手に入るようなところに置いている学校の管理体制にはかなり問題がある。が、今はそのようなことを嘆《なげ》いている場合ではなかった。

「これは、つまり……どうしたらっていうか、どうなって」

貢がパニックになっている間にも、黒い影は迫ってくる。

「貢、しっかりして。餓鬼が現れたらどうするつもりだったの」

言われて貢はリュックからガラスの瓶《びん》を出してきた。中に入っているのは白く細かな砂だ。

「これは光明真言《こうみょうしんごん》加持土砂秘法ですよ。光明真言の秘法で聖別されている砂です。死者たちには絶対的な効力を発揮する。餓鬼相手ならこれが一番だと思って持ってきたんですが、でも奴らは……」

貢は闇の向こうを見つめた。

その向こうに潜むのは大きな犬のように見える。その目がぎらぎらと光っていた。

突風が吹いた。

雲が流れる。

月がその面を露《あらわ》にした。

月光が闇の向こうを照らし出す。

奴らの姿が薄闇の中に浮かび上がった。

飛び出た口吻《こうふん》。ねじれた鼻。花片《かへん》のように裂《さ》け別れた唇。ぶよぶよとしたゴムのような皮膚《ひふ》は、サイズを間違えたシャツのように、骨格や筋肉から微妙《びみょう》にずれている。

杜撰《ずさん》に作ったゴムの犬。

その口吻が上下に裂けた。

口を開いたのだ。

ずらりと並んだ鋭い牙は何列にも並び、口腔《こうこう》の中は牙だらけだ。

ごふごふ、と鼻息《はないき》が漏れた。

「……あれは屍食鬼《グール》だよね」

貢は声を震わせた。

「屍食鬼を召喚しちゃった」

「土砂なんとかじゃなんとかならないのか」

哲也が言った。

「わかんない」

「とにかくやってみろ」

哲也に背中を叩かれ「うん」と頷くと、貢はガラス瓶から砂をつまみ出した。そして節分の豆のように目の前の闇に潜《ひそ》む屍食鬼へと投げた。

「どう?」

ソーメーが訊ねる。誰もそれには答えない。屍食鬼たちは尚《なお》も四人に迫ってくる。止まったり躊躇《ちゅうちょ》している様子はない。

「ダメみたいだな」

誰に言うとなくギアが呟く。

「逃げろ!」

そう叫んだのはソーメーだ。その声で四人が一斉《いっせい》に走り出した。

「養成所だ!」

ギアが叫ぶ。

すぐ後ろから屍食鬼の群れが追ってくる。恐怖が背中を押す。ソーメーまでが普段考えられない速度で藪《やぶ》の中を走り、柵《さく》を越え、裏門の塀《へい》をよじ登り、四人はようやく所内へと入り込んだ。呪禁官養成所には霊的防衛のために結界《けっかい》が施《ほどこ》されている。屍食鬼を排除出来るかどうかはわからないが、戸を閉め施錠《せじょう》する程度の効果はあるだろう。

建物中は暗く、しんとしている。養成所内に居残りしているものは誰もいないはずだ。建物内はすべて聖別され、霊的なものは除去されているはずだが、それでも明かりの消えた廊下は怖ろしい。

が、恐怖も疲労《ひろう》には勝てなかった。一度立ち止まってしまうと、ほとんど呼吸もせずに走ってきたつけがまわったのだ。哲也を除いた三人は、壁に背をつけその場にしゃがみ込んでしまった。

「荒木先生はいないんだ」

貢がぽつりと呟いた。

世界を終末から救い出した老教授の名前だ。彼はその時の事故がもとで職を辞し、今は高齢者向けの施設住まいだ。

「もう先生を頼ることはできないんだね」

「そんなことはない」

そう言ったのはギアだった。

「荒木先生が助けてくれるよ。思い出せよ。先生が言ったこと。校長室だよ」

ギアはそう言って立ち上がった。

なるほど、と貢が立ち上がり、意味のわからぬソーメーだけが、不思議そうな顔でみんなを見上げていた。

以前この四人が校舎の中で怪物に襲われ、荒木先生に助けてもらったことがあった。その時に先生から、何かがあれば校長室は強力な結界で守られているのでシェルターとして役立つと教えられていたのだ。

「なんかわかんないけどさ、俺はもうダメだよ。これ以上一歩も走れないってば」

ソーメーが弱音を吐く。

「ここで豚として死んでいくつもりか」

いきなり哲也が怒鳴りつけた。

「これが最後のチャンスだ。さあ、行くぞ、お嬢ちゃん」

哲也が命じると、ソーメーは反射的に起立をして「サー、イエッサー」と叫んだ。どうやらベルを鳴らすと涎《よだれ》を垂《た》らす犬程度には、条件付けがされていたようだ。

「急げ！　走れ！」

ギアに先導され、みんなは走る。今度は恐怖ではなく、希望が脚を動かしていた。

校長室は職員室の奥にある。その職員室を前にようやく大事なことに気がついた。

「……鍵《かぎ》だ」

ギアが言った。

それを聞いたかのように、廊下の向こう、薄闇の奥から荒い息が聞こえてきた。

這《は》い寄る何かの気配を感じる。

屍食鬼が建物の霊的防衛を突破《とっぱ》し、侵入《しんにゅう》してきたのだ。

「ギア、貢、ソーメー」哲也が言う。

「五分、いや三分時間を稼《かせ》いでくれ」

そう言うとポケットから二本のゼムクリップを取りだしまっすぐに延ばした。それを扉の鍵穴に突っ込む。

いわゆるリッピングという技術だ。哲也は三分で錠《じょう》を開けると言っているのだ。

「わかった」

そう言った貢がリュックを下ろした。中から様々な道具類を取り出す。

「これはどれも儀式用に聖別された魔術道具ばかりです。何に役に立つかはわからないけど、不測《ふそく》の事態に備えて持ってきました。確か屍食鬼ってクトゥルー系の怪物だったはずなんだけど」

「何か良い方法があるのか」

ソーメーが訊ねると、貢は首を横に振った。

「屍食鬼のことは副読本に載《の》ってただけだったでしょ。授業じゃろくに習っていません。試験にも出なかったので、ぼくもほとんど勉強していないんですよ。確か普通の呪法じゃあ、あまり効き目がなかったと思うんだけど……」

「じゃあ、どうすりゃいいんだよ」

ソーメーは半分べそをかきながら言った。

「とりあえずこれを」

手渡されたのは白いチョークだった。

「ギアもこれ。それでこの図形を床に書いて下さい。ぼくたちで手分けしたら何とかなります」

チョークの次に取りだしたのは複雑な記号と文字を書き記した魔方陣だ。

それをケーキでも切り分けるように、中央から線を引いて三等分した。

「こっちをギアが、こっちをソーメーが書いて下さい。残りのこれをぼくが書きます。正確に写すことよりも、天使の力を魔方陣に封じるための集中力が大事です。とりあえずぼくたちを囲んで円を描きますよ」

扉の前で作業をする哲也も含めた、大きな円を廊下一杯に描いていく。いつになく真剣なソーメーが、すぐに魔方陣の作成に取りかかる。ギアもそれに加わった。

「ギア、カバラ十字の祓《はら》いをお願い」

「わかった」

中指と人差し指を伸ばし剣の形を作ると、それでそれぞれの場所を指し示しながら、ヘブライ語の聖句を唱えていく。

胸の悪くなる腐臭が漂ってきた。

奴らはすぐそこにまで迫っているのだ。

はあはあと息をする音が聞こえる。

「レェ・オラアアアムゥウウ・アーメェエエエンンン」

ギアが聖句を唱え終えた。

魔方陣の発する霊的な光が、屍食鬼たちのおぞましい姿を露にする。

白濁《はくだく》したゴムのような皮膚が、手足を動かす度にふるふると揺れる。まるで犬の水死体だ。

屍食鬼たちが唸《うな》り声を上げた。

膿のように黄色い唾液《だえき》が床に垂れる。

先頭の屍食鬼が、臭いを嗅《か》ぎ取るように鼻面《はなづら》を魔方陣へと突っ込む。

小さな火花が散った。

驚いて顔を引っ込める。

次の屍食鬼が同じことを試みる。

そして火花に驚き後ろに下がる。

屍食鬼たちが次々に魔方陣の方へと頭を差し出した。そのたびに火花が散り、慌てて仰《の》け反《ぞ》る。やっていることだけを見ると、遊んでいるイヌと変わらない。が、繰り返すごとに少しずつ、頭が魔方陣の中へと入ってきている。

「えいっ」

何を思ったか、貢が短い魔法の杖《マジック・ワンド》を手にして、屍食鬼へと投げた。杖《つえ》は手からすっぽ抜け、屍食鬼の遙《はる》か頭上を越えて廊下の向こうへと飛んでいってしまった。

そこにいた屍食鬼たちが、みんな頭上を飛んでいく杖を目で追った。まるでテニスの試合を見る観客のようだ。

そして一斉に杖を追って廊下を走りだした。

すぐに先頭の屍食鬼が杖を咥《くわ》えて戻ってきた。

魔方陣を越えて頭をねじ込み、そこに杖をぽとりと落とした。

すべての屍食鬼が何かを期待するかのような目で貢を見ていた。

恐る恐る貢は屍食鬼に近づき、そこに落とした杖を拾った。

長い舌を垂らし、はあはあと息を吐きながら屍食鬼たちが貢の手元を見詰めている。

「ほら、取ってこい!」

そう言って杖を投げた。

屍食鬼たちが一斉に駆け出した。

空中で杖に飛びついた屍食鬼たちが、互いに脚で相手を押さえ、甘噛《あまが》みし、杖を奪い合っている。

やがて勝者となった一頭が杖を咥え戻ってきた。

そしてまた魔方陣の中にそっと置く。

ギアがリュックの中から木製のボールを取りだした。十二宮のサインが描かれているので、おそらくこれも何かの儀式に使うものだろう。

「さあ、持ってこい」

ギアがそれを投げた。

またもや屍食鬼たちは競ってそれを追う。

杖を、玉を、貢とギアは交互に投げた。屍食鬼たちは喜んで何度も何度もそれを追い、咥えて持ち帰った。

「おい、クロ。頑張って取って来いよ」

とうとう名前までつけ、屍食鬼と遊びだした。

「よしよし、ジョセフ。良くやった」

ついには杖を持ち帰った屍食鬼の頭をギアが撫《な》で始めた。屍食鬼も嬉しそうに頭を撫でられている。

すっかり和《なご》んでいた。

「開いた!」

哲也が言った。

「なんかもう大丈夫っぽいけどね」

ギアが言った。

「そうでもないかもよ」

そう言ったのはソーメーだ。

それまで交互に魔方陣へと頭を突っ込んでいた屍食鬼たちが、ばりばりと魔方陣を破って中へと入ってこようとしている。

「ほら、取ってこい」

ギアが玉を投げた。

しかし今度はどの屍食鬼も玉を追わなかった。突然魔方陣を破る事に集中し始めたのだ。今急に、目の前にあるのが豪華な夕食である事に気づいたようだった。

「早く入れ」

校長室の中から哲也が手招きした。貢が入りギアが飛び込む。そしてソーメーが入ろうとしたら、派手に火花が飛び散った。

ソーメーの丸い身体が背後へと弾き飛ばされ、大きな音を立てて尻餅《しりもち》をついた。

「いてっ。なんだ、どうした」

「早く来いよ」

ギアが言う。ソーメーは立ち上がり、校長室の方へとそっと腕を伸ばした。

ばちっ、と音を立てて火花が散る。

「なんで。なんでこんなこと」

背後ではばりばりと結界を破る音が聞こえる。

先頭の屍食鬼は、すでに肩まで魔方陣を越えている。

「わああ、どうしよう。どうしよう」

「あっ、ソーメー」

貢が言う。

「ちょっとこっち来て口を開いて」

何々と言いながらぎりぎりまで近づいて、大きく口を開いた。

「上を見て。あっ、やっぱりだ。ほら、餓鬼」

三人が交互にソーメーの口の中を覗《のぞ》き込んで、わっ、なるほど、キモっ、と声を洩らす。

「何、何がどうなってるの」

「さっき途中まで施餓鬼法は無事に進んでいたんですよ。ほぼ完成間近《まぢか》でした。というか、どうやらその時にもう成功していたようです」

「どういうこと、どういうこと」

魔方陣を越えようとする屍食鬼をちらちら見ながらソーメーは必死だ。

「ソーメーの喉《のど》の奥から餓鬼がこっちを覗いているんですよ。つまり、ソーメーにはもう餓鬼が憑依というか寄生というか、とにかく取り憑いているんです」

「えええっ、ほんとかよ」

その時、とうとう一頭の屍食鬼が魔方陣を越えて中へと入り込んだ。

わあわあ言いながらソーメーは校長室へ入ろうとする。火花がそこかしこに飛ぶ。恐ろしさのあまり痛みを感じていないようだった。しかしそれでも、指一本校長室へは入れない。

一頭の屍食鬼が跳んだ。

そして一人と一頭は同時に派手な電撃音とともに背後へ吹き飛ばされた。

土産物屋《みやげものや》のだるまのようにごろりと転《ころ》がり、仲良く一緒に起き上がった。屍食鬼はまったくソーメーを無視していた。また校長室の入り口目掛《めが》けて飛び掛かる。

そうしている間に二頭目、三頭目が魔方陣を越えて入ってきた。そのどれもがソーメーを無視していた。どうやら同類と思われているようだ。

「悪い、ソーメー」

そう言ったギアが扉を閉めた。

「ま、待てよ」

「大丈夫、おまえは不死身だ」

扉の向こうでギアが言った。

「んな馬鹿なあああああ！」

ソーメーが叫んだ。

そして一分と経《た》たないうちに、ソーメーは中に入れない屍食鬼と一緒に遊びだしたのだった。

4

翌朝、朝日が屍食鬼の姿を消し去るまで、ソーメーは屍食鬼とずっと戯《たわむ》れていた。最後は屍食鬼を枕《まくら》にちょっとうたた寝をしていて、校長室から出てきたみんなを驚かせた。

　そして望み通り餓鬼に憑かれたソーメーは、春休みが終わるまでに、きっちり三十キロ痩せることに成功した。そしてギアに言わせると「不細工《ぶさいく》なデブが痩せたら不細工が残るだけ」というあまりにも残酷《ざんこく》な事実だけ残し、ギアと貢が協力して餓鬼を祓った三日後には元の体重に戻ってしまった。

　それからさらに五年後。

　餓鬼ダイエットっていけるんじゃないかと思ったソーメーが父親に相談して、「餓鬼ダイエットクリニック」という店を起ち上げたばっかりに引き起こされるとんでもない事件の数々はまた今度。

了

クトゥルー・ミュトス・ファイルズ
The Cthulhu Mythos Files

呪禁官《じゅきんかん》　暁《あかつき》を照らす者たち

新装版

2016年4月1日　第1刷

著　者
牧野 修

発行人
酒井 武史

カバーおよび本文中のイラスイラスト　猫将軍

発行所　株式会社　創土社
〒165-0031 東京都中野区上鷺宮 5-18-3
電話 03-3970-2669　FAX 03-3825-8714
http://www.soudosha.jp

印刷　株式会社シナノ
ISBN978-4-7988-3032-8　C0093
定価はカバーに印刷してあります。

呪禁官シリーズのお知らせ

《好評既刊》

呪禁官　百怪ト夜行ス

凶悪な魔女集団『アラディアの鉄槌』のリーダー相沢螺旋香が逮捕され、すぐに呪禁官によって､魔力を封じる特殊な監獄グレイプニルへと送られることになる。だがその日の夜は魔女が最大の力を手に入れるヴァルプルギスの夜。日が暮れるまでに魔女を監獄まで送り届けなければ、彼女は強大な魔力を手に入れてしまう。護送車を襲う千の黒山羊たち。魔女相沢螺旋香の正体は、邪神シュブ＝ニグラスだったのだ。激戦の結果、結界を張った護送車から螺旋香が奪われるのは阻止したが、護送部隊はほぼ壊滅。生き残った呪禁官は葉車創作と龍頭麗華の二人だけだった。

著者：牧野 修
ISBN：978-4-7988-3014-8
本体価格：1500 円
＊全国書店からご注文できます。

《刊行予定》

呪禁官　意志を継ぐ者　新装版（旧題：『呪禁官　ルーキー』）

「クトゥルー」と名づけられた世界初の霊的発電所の周辺で呪的災害が頻発した。緑色に腐敗した巨大な赤ん坊が近隣の街を破壊したのだ。この種の災害や違法な呪的犯罪を取り締まる呪禁局特別捜査官に緊急出動命令が下る。新人の葉車創作 (ギア) は、災害の裏に、大鴉を操って先輩の龍頭麗香を殺したサイコムウの暗躍を知る。その狙いが発電所の破壊と気づいた葉車たちは厳戒態勢に入る。そこへ狂信的な科学武装集団が侵入。世界の破滅を目論む邪悪な生命体と壮絶な魔戦が始まった…。
⇒ 2016 年夏　発売予定

呪禁官　外伝書き下ろし長編

⇒ 2016 年秋　発売予定